Los abrazos oscuros

Los abrazos oscuros

Julia Montejo

Lumen

narrativa

A Jose

Vamos por la vida oyendo mal, viendo mal e interpretando mal para dar sentido a la historia que nos contamos a nosotros mismos.

JANET MALCOLM

PRIMERA PARTE

1

Hubo un tiempo en el que quería estar todo el rato borracha. Los segundos presentes y los venideros se me hacían insufribles. Luchaba contra las resacas con grandes dosis de agua, ibuprofeno y, si mis compromisos profesionales me lo permitían, con más alcohol. Vino, whisky y coñac. Siempre he sentido predilección por el coñac. El auténtico, claro. Y dentro de los coñacs, los maduros, los Napoleón. Era tan conocida mi pasión por esta bebida que, en cierta ocasión, un jeque agradecido me regaló en Dubái una botella de Jenssen Arcana. No entiendo por qué el coñac se ha popularizado como bebida de hombres. Bueno, en realidad sí, pero eso merecería una reflexión que ahora no viene al caso.

Por fortuna, descubrí este placer al tiempo que mi trabajo era valorado con tanta generosidad como estupidez. El dinero llegaba como por arte de magia, y con la misma facilidad se iba. Yo, a pesar de mi éxito, estaba convencida de que no se podía vivir más intensamente, ni ser más desgraciada. Me equivocaba. Ahora soy consciente de que, en aquella época de los noventa, eran los sueños, los ideales inalcanzables, los que me estaban matando. La esquizofrenia que me producía el desempeño de mi profesión en los infiernos del planeta, y la facilidad con la que yo, y solo yo, regresaba a casa en preferente, dejando atrás seres humanos arbitrariamente castigados. O quizá no fuera el choque entre el mundo de la abundancia y el de la miseria. Quizá era solo yo. Yo y mi libertad no digerida. Y ese momento especial en que una se percata de que por sí misma, no puede. Que el mundo se mueve solo, que nadar a contracorriente solo te convierte en una mujer exhausta y desesperanzada.

Para bien y para mal, descubrí en mí el instinto genético por sobrevivir. Así fue como encontré al que se convertiría en mi marido y comenzó una etapa nueva. Plácida, segura. Alejada de la injusticia social y la pobreza, de las guerras y la maldad del ser humano. Esa que yo había denunciado una y mil veces con mi cámara, hasta sentir casi que el dolor ajeno me aburría. Me enamoré de Álex y se acabaron los viajes por los lugares más desgraciados del planeta. Poco a poco, conseguí recuperar el aliento. Y llegaron mis hijas…

Con el bienestar llegaron los acontecimientos sociales, esas fiestas siempre iguales: idénticas manos que saludan, sonrisas llenas de dientes blanqueados, a menudo enmarcados por silicona de serie y brillos de lentejuelas oscuras que celebraban pertenecer a un mundo superior. Pocos ojos. La mayoría huidizos. Ninguna mirada auténtica. No hay miradas auténticas en el club de los privilegiados, a menos que seas un completo imbécil y goces entonces de una mirada auténticamente imbécil. Aquella noche, si la memoria no me falla, estábamos invitados a la fiesta que una gran editorial había organizado en el impresionante ático de una finca regia de la Castellana. Al echar un vistazo pensé que los hombres eran idiotas. A las mujeres, por solidaridad, solo las califiqué de frívolas.

En la práctica, que los hombres me parecieran idiotas no era algo perjudicial para mi relación. Una noche, tras una cena a la luz de las velas y una botella de vino, expuse a Álex mi forma de ver al género opuesto. En resumen, a medida que pasa el tiempo, la chispa que empuja al hombre a la caza pierde consistencia hasta apagarse. Entonces solo queda el interior, desnudo, sin adornos. Y el vacío suele ser decepcionante. Es más, confesé a Álex que podía quedarse tranquilo. Si él moría, jamás volvería a casarme ni a emparejarme. Las amigas me bastarían. Lástima no ser lesbiana, terminé con un sincero suspiro que le hizo soltar una carcajada. Él me preguntó si estaba convencida de lo que decía. ¿Cómo podía estar tan segura de que jamás encontraría a un hombre interesante? Yo tenía la respuesta, hilvanada a copia de tópicos y buena voluntad. Por los hombres poco interesantes, brindó él. Después hicimos el amor.

Yo era feliz como nunca lo había sido, convencida de que por fin había encontrado mi lugar. He de reconocer ahora que los primeros años de matrimonio me habían hecho recuperar algo de la ciega ingenuidad con la que abracé la profesión de fotógrafa cuando era joven. Confiaba en mí, en él. En la familia que habíamos construido. Indestructible. O sumamente frágil, como todo lo que de verdad vale la pena.

Pero volviendo a la fiesta…, una dichosa fiesta igual a tantas otras. ¿Qué cambió esa noche el curso de ese camino sin trabas que yo tan conscientemente había elegido? Fue el deseo, o más bien ese hormigueo extraño que anuncia el deseo, y entró por donde más le convenía: por la piel.

Una mano blanca y fuerte, acostumbrada a los saludos profesionales, emergió del bullicio de la fiesta. Creo que fue el anfitrión quien nos presentó. No estoy segura. Lo que sí recuerdo es que el primer encuentro tuvo cierta solemnidad. Nuestro presentador quería dejar patente que aquel hombre no era un cualquiera, y sin embargo, él parecía empeñado en pasar desapercibido. Llevaba una americana clásica, camisa blanca sin corbata. Tenía el rostro cuadrado y armonioso, y una barba cuidada sin excesos. El vino y el bullicio no consiguieron protegerme de una mirada azul de ojos grandes y líquidos, tras unas gafas de hipermétrope. Por supuesto tenía que ser así. Él ya me conocía, había pensado en mí y realizado algunas pesquisas, o eso dijo. Yo irradiaba seguridad. Había logrado volver a sentir satisfacción con la fotografía sin jugarme mi felicidad familiar, simplemente estudiando mi entorno. Con la cámara veo lo que otros no ven, y siempre hay mucho que explorar a nuestro alrededor. Mi presencia levantaba curiosidad y expectación. Mi marido saludaba, orgulloso de mí. Disfrutando de mi éxito. Le cogí la mano, y entrelazamos los dedos sin dejar de saludar. Amigo, amante, apoyo sin condiciones. De hecho, por muy buenas que fueran mis fotos, sabía que sin él no hubiera estado en aquella fiesta aquella noche. Antes de casarme, solo se me conocía en el mundo del periodismo pero ahora me dedicaba a la fotografía artística.

Álex no percibió nada, y él era habitualmente el primero en notar el interés de otros hombres hacia mí, pero en aquella ocasión, su instinto de protección falló. La primera grieta en nuestro sólido y rígido paraíso apareció cuando extendí la mano hacia el desconocido y acepté su tarjeta. Más aún, como no podía corresponderle con una mía, él me pidió que le enviara un correo electrónico para mantenernos en contacto. Todo correcto aunque presentí cierta urgencia y también cierta necesidad de que, en su petición, hubiera testigos de por medio, como para garantizar su interés meramente profesional. Sin embargo, no se me escapó una mirada entre todas las miradas que, rebotada en un espejo en penumbras, se dirigía con intensidad y curiosidad a mi marido.

Me fui con la tarjeta en el bolso de plumas de pavo, uno de los regalos extravagantes de mi amiga Natalia, y dispuesta a escribirle un correo en cuanto llegara a casa. En el taxi de regreso, lo comenté con Álex y él me recomendó esperar un par de días.

—Si a un hombre le escribes tan rápido, puede pensar que tienes interés —dijo él.

—Es que tengo interés. Es el dueño de un periódico de tirada nacional. Me puede dar trabajo.

—Es un hombre —replico él—. Hazme caso. Y como bien dices, el dueño, no el director.

—¿Por qué hay que estar siempre con estos juegos, meter el sexo en la ecuación, cuadre o no cuadre? Yo soy una profesional, y él también. Además, si empiezo a hacerme la interesante, él sí podría creer que estoy jugando. Si respondo hoy mismo, verá que lo único que me interesa es el contacto profesional y que soy seria: digo que voy a hacer algo y lo hago. ¿O es que doy yo la apariencia de mujer disponible?

Álex sabía cuándo yo estaba perdiendo la paciencia. Me cogió la mano y me la besó. Confiaba en mí.

—En absoluto. Haz como te parezca, cariño. Tienes razón: es un gran contacto.

Como no tenía ninguna duda sobre lo que debía hacer, aquella misma noche, mientras Álex se cepillaba los dientes, envíe un escueto mail con mis datos al tal Daniel González. Hasta entonces ni me había fijado en su nombre, a pesar de haber hecho como que leía la tarjeta. La mirada se me quedó enganchada al papel. Solo venía su nombre. Nada de cargos ni títulos. Estaba claro que no los necesitaba. Cuando me metí en la cama, Álex me preguntó si ya le había escrito al tal López.

—González —le aclaré divertida.

Álex sonrió.

—Desconfía de la gente cuyo nombre no es fácil de recordar.

—Bueno, fácil es.

—Demasiado simple. Podía haber convertido su apellido en compuesto, por ejemplo González del Higo. Y no lo ha hecho. Debería tener un ego proporcionado a su posición. Estar en la sombra es raro. Así que ten cuidado.

Me hizo gracia el comentario pero también activó las alertas. No hay nada peor que te pongan a la defensiva contra alguien. Entonces es cuando empiezas a pensar en esa persona, en las razones que le impulsan a merodear a tu alrededor. ¿Qué quiere realmente de ti? Y le das un espacio en tu cabeza que nunca hubiera conseguido.

Le di espacio a Daniel a partir de esa noche cuando, en brazos de mi marido, empecé ya a meterlo en mis sueños, en la intimidad de mi habitación y de mi cama. Al sonar el despertador, abrí los ojos ansiosa. Deseaba que empezara a transcurrir el día y certificar, con esa coquetería femenina absurda y que jamás desaparecerá por completo, cuánto tardaría Daniel González en responder a mi mail. Álex se fue a trabajar y me quedé preparando el desayuno de las niñas. Yo las llevaba al colegio todas las mañanas. Me encantaba tener un trabajo que me permitía disfrutar de ellas a primera hora. Había montado en casa el estudio y me ganaba la vida, sobre todo, con el retrato artístico. Pensaba que echaría de menos los viajes. Quizá no Gaza, ni Afganistán, ni Chad o Pakistán…, pero sí el descubrimiento de Nepal, la blancura azul que respiré con mi cámara en el Ártico, los safaris fotográficos en Kenia…, todo lo que había visto, sentido, reído, y lo que me había roto el corazón y maravillado cuando pensaba que ya nada podía sorprenderme.

Los viajes me habían mostrado lo que siempre había intuido: que yo no pertenecía a la vida mediocre y gris de un barrio obrero de provincias donde el azar me había colocado por nacimiento, y que el mundo era extraordinario e inagotable. Sin embargo, cuando decidí ser madre, me comprometí al menos por unos años, a enfocar mi vida de una forma diferente, más estable. Necesitaba un hogar. Por otra parte, había llegado la hora de hacer una recopilación de lo aprendido, darle forma, digerir, encontrar mi voz como artista y, para ello, necesitaba detenerme. Me organicé para reconstruirme profesionalmente durante el periodo de crianza de las niñas. Pasaba horas leyendo, documentándome, revisando el inmenso material que había acumulado a lo largo de los más de quince años de viajes. Disfrutaba experimentando con la manipulación de las imágenes. Antes pensaba que lo que capturaba el objetivo no debía manipularse. Descubrí que ese escrúpulo no tenía sentido. Nada es verdad y todo lo es. Una foto inmortaliza un instante, pero el ser humano es tan complejo y variado que resulta imposible aprehender su esencia, su significado o su valor en un encuadre. Por eso, estuve experimentando con técnicas informáticas. Intentaba añadir contenido a la imagen: el que yo había percibido al sacar la foto. Hacerla más real. Más real a mi manera, por supuesto. Para sacar a flote lo que la superficie oculta me transformaba en cirujana, aislando al individuo para mostrar su esencia escondida.

Recuerdo que la mañana después de la fiesta dejé a las niñas en el colegio y regresé rápidamente a casa. A veces aprovechaba para pasar por el mercado. Me maravillaba la explosión de colores a primera hora, y me gustaba comprar el pan recién hecho. Pero aquel día solo me interesaba sentarme delante del ordenador y esperar la respuesta de Daniel con un café. A mediodía, ya había empezado a cabrearme conmigo misma por ser tan estúpida. ¿Qué estaba haciendo? Había perdido la mañana mirando una pantalla, esperando contestación de un desconocido que a saber si realmente tenía intenciones ocultas y seductoras más allá de un contacto profesional para el futuro. Me obligué a ponerme el chándal e irme a correr un rato. Sudar me haría bien. Antes, llamé a mi marido:

—¿Quieres que comamos juntos? —le pregunté. Hasta hacía un par de años, comíamos juntos casi todos los días. Él se acercaba a casa y aprovechábamos para tener un encuentro o, si estaba muy liado, nos reuníamos en algún restaurante cerca de su despacho. Pero los dos nos habíamos vuelto un poco perezosos.

—Sí, claro —respondió, pero noté duda en su voz.

—Si no te viene bien, lo dejamos. Ya sé que con el nuevo encargo, estáis hasta arriba.

—Es que encima hoy no ha venido la secretaria. Otra vez está enferma.

—Vale, pues nos vemos a la noche. No te preocupes.

Pero Álex no es un hombre cualquiera y, tras muchos años juntos, me conocía bien.

—¿Pasa algo?

—No, no, nada —respondí, aunque en mi subconsciente quería que indagara. Necesitaba hablar con alguien. Tenía una amiga a la que quería con locura, Natalia, pero llevaba una vida radicalmente opuesta a la mía y seguía preguntándome, cada vez que se terciaba, qué necesidad había tenido yo de casarme y tener hijos. Había ciertas cosas que no podía compartir con ella. Álex era además mi mejor amigo.

—Venga, dime —insistió.

—Es que el tío ese no me escribe.

Álex soltó una carcajada. Bueno, pensé, a ver si desdramatizando me quito de encima esta sensación de angustia.

—¿Estás hablando de Daniel, el dueño del periódico?

—Sí, sí. ¿Por qué no me ha devuelto el mensaje?

—Estará ocupado, ¿qué prisa tienes? Tampoco tenía nada concreto que ofrecerte, ¿no?

—Entonces, ¿para qué me da su tarjeta y me pide los datos así, a bocajarro? Los podía haber conseguido de internet. Pensé que tenía algún interés especial en mi trabajo.

—¿O en ti?

—No, en mi trabajo, Álex —repliqué perdiendo la paciencia.

—Vale, vale, ¿pero qué necesidad tienes de coger más trabajo? Siempre dices que te sobra. Además, ¿quieres viajar otra vez?

Entonces lo vi claro: sí quería. Necesitaba un poco de acción, de volver a ser la de antes. Solo yo. Y, en ese instante, me vi: convertida en una madre que estaba aparcando su profesión y se empeñaba en clamar al mundo y a sí misma que ella, y solo ella, había elegido ese camino. No era verdad. Las circunstancias y los miedos a la opinión de los demás, mezclados con la responsabilidad inherente a la maternidad, se habían convertido en los ingredientes de un pastel que quizá empezaba a resultarme empachoso.

—No…, bueno, no sé. Las niñas ya son mayores. Lo echo un poco de menos. ¿Y si nadie vuelve a llamarme? Me he puesto yo misma fuera del mercado. Ya no me ven como una reportera.

—No, te empiezan a ver como a una artista y eso era lo que querías.

—Sí, ya… —suspiré—. Bueno, no hay nada perfecto.

Álex se quedó unos segundos en silencio.

—Vale, vamos a quedar para comer —resolvió finalmente.

—No, de verdad, no hace falta. Tú tienes hoy un día complicado y, en realidad, no ha pasado nada. Hablaremos esta noche en casa.

—¿Estás segura?

—Sí, sí —respondí convencida. Pero, por supuesto, no estaba segura. Además empezaba a cabrearme también con Álex. De repente sentía que no era objetivo a la hora de dar consejos o tranquilizarme. Si volvía al trabajo de campo, él tendría que reajustar sus horarios. Su vida dejaría de ser tan cómoda.

Después de colgar, me dirigí a la cocina y entonces oí el sonido de entrada de un mail. Me dio un vuelco el corazón, regresé al ordenador esperando el anhelado correo…, pero era uno de Álex diciéndome que me quería y que hablaríamos por la noche. Es cierto que el paraíso puede llegar a ser aburrido pero también es seguro, pensé con un suspiro.

2

Pasó la semana y, poco a poco, la ansiedad se fue difuminando. Solo que con ella, también perdí el buen humor. Por las tardes estaba irascible y, a la hora de los baños, necesitaba una copa de vino. Álex bebía cuando estaba contento y en compañía. Yo no necesitaba compañía para beber. Es más, cuando vivía sola, era uno de los grandes placeres del día, servirme una copa antes de cenar y escuchar música. Y, si no estaba contenta, eran dos o tres. Natalia, abstemia, a temporadas, y macrobiótica, también a temporadas, pero gran aficionada a la química legal, me hizo ver un día que yo era prácticamente una alcohólica porque necesitaba una copa de vino para relajarme y ser feliz, y, según ella, esas no eran razones aceptables para beber.

«No importa la cantidad —concluyó—. Si lo necesitas, eres una alcohólica y terminarás con el hígado destrozado, convertida en una persona violenta y desubicada. Suerte que ahora eres feliz.»

Me hizo reflexionar sobre el tema. Mi abuelo era un gran y afable bebedor, aunque solo de vino bueno, como decía él. Murió con noventa y cuatro años y un hígado estupendo. Tras varias investigaciones, me convencí de que la clave estaba en la dosis y yo no solía pasarme, salvo en contadas ocasiones.

A final de la semana, Álex soltó:

—¿Se puede saber qué te pasa?

—Nada.

—Nada no. Habla de una vez.

—Será hormonal.

—No me fastidies…

Era el momento de hablar. Suspiré.

—¿Y si no llego a nada? Tengo cuarenta y cuatro años. Ya no soy una joven promesa, ni siquiera una joven artista.

—Por favor, Virginia. Eres muy joven.

—Solo porque tú tengas ocho años más, no significa que yo sea joven.

—Por favor, habla claro.

—Que me estoy dando cuenta de que me falta algo. A veces me siento vacía, perdida… —Al oír mis palabras me sentí de repente peor.

—Desde luego qué talento tienes para dramatizar. Ahora resulta que tu vida es un asco.

—No, no eres tú, ni las niñas, ni esta casa. Tengo todo lo que quería, de verdad. Es solo que no veo claro mi futuro profesional.

—Porque eres una artista. Es normal. Tienes que seguir y tener paciencia.

—Tienes una fe ciega en mí, Álex, y podrías estar equivocado.

—Acaban de darte un premio de reconocimiento internacional, tu última exposición terminó hace apenas un mes y ha sido un éxito de público y crítica. Es más, ¡has vendido! ¿Quién vende hoy en día? Tal y como está el mercado, sabes lo milagroso y extraordinario que es eso.

—Pero ahora viene lo peor. Como soy medio conocida, no me

harán encargos porque pensarán que soy muy cara o que me he encasillado o…

Lo que añoraba realmente era salir a la aventura, que me pasaran cosas, aspirar emociones y sentir la adrenalina bombeándome en el cerebro…, pero ¿cómo describirlo?

—¡Basta! Estás atrapada en una espiral idiota que tú misma te has montado.

Mi marido era único para sacudirme las tonterías al instante. Menos mal. Álex tenía toda la razón. ¿Qué demonios estaba haciendo? Las niñas dormían plácidamente, pero llevaba días sin prestarles la atención a la que estaban acostumbradas, sin disfrutar con ellas. Álex tenía muchísima paciencia, pero todo tenía un límite. Deseaba mucho que me abrazara. Y lo hizo.

—Venga, cariño, déjalo y vámonos a la cama.

—Últimamente no duermo bien —intenté explicar dejándome abrazar, regodeándome un poco en mi tristeza—. Quizá es solo eso. O que necesito ponerme metas y ahora mismo no sé muy bien en qué trabajar.

—Encontrarás un tema para una nueva exposición. Date tiempo.

Álex me besó en el cuello y me volvió hacia él.

—Tengo las manos mojadas —fue lo último que pude decir antes de dejar el fregadero. Lo que siguió fue sexo del bueno. De ese que tienes cuando encuentras y te reencuentras.

Al día siguiente, desperté de buen humor, lista para encontrar una nueva fuente de inspiración que orientara mi vida y convencida de que esta se encontraba en el seno de mi hogar, escondida en mi habitación o en la de mis hijas. En algo cotidiano, algo con lo que el gran público pudiera conectar y que fuera muy íntimo. Mi intuición me decía que mi próximo tema estaba jugando al escondite conmigo. Álex se fue a trabajar y le despedí en la puerta, algo que no había sucedido en mucho tiempo. Llevábamos meses en los que él se iba y yo entraba en el baño para no perder el tiempo. Siempre tenía tanto que hacer y tan poco tiempo… ¿Sería el tiempo el tema que vertebraría mi próximo trabajo? El tiempo en mi hogar, pero ¿cómo materializar algo intangible? ¿El tiempo válido, o el perdido? Casi lo tenía. La idea me entusiasmó. Me paseé por la casa, observando atentamente, intentando que no se me escapara la idea. Estaba allí pero no terminaba de atraparla y sé que cuando una idea brillante se pasea a tu alrededor, a veces, te esquiva. Maldita sea. ¿Dónde estaba exactamente? Era hora de despertar a las niñas y hasta que las dejara en el colegio no tendría tiempo de reflexionar. Temía que para entonces la chispa se hubiera apagado. Ya me había sucedido antes.

El reloj marcaba las ocho. Me resigné. Se me estaba haciendo tarde…, y fue entonces, al empujar la puerta de su habitación, cuando lo encontré: flotando sobre la cabeza dormida de Sofía en forma de rayo de luz mágico. Ahí estaba la próxima idea fotográfica que exploraría: el tiempo encontrado por una madre del siglo XXI. Capturaría la esencia de los momentos más hermosos escondidos en nuestro hogar, esos que pasamos por alto precisamente por no querer perder el tiempo. Me sentí bien. Segura, otra vez.

3

Los días siguientes transcurrieron con tranquilidad. Yo trabajaba en mi nueva idea con placer y entusiasmo. Aprovechaba el amanecer para encontrar esos momentos casi sobrenaturales en el cuarto de las niñas y, durante el día, exploraba cada centímetro y cada segundo de nuestra cotidianidad. Estaba contenta. Me encantaba poder desarrollar un concepto tan sencillo y a la vez tan invisible en mi propio hogar. Además, de alguna forma sabía que, con aquel trabajo, dejaría a mis hijas un documento hermoso de nuestra felicidad familiar. A Álex le entusiasmó el proyecto, y contribuyó a darle forma: «El tiempo encontrado» podría convertirse en un hermoso libro. Él mismo se encargaría de tantear a algún editor. Álex es un reputado ingeniero de energías renovables y en aquellos años atravesaba su momento más productivo. La crisis europea le había obligado a abrirse a nuevos mercados, pero el trabajo no escaseaba y su estudio seguía creciendo. Igual que sus contactos.

Al cabo de unas dos semanas, Natalia regresó de un viaje por Rumanía. La vida que había elegido le permitía hacer lo que le apetecía en cada momento. A los treinta años había heredado una fortuna de su abuela, espíritu libre, que quiso garantizarle que ella seguiría siéndolo el resto de su vida. Mi amiga tomó a su abuela de ejemplo y se convirtió en una activista contra cualquier tipo de cadenas. Cadenas propias, eso sí. Las causas ajenas le interesaban relativamente... Pagó su único piso al contado. Podría haber tenido más de uno, pero no quería responsabilidades de cuidado. Contaba con escasas posesiones. Cuando yo la conocí, hasta del coche se había deshecho. Odiaba las pertenencias a clubes, las obligaciones familiares, cumpleaños, bautizos y bodas, y solo asistía cuando había una razón sentimental muy fuerte para hacerlo. De hecho, era de esas personas que invitas a una cena y aunque haya confirmado asistencia, quizá no se presente. Creo que lo hacía adrede, para recordarnos que no debíamos contar con ella. Había tenido decenas de amantes, pero a ninguno de ellos le había llamado «novio». En cuanto los hombres empezaban a exigirle compromiso, cortaba la relación. Solía también verse con más de uno a la vez, como para recordarse a sí misma la ausencia de exclusividad, no fuera a establecerse una relación seria sin querer.

Recuerdo al detalle la mañana en la que mi amiga se sentó en mi cocina y ante un café bien cargado.

—Así que ya has encontrado otro lío en que meterte.

Me quedé descolocada.

—¿Cómo lío? ¿Otro tema de trabajo quieres decir? —A veces me costaba seguirla. Estaba convencida de que se convertiría en una viejecita excéntrica.

—No, otro lío. Álex me llamó la semana pasada para preguntarme por un editor.

—No sabía nada. —Pero no me extrañaba. Natalia tenía amigos tan interesantes como ella repartidos por todo el mundo.

Cuando mi marido empezó a ayudarme con mi trabajo, le pedí que, por el bien de nuestra relación, no me contara los pasos que daba. No podía soportar las minucias y acordamos que me trataría como un agente a su representada.

—Me lo ha explicado y, bueno, habría que ver las fotos, pero así contado y conociéndote, me ha sonado a espantosa necesidad tuya de entretenerte. Si te aburres, ¿por qué no te vienes unos días de viaje conmigo? Deberíamos ir a Cádiz.

—Primero, no me aburro. Segundo, no me puedo ir contigo.

—Claro, por supuesto, ¿qué harías con tu familia? Las niñas son muy pequeñas todavía —dijo en un tono falsamente comprensivo.

Le lancé mi mirada más amenazadora, pero Natalia no se inmutó. Tenía casi veinte años más que yo y a mucha gente le sorprendía que fuéramos tan amigas.

—Nadie te va a dar el premio a la madre del año, ¿sabes?

—¿Pero es que no puedes entender que soy feliz estando aquí, que me gusta ver a mis hijas cada día, que no me quiero perder nada, que me apetece acostarme cada día con mi marido? —respondí enfadada. Este tipo de charla no se la hubiera consentido a nadie más que a Natalia. Pero ella, tras muchos años de amistad, era mucho más que una hermana mayor—. No todos queremos vivir como tú.

—Está bien, perdona. Haz lo que te parezca. Pero que sepas que todo tiene consecuencias.

—Por eso elijo quedarme con mis hijas, porque prefiero vivir con la conciencia tranquila. ¿Le diste algún contacto?

—Más que eso. Tienes una entrevista la próxima semana con el editor gráfico de HarperCollins. Viene a pasar un par de días conmigo y le interesa mucho conocerte y ver qué tienes entre manos. Es el tipo que ha publicado esos libros tan cursis de bebés, ¿los conoces?

Claro que los conocía. La miré entusiasmada sin saber qué decir. Natalia pasaba del papel de la bruja mala al de hada madrina en un instante.

—Pero, ahora en serio, ¿de verdad estás bien? —me preguntó.

—Tuve unos días raros, pero ya pasó.

—Umm, *trouble in paradise, my dear?*

—No, no, fue cosa mía. Tonterías.

En ese momento, sonó mi móvil y me sentí salvada por la campana. Me gustaba hacer terapia con Natalia pero esta vez sentía que, si pronunciaba ciertas palabras, volvería a cobrar vida ese confuso deseo que me había desestabilizado durante días. No reconocí el número.

—¿Sí?

—Hola, ¿Virginia? —preguntó una voz masculina y grave.

—Sí, soy yo.

—Soy Daniel González. Nos conocimos hace cosa de semanas, ¿te acuerdas de mí?

Debí de palidecer, porque Natalia empezó a mostrar interés por la llamada.

—Sí, claro.

—Verás, es que estoy buscando un fotógrafo para cubrir un especial en las islas Seychelles. Sé que últimamente no haces ese tipo de trabajo pero he pensado que quizá te interesara.

—Las islas Seychelles —repetí—. ¿Cuándo?

—La próxima semana. Te pagaremos seis mil euros y mi idea es que consigamos la foto de portada para una campaña publicitaria. Quiero cubrir con ella el edificio que he comprado en Callao. Si finalmente la reprodujéramos para ocultar la obra, negociaríamos una cantidad superior, claro. Cuenta con que serán entre cuatro y seis días de trabajo. Quiero algo especial, distinto, por eso te llamo.

¡La posibilidad de firmar una foto de campaña! Rápidamente, mi cerebro empezó a revolotear desaforado, buscando un plan de acción que no perjudicara mis deberes familiares. Me llevó unas milésimas de segundo decidir, aunque la prudencia retrasó el sí un poco más. Daniel lo celebró con un escueto «bien» y me anunció que su secretaria me llamaría para cerrar los detalles. Colgué y sonreí de un modo especial.

Natalia me miraba perpleja, sin terminar de dar crédito a mi reacción.

—No me mires así —le pedí intentando quitarle importancia a la llamada.

—¿Qué ha sido eso?

—Acabo de recibir un encargo. Eso es todo —le aseguré sonriendo. Pero mi amiga no sonreía.

Hablar con mi marido y explicarle el proyecto no fue tarea sencilla. A él solo le importaba una cosa, y me hizo la pregunta clave:

—¿Él va?

Caí en la cuenta. No lo sabía.

—¿Él, Daniel? Claro que no, no. ¿Para qué iba a ir?

Se quedó pensativo.

—Sí, tienes razón —reconoció, abrazándome con fuerza—. Pórtate bien, ¿de acuerdo?

—Yo siempre me porto bien, cariño.

4

Treinta y cuatro horas de vuelo transcurrieron en un suspiro. Dormí la mayor parte del viaje, sin ayuda química, aunque iba preparada por si hacía falta. Quería llegar lo más descansada posible, disfrutar de cada segundo en aquellas islas paradisíacas sin la fastidiosa pesadez del sueño. En el aeropuerto de Mahé, la única isla con aeropuerto internacional, me esperaba Marie Sucre, una francesa recién licenciada en turismo enviada por la agencia de publicidad que había suscrito mi contrato.

El hotel, de líneas sencillas e integrado en la naturaleza, estaba construido, al menos en su parte visible, de maderas oscuras y de palmera. La decoración era obra exclusiva de las flores, exuberantes, blancas, rosas, amarillas, rojas… Mi habitación, más bien una suite, me impresionó. No solo por la belleza de su diseño semicircular, sino también por la austeridad: una cama con dosel blanco para protegerse de los mosquitos, una mesita de noche de estilo colonial y una puerta de cristal que se abría a una terraza y que recorría todo el perímetro curvo. El océano Índico estaba a mis pies.

Marie me había indicado que podría descansar unas horas. A las siete de la tarde, tenía una cita en el bar del hotel con el guía que me acompañaría al día siguiente. Tiempo de sobra para descansar, contactar con mi familia, deshacer el escaso equipaje y conocer el hotel.

Llamé a casa cuando las niñas se estaban levantando. Fue muy breve. Todavía no les había dado tiempo a echarme de menos. Yo, en cambio, me enternecí al ver sus rostros de piel luminosa en la pantalla. Las quería tanto que incluso la más pequeña separación me dolía.

Pasé el resto del día disfrutando de la habitación y preparando el material fotográfico. Sin prisas. Cuando terminé, me metí en la bañera. El lugar era en verdad paradisíaco. El lujo, elegantemente escondido en cada detalle. Desde la tina solo veía el mar, enmarcado por árboles. Los jabones de flores y los aceites me hicieron sentir como una reina. Cerré los ojos para disfrutar el intenso aroma tan exótico, y debí de dormirme porque cuando los abrí atardecía y tuve que vestirme corriendo para bajar al encuentro con mi guía.

5

En recepción, un chico muy elegante de origen hindú me indicó
en inglés cómo llegar al bar. Avancé por una pasarela de madera
de teca, iluminada por pequeñas velas en el suelo y enmarcada por
largas varas de bambú, hasta el centro de un estanque artificial.
El bar estaba construido encima de una plataforma con forma de
media luna y cubierta por vegetación. La noche desplegaba aro-
mas a flores suaves y seductoras, y la agradable frescura del agua
que me rodeaba me hizo sentir alegre y tan ligera como el vestido
de gasa de color azul eléctrico que llevaba, única frivolidad que
había empaquetado para posibles imprevistos. En la barra, había
un hombre acodado. Estaba de espaldas a mí, vestía camisa holgada y blanca y un pantalón caqui. Aunque solo le había visto en
una ocasión, no necesité ver su rostro. Él oyó los tacones de mis
sandalias y se dio la vuelta.

—Puntual, así me gusta.

No pude esconder la sorpresa aunque solo me costó un segundo ponerme en guardia. Me desagradaba la sensación de sentirme
cazada. Él extendió la mano para saludarme y yo la acepté con
profesionalidad.

—Daniel, no entiendo. ¿Tú eres mi guía?

—Sí, no había uno mejor —respondió. Sus ojos grandes tras la gafas de pasta me escrutaban.

—¿Cómo es eso?

—Conozco bien el lugar.

Yo había buceado en internet mientras aguardaba su llamada. Daniel provenía de una familia acomodada y acostumbrada a los lujos desde la cuna. Y sin embargo, había algo en él que parecía fuera de lugar, impostado. Era quizá la voracidad de cazador que destellaba en sus gestos, sobrios pero expectantes.

—¿Qué te apetece tomar?

Él sostenía en la mano un margarita. Al instante, apareció un camarero, también de origen hindú, que se dirigió a mí en inglés. Le pedí una cerveza. Sin alcohol. Aborrezco la cerveza sin alcohol, pero quería que todos mis mensajes quedaran claros: yo estaba allí para trabajar, era una profesional y no me interesaba hacer amigos, de ningún tipo.

—Bien —comencé ya con la cerveza en la mano—. ¿Cuál es el plan?

—Saldremos por la mañana. Vamos a recorrer una parte del archipiélago. Sabes bucear, ¿verdad?

—Sí. Y he traído el equipo fotográfico completo.

—Lo necesitarás. Vas a hacer unas fotos para vender las islas de coral que forman el atolón de Aldabra. Pero no vamos a tomar aviones. Recorreremos la zona en barco. Estaremos dos o tres días fuera. ¿Pasamos a cenar? —me preguntó de súbito señalando mi cerveza—. Puedes llevarte la cerveza si quieres.

Con los nervios no la había probado. Daniel se levantó sin esperar mi respuesta, pero le detuve poniendo la mano sobre su brazo. No sé por qué le toqué. Estaba intentando evitar cualquier contacto físico, pero fue la forma de que me escuchara, de imponerme.

—Espera. Antes me gustaría que me explicaras por qué yo. Me miró muy serio. Sin asomo de sarcasmo.

—Eres fotógrafa, ¿no? Ya te lo dije. Pretendo cubrir con una de tus imágenes un edificio en obras que acabo de adquirir en Callao y quiero que los viandantes sueñen con este lugar.

—Entiendo, pero yo no hago este tipo de trabajo desde hace tiempo, y nunca fue mi especialidad. Estoy segura de que tienes en nómina a un montón de profesionales que podrían haberte servido.

—Busco una campaña de publicidad distinta —comentó—. Vale, reconozco que contratar a Zena Holloway o a Mike Reyfman me hubiera costado más caro y, la verdad, creo que tú eres mejor.

Daniel se encogió de hombros. Era un gesto que, pronto aprendería, hacía siempre que no le interesaba entrar en una conversación. El ego me pudo. Ni siquiera pregunté cuáles de mis fotografías le habían decidido.

—Disfruta el viaje y vamos a cenar. Estoy hambriento.

No pude negarme. Me condujo, en penumbras, al otro lado del estanque. Cruzamos una pasarela de madera, idéntica a la anterior, que conducía a una estructura como de pagoda en la que habían preparado una mesa con mantel blanco y velas. Una chica oriental con un moño alto y túnica rosa fucsia nos saludó con una amplia sonrisa a la entrada. Daniel se dirigió a la mesa y, por un instante, se volvió hacia mí, como dudando si dejarme pasar. Pero decidió que no. Y se lo agradecí. No quería galanterías de ningún tipo. El entorno, con aquella compañía, ya se me hacía lo suficientemente incómodo. Así que carraspeó y, sin miramientos, tomó asiento. La pagoda estaba construida a menos de un metro sobre una mancha de líquido oscuro irisado que parecía envolver la escena en papel de celofán. La camarera nos ofreció las cartas, dándome una oportunidad para evitar su mirada.

—¿Has comido antes aquí? —pregunté para romper el incómodo silencio.

—Unas cuantas veces, sí. —Hizo una pausa dramática como si estuviera decidiendo si darme o no toda la información—. Este hotel es mío.

—¿Y qué me recomiendas? —continué intentando no mostrarme impresionada.

—El tektek está muy bueno. Yo lo pediré para comenzar. —Leí la descripción en la carta: sopa de marisco con cebolla, ajo y perejil. Perfecto—. De segundo te recomiendo la langosta. ¿Tomarás vino? ¿Blanco?

La camarera se acercó y tomó la comanda. Me llamó la atención que ella hablara castellano. Pedí lo mismo que él. Daniel se decantó por un vino blanco sudafricano. Y nos quedamos solos. En medio de aquella tranquilidad, nuestro silencio me resultaba ensordecedor. En cambio, él se mesaba la barba con total serenidad.

—¿Tienes alguna orientación para el reportaje? —pregunté inquieta. Él miraba hacia el mar, absorto. Se volvió hacia mí con tranquilidad.

—Quiero que todo el que vea las fotos sueñe con venir aquí. Voy a construir un hotel en el atolón y quiero que tu trabajo me sirva además para convencer a los inversores. Mis futuros socios me suplicarán por una parte de este paraíso.

Me lanzó una mirada enigmática y dura que me perturbó.

—Es un lugar precioso —asentí—. Quizá demasiado lejos de todo...

—Y así deberá seguir siendo. Queremos fomentar un turismo de élite. No voy a estropear la isla.

... con simples plebeyos, claro, me dije para mí. Aborrecía ese afán de los ricos de apropiarse de los lugares más bellos del planeta para su disfrute. Él pareció leerme el pensamiento.

—¿No me dirás que tú prefieres veranear en Benidorm?

—No. La verdad es que las aglomeraciones no me gustan.

—Eso suponía.

Por suerte, la silenciosa camarera apareció con el vino y pudimos cambiar de conversación. Cuando se fue, levantó su copa. Y le imité, por educación, por..., no sé, porque parecía lo apropiado. Imaginaba que sería un brindis típico. Pero en aquel momento conjuramos algo distinto:

—Por el nuevo comienzo —propuso escudriñándome con descaro. Y dio un sorbo a su copa.

—¿Nuevo? —pregunté confundida.

—Claro, ya nos conocíamos, ¿no?

No entendí muy bien a qué se refería.

—De la fiesta —se apresuró a aclararme—. Ahora lo haremos de otra manera

Hice un gesto de reconocimiento y bebí de la copa.

—Está rico. A mi marido le encantan estos vinos africanos.

—Le mandaré una caja cuando volvamos a España en agradecimiento por haberme prestado a su mujer.

—Sí, qué suerte que me han permitido venir —asentí irónica y molesta.

Daniel esbozó una sonrisa. Era muy atractivo. Su estructura ósea rotunda y no demasiado esbelta le confería cierta presencia. Tenía el cuello fuerte, facciones armoniosas bajo unas cejas quizá demasiado enérgicas y un olor corporal sutil y poderoso al mismo tiempo. El efecto de aumento de las lentes sobre sus ojos azules me provocó ternura. Me lo imaginé de niño, empollón y gafoso, sufriendo las bromas de los compañeros. En cambio, su boca era grande y generosa. Había en ella algo de descaro, de capacidad para la farsa que no supe interpretar. Quizá era porque lucía una dentadura demasiado perfecta. Pero lo que más llamaba la atención era una especie de contención natural, de capacidad para el disimulo. Recordé la opinión de Álex sobre su nombre. Sí, Daniel González podía elegir entre pasar desapercibido o convertirse en el centro del universo. Era un hombre de mil caras y las cambiaba según su conveniencia con la habilidad de un trilero. Ojalá me hubiera caído mal, ojalá me hubiera resultado repelente u odioso. Analizando con frialdad lo poco que sabía de él, razones había para ello. Sin embargo, no era capaz de sustraerme al poder que emanaba de aquellos modales como de otro tiempo, entrenados con precisión. ¿Era su atractivo lo que le hacía poderoso o su evidente poder el que lo hacía atractivo? Él no estaba interesado en que yo pensara demasiado.

—Me alegra saber que eres una mujer liberada —decidió.

—Depende a qué te refieras. Una cosa es que mi marido no tenga que darme permiso para venir. Otra que yo no le respete.

Daniel suspiró. Sabía sortear obstáculos con el aplomo de un gato.

—Quiero decir que comparto tu visión de cierta independencia en una pareja.

Me costaba seguirle. La conversación no fluía con espontaneidad, sino que él la iba ajustando por el camino que más le convenía.

—Por supuesto yo soy yo y mi marido, él —concluí cortante—. Y tú, ¿estás casado?

—Sí —respondió con rapidez—. Y soy un firme creyente en la institución del matrimonio.

—Ah, entiendo. ¿Tú sí pero yo no? Quieres insinuar que yo no considero el matrimonio indisoluble y te alegras.

Me sorprendió saltar a la defensiva. Lo atribuí al hambre. Cuando llevo horas sin comer, suelo perder la paciencia con facilidad. Se encogió de hombros divertido.

—No todos tenemos por qué compartir la misma escala de valores.

Qué hipócrita. Era de esos hombres que no solo tienen amantes, sino que encima alardean de ello. Esos hombres para los que las mujeres son, sobre todo, o quizá únicamente, presas sexuales. Sentí cierto regocijo, o más bien alivio. Como si lo hubiera visto desnudo. Ahora ya sabía cuál era su juego. Y no iba a caer en él. Cuantas más razones me diera para considerarle el enemigo, tanto más segura me sentiría. Para bien y para mal, en aquel momento apareció la camarera con la sopa y yo no pude seguir con mi razonamiento y, por tanto, llegar a la parte obvia: si él era de ese tipo de hombres, entonces yo era su próxima presa. Tras llenar las copas, la camarera volvió a desaparecer. La sopa era una auténtica delicia y mis sentidos se relajaron. Él lo notó.

—Me alegro de que te guste.

Mientras saboreaba el caldo, me devanaba el seso intentando encontrar temas de conversación. A él en cambio no parecía incomodarle el silencio, todo lo contrario: lo consideraba un aliado conocido, y ahora se limitaba a escrutarme sin pudor.

—Así que tienes negocios de comunicación y de hoteles. ¿Y qué más? —le pregunté.

—No me gusta mucho hablar de mí.

—¿Y de qué te gusta hablar? —insistí.

—Me gusta conocer a las personas con las que trabajo.

—Yo opino lo contrario. El trabajo no es un buen lugar para intimar.

—Yo no hablaba de intimar. Solo de conocer.

Sentí que las mejillas se me sonrojaban.

—Me refería a que yo no tengo mucho tiempo para nada que no sea mi familia, mi trabajo, o los amigos que ya tengo.

—Bueno, aquí tenemos tiempo de sobra.

—Me gusta decidir por mí misma en qué o en quién lo empleo, gracias.

Mi insolencia no pareció afectarle. Volvió a sonreír sin más. Esta vez le devolví la sonrisa.

—Está todo claro, pero, por favor, relájate un poco —continuó—. Dame un poco de crédito. Te he contratado a ti porque eres una profesional valiosa. Veo que hay partes de ti y de tu vida que no te interesa compartir conmigo y lo respeto. Perdona si te he molestado. Ahora, ¿podemos limitarnos a hacer el trabajo de la manera más agradable posible?

La tensión quedó convertida en humo. Él había entendido que yo estaba allí para trabajar. Fin. A partir de ahí solo pensaría en el vino, las velas, la deliciosa comida… Charlamos sobre lugares remotos y hermosos. Una conversación en apariencia exenta de conflictos y trampas. Nos entretuvimos un buen rato en Nepal, lugar que ambos habíamos visitado. Yo fui a cubrir una revuelta de unos monjes. Él, a conocer la experiencia de retiro, invitado del Dalái Lama durante dos meses. Me contó lo mucho que le había ayudado para tomar decisiones importantes. No especificó cuáles fueron y yo no quise profundizar. En el fondo, temía que cualquier detalle personal, o relacionado con su trabajo, activaría mi sentido crítico y pondría en evidencia nuestras enormes diferencias políticas. Tras el vino, nos ofrecieron un cóctel de coco que no habíamos pedido. Entre la animada conversación y la botella de vino, me lo tomé sin dudar. Lo cierto es que me encantaba poder explayarme, tener un interlocutor al que todo lo que le contaba le interesaba… Terminé el delicioso cóctel. La charla debía también darse por concluida.

—Creo que es hora de retirarse, Daniel.

—Mis amigos me llaman Dani.

Volvieron mis reticencias. No imaginaba a aquel hombre misterioso y contenido capaz de tener amigos, ni me lo imaginaba de hijo, ni de hermano de nadie, pero, claro, seguro que tenía ombligo.

—Pues me temo que yo no voy a ser capaz. A un hombre hecho y derecho soy incapaz de ponerle un diminutivo.

Él se encogió de hombros sin inmutarse.

—Vamos, te acompaño a la habitación.

No era un ofrecimiento que pudiera declinar. Temí que el camino por la pasarela fuera tan tenso como el de ida. A medida que nos alejábamos de la mesa, la conversación fue decayendo, ahogada por las sombras a nuestro paso. No encontramos un alma en el camino. O era muy tarde, o el hotel estaba abierto solo para nosotros. Lo cierto es que no me había cruzado con un solo cliente desde mi llegada. De repente volvió la angustia.

Llegamos a la entrada de mi suite. Yo tenía la tarjeta que abría la puerta ya en la mano, dispuesta a no pasar un segundo más junto a él. Me volví apresuradamente para despedirme.

—Buenas noches.

Él se acercó y el espacio entre los dos se redujo de tal forma que me sobresalté.

—No va a pasar nada entre nosotros —le advertí turbada.

—Sí, eso ya me lo has dicho —respondió con la voz queda. Se dio media vuelta y desapareció.

6

Me acosté temblando y abrí el portátil. En la pantalla apareció una foto familiar del verano anterior. Nos la había tomado un desconocido en la playa de las Tres Piedras, en Cádiz. Los cuatro con atavíos blancos que ondeaban al viento, las niñas de corto, Álex y yo con camisa y pantalones de lino remangados, sonriendo junto a la orilla del mar. La escena desprendía esa única luz de tarde que acaricia las playas gaditanas. Era el retrato de la felicidad y la plenitud. Suspiré profundamente y la ternura que me produjo la sonrisa de mis hijas consiguió devolverme la serenidad. Yo era feliz. Lo tenía todo. Cerré el ordenador e intenté dormir. Pero me costó conciliar el sueño.

Viajé por lugares oscuros aquella noche. Los sueños me empujaron por una casa vacía y yo no recordaba con quién estaba casada. Aparecían amantes del pasado. El rostro de uno, la voz de otro. Entonces las paredes se volvieron muy blancas, como si la misma luz saliera de ellas. Cuando mis ojos se acostumbraron, descubrí que estaban cubiertas de fotos que yo había sacado. Eran imágenes de niños soldados en Angola, de bebés con desnutrición extrema en Chad, de mujeres rociadas con ácido en India…, y entonces recordé a mis hijas. Mis reportajes aparecían ordenados cronológicamente, como si se tratara de mi propia biografía. Debía llegar a las fotos de mis hijas. ¿Dónde estaban? Quizá en otra habitación. Al abrir la puerta, de nuevo se hizo la oscuridad. ¡Las niñas! Me esforcé por abrir los ojos, pero la negrura era absoluta. Estiré las manos, desesperada. ¿Dónde estaban? No iba a darme por vencida. Tanteé a oscuras hasta encontrar la manija de una puerta y la abrí con desesperación. Al instante me encontré en la plaza del suburbio donde había crecido. Iba de la mano de mi madre. Yo era pequeña y mi madre alta y esbelta, siempre con el gesto adusto y el carrito de la compra en la mano derecha. Cruzábamos en diagonal desde el colegio hacia la panadería, bajo los soportales. La tienda era pequeña y estrecha, con grandes desconchones en la pared y estaba situada entre la oscura mercería y el estanco de gran cristalera. El ruido de las ruedas del carrito sobre el pavimento era el mantra que acompañaba a las amas de casa, anodino para todos, ensordecedor para mí. Miré de reojo la iglesia fría y amenazadora presidiendo la plaza, la casa de ese Dios único y omnipotente que todo lo veía, que conocía cada uno de mis pensamientos. Y todo era tan nuevo y falto de personalidad, tan falto de belleza, que me dolía el alma. Mi madre me agarró de la mano con fuerza. No. Yo tenía ya otra vida. Pero no era capaz de recordarla…

Desperté sudorosa, agobiada. Por suerte yo había tomado decisiones que me habían alejado del barrio. Las decisiones: eso era lo importante, esa determinación con la que uno va trazando su destino. Salí de mi lugar de nacimiento y nunca volví la vista atrás. Lo que había pasado allí ya no importaba. No podía perseguirme. No me alcanzaría jamás, me repetí. Reconocí con alivio el murmullo de una podadora lejana en el jardín del hotel. Estaba en las islas Seychelles. Solo había sido un mal sueño.

7

El espléndido panorama del mar amortiguó los recuerdos que resonaban en mi mente y achaqué al alcohol de la noche anterior la inquietud del sueño. Conecté el ordenador para hablar con Álex y las niñas, que, a esas horas en España, ya habrían vuelto del colegio. Su entusiasmo al verme, me emocionó. Cuando quedé embarazada de Mariana me preocupaba que no pudiera quererla tanto como a Sofía. Habíamos pasado dos años solas. Se me hacía del todo imposible amar más a otro ser…, hasta que la tuve en mis brazos, claro. La maternidad me hizo descubrir un amor nuevo y elástico, plagado de sutilezas ignotas. Y lo más interesante fue descubrirlo poco a poco, sorpresa tras sorpresa…, estando atenta. Era el dulce premio al tiempo exclusivamente entregado a ellas. La paciencia siempre me ha rehuido. Tuve que encontrarla. Superarme. Esforzarme.

Informé a Álex de que mi guía era finalmente Daniel y pude ver cómo le mudaba la cara en la pantalla del ordenador.

—Ten cuidado.

—Lo tendré.

—¿Entonces es que ya ha intentado algo?

—Más o menos. Pero tranquilo, ha recibido el mensaje con claridad.

Me apenó su rostro desolado, a tantos kilómetros de distancia, incapaz de expresarse por la presencia de nuestras hijas.

—No te preocupes, por favor. Está todo controlado —le pedí—. En cinco días estoy de vuelta.

Las niñas interrumpieron para contarme algo de la escuela, una historia larga y plagada de esos detalles tan importantes para los que los padres no solemos tener tiempo, y menos aquel día. Había quedado en la recepción a las nueve y debía preparar una mochila para los dos o tres días que pasaríamos fuera. La despedida fue un tanto fría y apresurada.

Bajé a recepción con unos minutos de retraso. Enormes plantas se alzaban como paneles para delimitar el espacio en el que el hombre había domesticado con firmeza la naturaleza. La luz del exterior se tejía sobre el suelo como bordados irregulares de insectos delicados. Miré a mi alrededor. De nuevo no había clientes a la vista ni rastro de Daniel. Tras el mostrador una joven distinta, tan perfecta como la que me había recibido, levantó la cabeza hacia mí. Solo el peinado las diferenciaba. Un moño recogía con pulcritud su hermosa cabellera negra. ¿O sería la misma?

—¡Virginia!

Me di la vuelta. Marie Sucre entraba muy acelerada y nerviosa en aquel preciso instante.

—Perdona el retraso. Me ha llamado Daniel para pedirme que te acompañe al barco. Él tiene que atender un asunto importante en Londres.

—¿Pero viene?

—No. Creo que han llamado a un guía. A mí solo me han dicho que te lleve al barco. ¿Estás preparada?

La miré un poco confundida.

—Sí, claro.

Subí al coche, el mismo que me había traído al hotel el día anterior, solo que ahora mi estado de ánimo era distinto. No entendía muy bien qué pasaba y eso me producía inquietud y cierta decepción. Intenté encontrar una respuesta. Se me ocurrieron dos: o Daniel había comprendido que no conseguiría de mí nada más allá de mi trabajo y había decidido que no valía la pena gastar su tiempo, o realmente le había surgido algo importante. Según avanzábamos por la estrecha carretera que serpenteaba entre la verdísima naturaleza, mi decepción se fue agrandando. Al mismo tiempo, intentaba convencerme de que la nueva situación me beneficiaba. Haría mi trabajo sin la presencia incómoda de Daniel, disfrutaría del viaje y volvería a casa. Suspiré. Y debió de ser tan notorio que Marie volvió la cabeza hacia mí.

—¿Todo bien?

—Sí.

Marie era joven e ingenua.

—Daniel es muy previsor. Seguro que te ha puesto un buen guía. No te preocupes. Ya me extrañaba a mí que pudiera acompañarte… Siempre está ocupadísimo.

De alguna manera, me molestó haber dejado de ser importante para Daniel. La lógica ante esta nueva premisa quedaba clara: primero, había entendido que no íbamos a tener sexo, segundo, no sería mi guía, ergo no me había contratado por mi trabajo.

Al doblar la siguiente curva, Marie detuvo el coche y nos bajamos ante una arboleda. Un camino de arena conducía hacia el mar. Enseguida, tras la vegetación, apareció una pequeña y rocosa cala en la que habían construido un minúsculo embarcadero. Y, encajado con pericia, flotaba un velero de madera de estilo antiguo. En la cubierta del barco, llamado *Komodo*, cargando unas cajas, nos esperaba un hombre mulato, de unos treinta y pico, vestido con un vaquero desgastado y una camisa de lino blanco. Podría protagonizar cualquier anuncio de perfume masculino en una isla desierta, tal era la belleza paradisíaca del lugar y de mi nuevo guía. Bajamos del coche y nos dirigimos a su encuentro.

—*Salut, John, je suis Marie Sucre. Je te présente Virginia.*

Nos saludamos en inglés. Pronto me encontraba sobre la cubierta yo también, lista para partir con mi mochila y mi material fotográfico. Marie levantó la mano desde la orilla.

—Espero vuestra llamada para recogeros aquí pasado mañana, o al otro, como veáis.

John soltó el amarre y yo suspiré. Por fin en marcha. Lista para la aventura. Sentí una profunda nostalgia. Me prometí que sacaría unas fotos espectaculares que compensaran haberme alejado de mi familia toda una semana. John me sonrió con su blanca dentadura y me prometió que agilizaríamos el trabajo. El motor del barco ronroneó con suavidad. De repente su móvil sonó con una música como de tambores africanos. Respondió en criollo. Al instante su ceño se frunció, confundido. Agobiado. Detuvo el motor y colgó el teléfono.

—Mi mujer se ha puesto de parto.

Estaba muy pálido. Marie observaba curiosa desde la orilla.

—¿Qué sucede? —gritó.

Nos volvimos hacia ella. John estaba muy alterado. Me fijé en un tatuaje verdoso que llevaba en la parte interior de la muñeca, pero se movía sin cesar y no fui capaz de captar qué representaba.

—Mi esposa va a tener el bebé.

—¿Tu esposa? —repitió Marie sorprendida.

John me miró angustiado, como si esperara que yo tomara las riendas.

—Por supuesto. Vete —le ordené con vehemencia—. Tu mujer te necesita.

John asintió y volvió a lanzar el amarre. Marie le ayudó desde tierra. Discutieron en la orilla. Hablaban en criollo. No entendí nada. Fue un intercambio rápido. John desapareció en una pequeña moto en la que no me había fijado, y que estaba apoyada contra una palmera. Marie se volvió hacia mí preocupada.

—Voy a llamar a Daniel. Parece que los astros no están de nuestra parte está mañana.

Se alejó un poco para mantener la conversación en privado. A mí no me importó. Aproveché para explorar el velero. Tenía unos once metros de eslora y casi cuatro de manga. A pesar del aspecto retro, era una embarcación moderna. Curioseé por el interior. Había dos cabinas y un comedor con cocina en la zona central. La mesa de madera ovalada estaba casi complemente flanqueada por un banco con la clásica tapicería azul y blanca. Debajo de la escalera se ocultaba un pequeño aseo. Abrí la despensa y el frigorífico y comprobé que había comida y bebida, champán francés, cervezas y vino para pasar por lo menos una semana. Era un barco hermoso. Cuando subí a cubierta, Marie, que seguía hablando por teléfono, me pidió con un gesto que bajara.

—Es Daniel, quiere hablar contigo —dijo—. Está en el aeropuerto.

Salté en dos zancadas y cogí el teléfono.

—Dime, Daniel —respondí con profesionalidad.

—Para tu tranquilidad, había decidido enviarte con un guía de mi total confianza para hacer las fotos, pero parece que no va a poder ser.

Así que yo tenía razón. El cambio de planes no tenía que ver con que él tuviera una urgencia que atender. Sentí un estúpido alborozo en el pecho al comprobar que su interés personal en mí era real, tan real como mi hipocresía, debería añadir. Mi única excusa es que me estaba mintiendo a mí misma.

—La verdad, no sé qué hacer —concluyó con un falso tono de pesadumbre.

—Pero ¿tú puedes o no puedes venir?

Se quedó callado unas significativas milésimas de segundo.

—Estoy ya en el aeropuerto.

—Entonces, ¿qué hago?

—Te encontraré otro guía —respondió con seguridad—. Vuelve al hotel. Quizá tengamos que retrasar el viaje unos días.

La opción de quedarme sola en el hotel, sin mis hijas y mi marido me produjo cierta alarma. No quería pasar más de una semana fuera de casa, me dije. De repente, el tiempo lejos de ellos se me hizo angustioso y me vi convertida en un pájaro que se golpea una y otra vez al intentar salir de una habitación a través de un espejo.

—Mira —musité alejándome unos metros de Marie para poder hablar con discreción—. Está todo bastante claro entre nosotros. Como tú veas, pero si puedes venir, yo preferiría hacer el trabajo lo antes posible y volver a casa. Ese era el trato.

8

Daniel subió al velero como un verdadero experto. Tenía experiencia como patrón y conocía bien el barco. Marie se marchó en cuanto él apareció. Vi que se saludaban con fría profesionalidad. Le ofrecí ayuda con la embarcación, aunque no tenía ni idea del manejo, pero él me ordenó que me sentara y arrancó el motor para salir de la caleta.

Pasamos la primera hora en silencio, disfrutando de la brisa, del cielo azul, de las olas, de ese silencio lleno de mar que solo se reconoce cuando las puertas y ventanas se cierran de golpe. Cuando nos hubimos retirado de la costa, detuvo el motor y empezamos a navegar con la vela mayor.

—¿Te gusta la velocidad? —me preguntó.

Yo asentí. Y él, tras varias maniobras con los cabos que me parecieron bastante complicadas, izó la vela y al poco alcanzamos una velocidad inesperada, al menos para mí que jamás había navegado en un velero. La potencia del aire me cortaba el aliento, el sonido de las olas lo llenaba todo…; aspiré profundamente la trepidante sensación de libertad. Y me agarré con fuerza. El barco se escoraba tanto que casi podía rozar el agua con la mano, pero la emoción se evaporó al instante cuando me fijé en el rostro concentrado de Daniel. Los ojos habían desaparecido tras unas gafas de sol y, sin ellos, vacío de humanidad, solo quedó el rictus frío de una mandíbula perfecta y hierática. Ya no me sentí libre sino manipulada. La estrategia de la distracción: ¿sería verdad que él había renunciado a ser mi guía? ¿O había sido todo un montaje para que yo me quedara tranquila? Al final casi había sido yo la que le había pedido que me acompañase. No quería ponerme paranoica, pero la velocidad del velero dejó de gustarme y me embargó una desagradable desazón.

—¡Daniel! Por favor, ¿podemos ir más despacio? —le grité.

Él me miró extrañado y asintió. Recogió la vela y poco después el barco navegaba ligero, pero no vertiginoso. Una vez que todos los cabos estuvieron en su sitio, Daniel me invitó a aproximarme al timón. Recorrí el perímetro del banco tambaleándome hasta llegar a su lado y aproveché para ponerme yo también las gafas de sol.

—¿Te has asustado? —me preguntó.

—A mí me asustan otras cosas.

Él sonrió. Yo desvié la vista hacia delante y cambié de tema:

—¿Adónde vamos?

—Al atolón del que te hablé. Llegaremos a la primera zona de islas en unas cuatro horas. Mi idea es desembarcar para dormir en una de ellas en tiendas de campaña. Está desierta. Quiero que aproveches bien la luz del atardecer, si es que no llueve —dijo alzando la vista. El cielo estaba azul y casi completamente despejado.

—No parece que vaya a llover —observé.

—Aquí las tormentas van y vienen en un instante. Pueden ser peligrosas. Y hay una prevista para esta tarde.

Le miré suspicaz. La estrategia de la distracción consistía en desviar la atención de los problemas importantes mediante la acumulación de pequeñas y continuas informaciones o conflictos menores. Primero, me quedaba sin guía, ahora surgía una tormenta de la que preocuparnos. Sé que él percibió mis sospechas, pero no dijo nada. El que no lo hiciera, lejos de tranquilizarme, me incomodó aún más. Si era consciente de que algo me incomodaba, debería preguntarme qué me preocupaba, a menos que ya lo supiera, y fuera precisamente ese el tema a evitar. Pero ¿qué demonios estaba haciendo yo? Todas esas elucubraciones no eran dignas de mí. Yo estaba allí para hacer un trabajo. Si él tenía otras intenciones, era asunto suyo. Me obligué a pensar en mi marido. A esas horas debía de estar a punto de despertar a las niñas.

—¿Tienes hambre?

—No. Voy a hacer unas fotos —respondí señalando la silueta de las islas que íbamos dejando a nuestro paso.

Y a eso me dediqué durante las dos horas siguientes: mi trabajo. También él se convirtió en mi modelo. Primero casi accidentalmente, cuando apareció en el ángulo de tiro de la cámara, y poco después como absoluto protagonista. Es muy interesante descubrir las reacciones de las personas cuando están siendo fotografiadas. Mucho de su carácter, de sus sueños y ambiciones, de lo que creen que saben de sí mismos y de lo que no pueden ver, asoma. Cuando me centré en él, lo primero que me llamó la atención es que me lo permitiera. Se dejaba fotografiar, pero no miraba a cámara. No era por inseguridad. Simplemente le daba igual. Y yo aproveché para hurgar. Saqué decenas de fotos y, aunque no las estudiaría hasta más tarde, todo lo que descubrí me resultaba extrañamente contradictorio. Su lenguaje corporal decía que aquel hombre no era un narcisista. Las mandíbulas estaban relajadas. La comisura de los labios no temblaba, rasgo inequívoco de que no se sentía intimidado por el objetivo. Vestía casi como podía esperarse de un hombre que cerraba negocios en clubes de golf con los de su clase. Y digo casi porque su forma de remangarse, por ejemplo, no terminaba de encajar. Sabía qué era el trabajo duro, pues sus manos eran más fibrosas y estaban más curtidas de lo que cabría esperar de un ejecutivo. La razón no radicaba en que disfrutara de deportes de riesgo. Había más en esos pequeños detalles que desencajaban. Estaba moreno, y, sin embargo, no parecía que pasara demasiado tiempo al aire libre. No lo suficiente para que esas manos le correspondieran. Achaqué al largo rato que llevaba fotografiándole el sentir que había algo familiar en su rostro, y no presté atención.

—Posas muy bien. Con seguridad.

—Claro. Las fotos que sacas me pertenecen.

El comentario me dejó sin palabras.

—¿O no trabajas para mí? —me preguntó divertido al advertir mi sorpresa.

—Sí, sí, claro…

—A la gente no le gusta salir en los fotos porque no puede controlarlas —me explicó con cierta prepotencia.

—¿Qué me estás diciendo, que puedes controlarlo todo?

No me respondió.

—Eso no me gusta —observé molesta. Daniel no pareció haberme escuchado y lo repetí—. Digo que eso no me gusta nada.

Él detuvo el barco. Una quietud inesperada, al menos para mí, me hizo sentir por primera vez la sensación de que flotábamos, como si antes la velocidad o los motores nos hubieran estado sosteniendo en una alfombra mágica que de repente hubiera desaparecido. Me invadió una sensación de irrealidad. Una bandada de gaviotas nos sobrevoló. Estábamos cerca de un atolón y, a lo lejos, como esperando los acontecimientos, aparecieron unos islotes.

—¿Nos tomamos una copa de champán? —me preguntó.

—¿Me has oído?

—Sí, claro. ¿Y tú a mí? ¿Te apetece una copa?

Asentí a regañadientes y él bajó a la cocina mientras hablaba:

—¿Qué quieres que te diga? Yo no soy responsable de cómo funciona el mundo.

—Claro que sí. Tú más que la mayoría. Eres dueño de un medio de comunicación. Tienes una gran influencia sobre lo que piensa la gente.

No respondió. Tuve que esperar a que subiera con una botella de champán en una cubitera en la que había además dos copas alargadas. Desplegó una mesa que hasta entonces no había advertido, y se dispuso a abrir la botella.

—Eso no es del todo correcto. Yo solo soy el propietario del periódico. Hay un director que controla la línea editorial.

Se calló y un silencio tenso se instaló en el barco.

—La verdad es que no solo poseo un periódico. También tengo intereses en la televisión.

—¿En qué canal?

—En todos —respondió descorchando el champán.

Bebí de la copa sin dejar de observarlo. Yo también sabía actuar con frialdad y si buscaba escandalizarme, no iba a darle ese gusto. La suya era una confesión de ilegalidad en toda regla. Denunciable incluso. Desde luego, la acumulación de medios de comunicación estaba al margen de cualquier ética.

—Es un farol —concluí mirándole con fijeza.

—Sí, claro que sí —contestó divertido.

Yo estaba escandalizada, pero, bien mirado, no tenía ni idea de quién era el dueño de *La Nación* antes de aquella fiesta en el ático de la editorial. Y que de Daniel González se sabía poco más de lo que relataba esa breve biografía autorizada en la Wikipedia.

—Por supuesto. Hoy todo se sabe. Más aún con el inmenso e inmediato poder de internet —asintió dándome la razón, lo cual me dejó, si cabe, más alarmada—. Voy a buscar unas almendras.

Se levantó para desaparecer en el interior del barco. Pensé que eso hacían los cobardes, esconderse, desaparecer. Pero también los cazadores y las serpientes, siempre al acecho. Me quedé perpleja, mirando su copa, casi vacía. Y volví a repetirme que yo estaba allí para hacer mi trabajo. Para mi tranquilidad, me convencí, yo solo había sido contratada para realizar unas fotos de paisajes. Eso no podía comprometer mi conciencia de periodista íntegra. Allí no había temas éticos, ni injusticias sociales a las que enfrentarse. ¿Quizá problemas con los ecologistas? No, descarté. Daniel seguro que había valorado impactos ambientales o comprado voluntades. Era un tema menor comparado con la confesión que acababa de hacerme.

Levanté la vista hacia los islotes que nos rodeaban. La luz brillante, en un cielo de un azul claro y hermoso, me hizo sentir parte de aquella postal del paraíso. Unas nubes algodonosas aparecieron detrás del atolón. Franjas turquesa, más claras, bordeaban el agua según se acercaba a la arena blanca que rodeaba las pequeñas islas. Piedras enormes estratégicamente colocadas entre las palmeras de las playas, y tras ellas, en fluida continuación, una vegetación de un verde brillante, como recién regado. Quizá fue el momento, el instante de gloriosa armonía lo que me hizo bajar la guardia. Cuando Daniel subió con dos paquetes de frutos secos en la mano y una bandeja preparada con un pulpo en salsa de ají, me impresionó. Su brazo moreno, el vello oscuro y su mirada, tan segura, tan poderosa, tan llena de experiencias que yo desconocía, hizo que el pulso se me acelerara. Le ayudé a colocar la bandeja en la mesa y bajó otra vez por los cubiertos y servilletas.

—Picamos algo y luego fondearemos en la isla de enfrente para que saques unas fotos. Si te parece, la comida fuerte la hacemos cuando caiga el sol.

¿No era acaso aquel el trabajo más idílico imaginable? Sí, bajaría a la isla, y yo tomaría fotos, pero lo que perduraría en mi memoria serían sus brazos fuertes, su mano cuando me ayudara a bajar del barco, el sol brillante, el agua cristalina, la arena blanca, cálida y finísima bajo mis pies. En ese momento, la actitud quedaba muy, pero que muy lejos.

9

Empezó a caer el sol. Daniel me propuso acampar en la isla desierta. Se materializó en mi cabeza una escena con fogata, mantas y vino y me negué en rotundo.

—Bueno, como quieras. Pero al menos cenamos en tierra firme y luego vamos a dormir al barco. Aunque te advierto que igual nos llueve.

—No nos vamos a hundir, ¿verdad?

—No, pero puede no ser agradable.

—He estado en sitios menos agradables que este. Podré soportarlo. Pero sí, cenamos aquí si te parece.

Y así, mientras yo aprovechaba los últimos rayos del sol que acariciaba con delicadeza las hermosas formas del Edén, Daniel se dedicó a ir y venir un par de veces al barco.

Caminé hasta el final de la isla, de forma alargada, no más de un kilómetro por dos. Observé al sol desaparecer por la línea del horizonte, bordeado por nubes que ocultaron su chapuzón final, cual reina discreta ante la mirada de sus súbditos. El cielo se tiñó de suaves tonos anaranjados, rosas, violetas y la atmósfera quedó quieta, expectante. Atenta a nuestro próximo movimiento.

Cuando regresé al punto de encuentro, en el cielo vi el reflejo del día en otras latitudes, pero las estrellas y la luna se apoderaban con repentina prisa del telón. Las nubes desaparecieron, y solo quedaron colgajos de telaraña, como si aquel fuera un lugar abandonado por el que hacía años que nadie había pasado. Madrid es una ciudad sin cielo, aunque a veces se nos olvida. Fue mi hija Mariana, la pequeña, la última en recordármelo: Mamá, ¿las estrellas existen? Dudaba de su existencia como de la de Campanilla o los Siete Enanitos. Mis hijas…, cómo las echaba de menos. Sus descubrimientos diarios, sus quejas y necesidad de mimos y abrazos. Sus miradas de absoluta adoración, su olor dulce y su piel suave y luminosa. Nada como los besos y los abrazos de las niñas, tan distintos a los que yo recuerdo de mi niñez. Desde el primer momento que las tuve sobre mi pecho, supe que haría todo por ellas y que, a pesar de que mi libertad quedaba mellada para siempre, sin Sofía y Mariana el mundo sería un agujero negro sin vida. ¿Y Álex? Álex, en aquel momento, empezaba a convertirse en una polilla en mi conciencia. Su imagen era nítida, su mirada sobre mí penetrante. La polilla batía las alas dejando un desagradable y fino polvillo que se introducía en los pliegues de mi piel. Me hacía sentir incómoda y, a pesar de ser invisible, incluso sucia. ¿Y de quién era la culpa? Mía, claro. Todavía no había perdido el juicio. Todavía era capaz de recomponerme, de volver a ser yo, de pensar en mi marido con amor y cariño y reconocer que la figura de Daniel, a mi pesar, causaba un efecto negativo en la estabilidad emocional con tanto esfuerzo conseguida.

—Empezaba a preocuparme —comentó Daniel sin traslucir inquietud alguna.

Sobre un mantel blanco había varios envases de plástico, todavía sin abrir, platos y servilletas de papel, cubiertos, y dos copas de vino. Se disponía a abrir una botella de vino tinto. Me senté en la arena y metí la cámara en la bolsa. El trabajo había terminado por aquel día. Recuerdo claramente apoyar una mano sobre la fina arena y sentirla todavía caliente. Daniel me pasó la copa de vino.

—¿Te gusta? —me preguntó como si aquella isla y todo lo que nos rodeaba le perteneciera. Y casi sentí que me lo ofrecía, que me tentaba con el paraíso. Ahí radicaba su éxito en las relaciones personales: tenía el talento de hacerte creer que, junto a él, podías entrar en un mundo mejor.

—Sí, es precioso. No me extraña que quieras construir aquí, aunque me da pena que se pierda... —suspiré—. Yo también me retiraría a un lugar como este. —Me pareció que su gesto se torcía—. ¿Tú no? —pregunté extrañada.

—No lo sé.

—Me sorprende que alguien como tú no tenga planeado su futuro al dedillo. O quizá es que no está aquí.

Tomó un sorbo de vino y evitó mirarme a los ojos. Lo hacía a propósito. ¿Para hacerse el interesante? ¿Para que yo no pudiera indagar en su interior? Nunca he podido averiguarlo. Pero fue aquel movimiento de cabeza, el cómo sus ojos se perdieron en la oscuridad, lo que terminó de seducirme. Supongo que nos acabamos la botella... No regresamos al barco. Nos quedamos dormidos sin más, separados por los restos de la cena encima del mantel, con las llamas de la fogata por testigo. No llovió.

10

El amanecer llegó y una ligera brisa me despertó de sopetón. Caricia inmerecida. Daniel dormía profundamente, arropado con una toalla. Su respiración era profunda y pausada. La luz empezaba a derramarse por el cielo, tintándolo de dorado y arrastrando rosas, violetas, naranjas. Me incorporé en silencio. Los colores eran un bálsamo para la vista. El mar, limpio y turquesa, extremadamente quieto y tentador.

Al entrar en el agua, decidí que el bikini era un estorbo, y me lo quité. Lo lancé a la arena y me introduje con cuidado, intentando que mi chapoteo no estropeara la quietud. El agua estaba templada. No recuerdo sensación más deliciosa, más dulce, más hermosa que aquel baño. Buceé hasta quedarme sin aliento sintiendo las ondas sobre mi piel convertidas en líquido amniótico, protector y liberador al mismo tiempo. Así de fácil debería ser la vida. Así de sencilla. También había nacido pez.

Al salir, recogí el bikini y corrí hacia la toalla que había tenido la precaución de dejar en la orilla, junto al resto de mi ropa. A cierta distancia, comprobé aliviada que Daniel seguía durmiendo. Una vez vestida, me acerqué para recoger los restos de la cena, pero lo pensé mejor y me dirigí hacia la cámara. Entonces sentí que me observaba.

—Me he bañado.

—Ya veo.

Se incorporó perezoso. E ignorándome, se quitó la camiseta. Por un instante, me preocupó que pensara bañarse desnudo, como había hecho yo. Pero él llevaba bañador bajo el pantalón. Mientras se dirigía al mar, me fijé en una cicatriz no muy grande pero sí importante, en su omóplato derecho.

Nadó unos minutos. El tiempo necesario para que yo sacara la cámara y aprovechara esa luz tan distinta a la del día anterior. Se estaba nublando rápidamente.

La brisa se hizo más enérgica y empezó a barrer la atmósfera. Pronto se había transformado en un viento desagradable y, en apenas segundos, el paraíso cambió de perfil. Daniel salió del agua con premura.

—Desayunaremos en el barco —dijo, mientras se ponía la camiseta—. Al final va a llover. Espera y traigo la lancha.

—Igual deberíamos quedarnos aquí.

—No. No podemos perder tiempo. Quiero que regresemos a Mahé mañana por la mañana y tenemos varias islas más que recorrer.

—Pensé que teníamos más días.

No respondió. La verdad es que no entendí el cambio de planes. Pero él me había contratado y, en fin, me iba a pagar igual. Tomamos un café con galletas en el barco mientras él ponía rumbo al atolón más occidental. No estaba muy comunicativo. Mientras navegábamos cabalgando en el viento, se instaló un incómodo silencio. Intenté romperlo en varias ocasiones, sin éxito. El ruido del aire lo hacía imposible y no conseguí sacarle nada más allá de «sí», «no» o «agárrate, por favor».

Una hora más tarde nos acercamos a otro grupo de islas y redujo la velocidad. Volví a sacar la cámara. El ruido se redujo. Las rachas de viento eran cada vez más fuertes, pero seguía sin llover. Las nubes iban y venían, decorando el cielo con una espectacularidad teatral.

Daniel detuvo el barco y consultó su blackberry.

—No tenemos cobertura.

—Ayer tampoco —comenté. Era un tema que no me había preocupado. Lo daba por sentado—. Pero la radio funciona, ¿no?

—Sí, claro.

El viento se calmó como si alguien hubiera cerrado una puerta de repente. La quietud regresó.

—¿Crees que podríamos acercarnos a aquella isla? —pregunté señalando una playa con forma de medialuna.

Daniel asintió y nos aproximamos, él concentrado en instrumentos de navegación desconocidos para mí. Cuando ya podía hacer pie, me quité el pantalón y, con bikini y la camiseta, bajé con la cámara en alto. Oí que apagaba el motor. Sentía sus ojos pegados en mi espalda. Mientras yo intentaba capturar con mi cámara aquella soledad absoluta, mi memoria voló hasta el lugar más opuesto: Las Vegas. La naturaleza paradisíaca para disfrute exclusivo, y la civilización capitalista más profusa y atestada. *What happens in Vegas stays in Vegas...* Quizá el cielo y el infierno no fueran dos lugares tan distintos. Lo que pudiera ocurrir en aquel lugar embalsamado en el tiempo también se quedaría allí. Más aún, sin testigos, ¿sucedían realmente las cosas? Si no quedaba huella, ni nadie para contarlo, ¿qué importancia tenían los acontecimientos? Quise volverme hacia Daniel, pero haciendo un esfuerzo me contuve. Era el sol, el agua templada, que hacía casi una semana que no tenía sexo y estaba a mitad del ciclo. Mi pensamiento me avergonzó. Sin embargo, era emocionante. Deseaba vivir la aventura. Aunque solo fuera mental. Con la imaginación me bastaría, sí, me convencí. Y seguí pulsando el disparador de la cámara aunque ya no veía nada. Solo oía el clic del disparador, una y otra vez, convertido en latido.

—Voy a la playa —avisé a Daniel. Necesitaba un momento para recuperar la cordura, o para vivir mi fantasía. Una cosa o la otra. O las dos, a ser posible.

Me alejé por la arena. Caminé como en trance, viendo sin ver, hasta llegar a unas palmeras y matorrales, y me alegré de encontrar aliados. Necesitaba un poco de protección. Me volví discretamente hacia el barco y vi a Daniel trajinando en la cubierta. Deseaba que siguiera allí, y que no me observara. Necesitaba tiempo para mí. Me tumbé sobre la arena, cálida y suave, y saqué unas fotos que serían las más eróticas de mi vida. La arena blanquísima ondeaba penetrando el mar tranquilo de un turquesa brillante e irreal. Con un movimiento rítmico y discreto, acariciada por el sol tuve uno de los orgasmos más necesarios de mi vida. Me recuerdo a mí misma tumbada boca abajo, lamiendo con mi intimidad la arena. Hoy, después de doce años, el sabor de aquella arena aún está aquí conmigo y a veces me consuela.

Regresé al barco veinte minutos después, más tranquila y relajada, convencida de haber recuperado el control. Por desgracia, esa sensación no duró demasiado.

—Tienes buena cara —notó Daniel mientras extendía su mano para ayudarme a subir al barco.

Me sonrojé y solté su mano con rapidez.

—He hecho unas fotos estupendas y eso siempre me pone de buen humor.

Él no se movió un ápice. Estábamos muy juntos y yo sentí cómo mis latidos impedían que el calor desapareciera de mi rostro. Intenté separarme, pero me moví con brusquedad y tropecé con unos cabos en el suelo. Él me agarró justo a tiempo. Mis piernas temblaron, inseguras. Di un paso atrás para separarme de él molesta.

—Vamos, siéntate —me dijo él—. Hablémoslo. Tengo la impresión de que todavía podemos sacar algo en claro.

Se sentó junto a mí y me puso la mano sobre la rodilla con aire paternal. De repente parecía nervioso y apesadumbrado. Tomó aire mirándose la punta de los pies y cuando levantó la vista de nuevo, la seguridad había vuelto a sus ojos.

—Mira a nuestro alrededor. Aquí no hay nadie. Estamos solos. ¿Entiendes qué quiero decir?

—Que no hay testigos. Que lo que pase entre nosotros se puede quedar aquí.

—Algo así.

—Pero eso no es verdad —objeté.

—Depende de nosotros.

—Vamos, no puedes creerme tan tonta para caer en eso.

—Ni tan frívola, ni tan ligera, no.

—Yo me llevaré lo que pase aquí. Se dice muchas veces eso de que no significó nada, pero no es cierto.

—Te aseguro que la mayoría de las relaciones que he tenido no han significado nada —replicó rotundo.

—Puede que no recuerdes a todas las mujeres con las que te has acostado. Seguro que han sido unas cuantas. Pero en su conjunto, todas ellas han hecho de ti quien eres. Casi no te conozco. No sé si habrás sido un putero, un donjuán, o, en cualquier caso un infiel, porque estás casado, ¿no? Así que sí, sí que han significado. Te guste o no.

Daniel suspiró y retiró la mano. En ese momento, pensé que la tensión sexual entre nosotros se evaporaría. Al menos, él perdería interés. Hay un momento, en el comienzo de cualquier relación, en el que todo se puede torcer. Y reconozco que más tarde, por la noche, a mar abierto, cuando dejé la copa de vino sobre la mesita plegable, me levanté y caminé hacia la proa, lo que intentaba era evitar que el deseo desapareciera. O al menos, que la sombra de la indiferencia no avanzara. Me senté con las piernas colgando y segundos después dejé caer el peso de mi cuerpo sobre la espalda. Y allí permanecí varios minutos contemplando las estrellas mientras el barco se internaba mar adentro. El vino, el vaivén del barco y los magnéticos luceros, pronto me hipnotizaron y mi mente quedó vacía, relajada. Entonces noté que él se sentaba a mi lado.

—¿Sabes por qué soy un hombre rico?

¿Por tu falta de escrúpulos?, quise responder. Pero me callé para no seguir estropeando las cosas. Había bebido demasiado. Daniel continuó:

—Por las estrellas.

Me volví hacia él sorprendida.

—¿Es una metáfora?

—No. Yo no soy un poeta, aunque si artista es el que crea, yo he creado un imperio de la nada.

—Bueno, de la nada…, tu familia algo te debió de apoyar.

—Umm —masculló con frialdad.

—¿Qué pasa con las estrellas? —le pregunté sin apartar la mirada de ellas.

—Que están muy lejos —respondió suspirando, y se tumbó a mi lado sobre la cubierta—. ¿Te interesa el universo?

—No me quita el sueño. Con el planeta Tierra tengo más que suficiente.

—A mí me ha fascinado desde que tengo uso de razón. Cómo empezó todo y por qué. Somos producto de una anomalía inexplicable.

—Sí, eso explica muchas cosas —acepté con sarcasmo.

—La Tierra está a la única distancia posible del Sol para que se dé la vida. Es imposible que se desarrolle, tal y como la conocemos, en ningún otro punto del sistema solar. Solo a nuestra temperatura podemos tener agua. Lo curioso es que nuestra posición rompe con la armónica distancia entre planetas.

Me volví hacia él impresionada. Que Daniel tuviera unos conocimientos de astronomía era lo último que me hubiera imaginado. Y ya eran varios los detalles que no terminaban de encajar con el perfil de triunfador capitalista de familia acomodada.

—Cuando la Tierra se formó, no albergaba en ella los ingredientes necesarios para que surgiera la vida. La riqueza que hizo posible lo que vemos llegó desde los confines del universo. La trajeron los cometas, grandes bolas de hielo que van y vienen por la Vía Láctea. A su paso, se les van pegando partículas interestelares. Este polvo de estrellas es el que cayó sobre la Tierra e hizo posible la diversidad de elementos, que en realidad no son tantos.

—Es hermoso pensar que somos polvo de estrellas.

—Y que venimos de muy lejos. A mí eso me resulta aún más impresionante. La ciencia ficción, el miedo al ataque de los extraterrestres siempre me pareció una idea ridícula, más aún cuando nosotros mismos venimos de muy lejos.

Era una forma interesante de entenderlo. E intrigante. Daniel había captado no solo mi atención, sino la del mar, la del viento. Todos escuchábamos atentamente su voz profunda y extrañamente sosegada. De nuevo, el tiempo embalsamado.

—Lo poco que conocemos del universo cuestiona nuestra idea del tiempo y del infinito. Con los telescopios actuales podemos llegar a captar una distancia de ocho mil millones de años luz. Sabiendo, como se sabe hace décadas, que el universo se expande, que lo que está allá hubo un tiempo que estuvo aquí, y que el origen del universo pudo haber comenzado hace trece mil setecientos millones de años, podríamos estar a punto de ver el mismísimo origen de nuestro mundo.

La serenidad con la que hablaba de astronomía le había transformado en otra persona. Seguí escuchando.

—Pero hay mucho más. Materia y antimateria, por ejemplo. La posible existencia de universos paralelos. Los famosos agujeros negros. Y una que me intriga en especial, ¿sobre qué se expande el universo? Es una idea desasosegante, ¿verdad? Temas hasta ahora considerados mero producto de la imaginación, resulta que podrían estar a la sencilla distancia de unas leyes físicas distintas. O tal vez no.

De repente, el cielo había dejado de ser un decorado fascinante para convertirse en un lugar tenebroso frente al que constatar la insignificancia del mundo, y lo que era peor, la mía propia.

—Y todo esto ¿qué tiene que ver con que tú seas un hombre

muy rico? No entiendo la relación —pregunté incorporándome intrigada.

—Pues que la comprobación de nuestra ínfima importancia solo puede vivirse de dos formas. La primera es la de Spinoza: el primer sorbo nos aleja de Dios, pero Dios siempre está en el fondo del vaso para los que saben esperar. La segunda forma es, exactamente, la contraria.

—¿La contraria? —repetí.

—La que yo consideré entonces y me ha hecho quien soy. Nuestro tiempo es breve. Si ni siquiera las leyes del cosmos son aprehensibles para el ser humano, es decir, no podemos concluir verdades absolutas, mucho más subjetivas y cambiantes son las leyes del hombre, que de hecho se encuentran en permanente evolución.

—Las fundamentales no.

—Sí, también las fundamentales. En la guerra está permitido matar al enemigo. Es más, se considera un valor. Pero ¿qué es una guerra? ¿Puedo yo decidir que estoy en guerra con alguien? ¿Y qué es, por poner otro ejemplo, el matrimonio? ¿La unión entre personas del mismo sexo puede serlo? Antes no, ahora en muchos países, sí.

—Pero el amor, la compasión, la justicia…

—También eso cambia, créeme.

—Conozco gente compasiva…

—Ja, la compasión, la solidaridad del que tiene y da de lo que le sobra —espetó él con rencor. Su discurso no encajaba. No era propio de una persona que lo había tenido todo desde la cuna.

—No entiendo adónde quieres ir a parar…

—Si las leyes del hombre son solo eso, leyes del hombre, un ser insignificante en el universo, ¿por qué tengo que regirme por esas leyes?

—Ya veo. Tú, como producto de una profunda reflexión y valoración, haces lo que más te conviene —repliqué con ironía.

—Siempre, sin paliativos.

—Si todos hiciéramos lo mismo, el mundo sería una jungla.

—¿Y no lo es ya? ¿No somos todos lobos disfrazados de corderos?

Suspiré. Entendía lo que me decía pero me negaba a transitar esa senda.

—Creo que te aproximas al problema desde una perspectiva muy masculina. Yo no veo lobas. Veo mujeres que intentan sobrevivir y encontrar su lugar.

—Será porque no habéis dedicado el suficiente tiempo a la reflexión —afirmó él socarrón.

—Pues para haber reflexionado los hombres tanto, no nos va demasiado bien. Es verdad: habéis creado el mundo a vuestra imagen y semejanza. Nos ordenan y gobiernan valores caducos como el de forrarse y ser el más rico. La gente como tú sigue sin aprender que el dinero es un medio, no un fin, y que por eso jamás dará felicidad por sí solo.

Daniel me lanzó una mirada paternalista que me enfureció más si cabe.

—El discurso feminista no me cuadra. Yo conozco mujeres que sienten exactamente igual que yo. Es más, estoy rodeado por mujeres cuyo objetivo último es exprimirme hasta el último céntimo.

—Será porque los de la misma condición se atraen.

—¿Me estás diciendo que tú eres distinta, que no te importa el dinero, el poder que te da para hacer lo que te venga en gana, la seguridad? No te creo. Y si tú de verdad lo crees, vives en un estado de completa negación.

Su argumento tenía mucho en común con el de la Biblia: el primero que esté libre de pecado que tire la primera piedra. De nuevo, un libro escrito por varones pero que había servido de base de la ética y la moral del mundo occidental. Me dejé caer otra vez sobre la cubierta, perdí la mirada entre las estrellas y suspiré profundamente. Volví a sentir la agradable sensación de inestabilidad provocada por el vino y el balanceo del barco. Aquel hombre y yo no teníamos nada en común. Dejaría que las olas se llevaran la conversación y el deseo. Fin de la historia.

Pero entonces, de repente, su rostro se me acercó.

—Virginia —me dijo en voz baja mirándome fijamente a los ojos—. ¿Sabes quién es Slavoj Žižek?

Sentí el pulso acelerado al tenerlo tan cerca. No, no lo sabía.

—Es uno de los intelectuales contemporáneos más interesantes. Dice que el mejor resumen de la condición ética de nuestros tiempos es la superposición de la transgresión y la norma. ¿Entiendes?

En aquel momento, y en aquella posición, me sentí incapaz de hacer el esfuerzo de pensar. Lo que me estaba diciendo era importante. Me quedé inmóvil, como retándole a demostrar de lo que era capaz. En la penumbra, sus ojos brillaban al acecho. Estuvimos así unos segundos eternos que él resolvió acercando su boca a la mía.

—No.

Daniel se levantó y desapareció en el interior del barco.

11

No sé cuánto tiempo estuve dormida en cubierta. Me despertó una ráfaga de viento helado. Las estrellas habían desaparecido del cielo y la negrura era profunda como la del comienzo de una pesadilla. El barco se tambaleaba peligrosamente y las nubes empezaron a descargar agua con una fuerza inesperada. No se avistaba islote alguno. Tuve la sensación de que el barco se encontraba sobre la piel de un monstruo líquido de dimensiones colosales que se movía con desesperación para sacudirnos de su lomo. Daniel subió con dos chubasqueros desde el interior.

—Ya está aquí la tormenta —anunció preocupado mientras nos poníamos las prendas—. Ponte también el salvavidas.

Me lo lanzó y le obedecí. Él se puso otro.

—Baja —me ordenó.

—Prefiero ayudarte —respondí mientras observaba cómo él recogía velas con destreza y ajustaba cabos tan rápido como podía. El miedo empezaba a escalar desde mi estómago.

—¡Baja! ¡YA!

No recordaba que nadie jamás me hubiera hablado en aquel tono desde que era niña, pero no era el momento de discutir. Aunque lo hubiera intentado, el vendaval hacía imposible cualquier comunicación. Sin embargo, no obedecí inmediatamente. Me apresuré a recoger los restos de la cena desparramados y a poner a salvo el equipo fotográfico. Parte de la comida y la vajilla cayó al agua. Lo que pude salvar, lo bajé a la cocina, dando tumbos, y volví a subir. Me quedé junto al timón mientras él terminaba de amarrar cabos para aguantar la sacudida del temporal. No sé cómo podía ver nada con las gafas cubiertas de gotas. Las ráfagas se endurecieron, cabalgando unas sobre otras, en desesperada carrera por alcanzar el fin del mundo. Las imaginé derramándose en cascada al final de una Tierra plana, sobre el precipicio infinito.

—¡Por lo menos, átate! —me ordenó señalando un cabo enrollado en el suelo, mientras terminaba de sujetar las velas y se apresuraba al timón.

Lo intenté sin éxito. No era tarea fácil. Una enorme ola me empapó por completo y, entonces, decidí que debía seguir sus instrucciones y refugiarme en el interior. Pensé en mis hijas sobrecogida. ¿Iba a morir?

Daniel se acercó a mí y me agarró con fuerza del brazo.

—Aquí no me ayudas, Virginia. Por favor, ¡baja!

Si la muerte nos perseguía, yo debía sobrevivir por mis hijas. La historia no podía repetirse. Me maldije por haberme puesto en peligro. ¿Por qué demonios había aceptado aquel trabajo? Descendí por las estrechas escaleras sabiendo que abajo me marearía en cuestión de segundos. Mi plan era tumbarme y quedarme muy quieta hasta que todo hubiera acabado. No se me ocurrió rezar. Me puse a analizar las posibilidades que había de que el barco se hundiera. Lamenté no saber más de física o de ingeniería…, o de nada realmente útil para analizar una situación como aquella y extraer alguna conclusión. O quizá el conocimiento humano frente a la enrabietada naturaleza resulta de poca utilidad. El golpe de una gigantesca ola, justo cuando comenzaba a bajar, me hizo perder el equilibrio y caí. Mi cabeza se golpeó contra el poyete de la cocina o el banco de la zona de comedor. No lo sé. Pensé que me desmayaría, pero no. No iba a perderme aquella pesadilla. Me dirigí dando tumbos a mi camarote y me dejé caer boca abajo en el colchón. Apreté la mejilla contra la sábana, como si de esa forma pudiera aferrarme a algo. Pero debajo solo había agua…

Desperté sintiendo la mejilla pegada a la sábana, y un suave vaivén que me mecía sobre la nada. Al intentar despegarme de la cama sentí un tirón pegajoso, como el de una tirita sobre la piel. La sangre de la frente se había secado pegada en la sábana. Me dolía la cabeza, y también el brazo y el hombro derecho. El cuerpo en general. Había un cerco de sangre en la bajera. Pero estaba viva y reinaba la calma.

Todo lo que no estaba amarrado, aparecía desperdigado por doquier. Una manta, revistas, bolígrafos, cuadernos, alguna prenda de ropa que en la semioscuridad no distinguí, los cojines de los bancos, restos de comida y vajilla… Mis hijas y mi marido regresaron a mí y me embargó un alivio de júbilo. Entonces recordé a Daniel y me apresuré hacia la escalera. Al subir, el dolor en la pierna derecha me hizo detenerme y comprobar los daños. Tenía un buen moratón en el muslo, pero por suerte solo era un golpe. La escotilla seguía abierta. Contuve la respiración. Y recé. Supliqué para que Daniel estuviera vivo. No oía sonido alguno en cubierta. Los escasos seis escalones que me separaban del exterior se me hicieron eternos.

La luz me cegó unos segundos. Salí despacio. El timón se movía con suavidad a un lado y a otro. Pensé en hacer algo, pero qué. Lo único que sabía de barcos y de navegación es que en el mar no hay cuerdas sino cabos. Oí el ruido insistente de una vela suelta golpeando contra el mástil. Tras ella, en el suelo, dormido, inconsciente, o muerto, yacía Daniel. Me acerqué con cuidado, como si temiera despertarlo.

—Daniel.

Pero Daniel no se movió lo más mínimo. El sol había enrojecido su rostro. ¿Cuánto tiempo llevaríamos así? El barco flotaba a la deriva. El azul pintaba por completo el horizonte. Me arrodillé a su lado y, con mucho cuidado, puse la mano en su nariz para comprobar su respiración. No sentí nada. Nada en la mano, nada en el corazón. Nada. Solo vacío. Me embargó una especie de parálisis hasta que, sorprendentemente, el miedo reptó hacia la luz y se desvaneció. Quizá porque pude imaginar que ya no tenía futuro. Ni hijas, ni marido, ni la vida que tanto amaba. Y, sin futuro, el miedo, como cualquier deseo humano, desaparece, se queda sin tierra donde crecer.

Perdí la noción del tiempo. Estuve allí sentada, inmóvil frente a aquella fotografía de lo que podían representar las vacaciones perfectas excepto por un pequeñísimo fallo en la imagen. El cielo continuó azul, el vendaval convertido en una levísima brisa, las olas eternas en rítmico vaivén. Y entonces poco a poco, reaparecieron mis hijas. Se introdujeron por una rendija de la que desconocía la existencia, causándome un dolor intenso e inesperado en el pecho. Mis hijas. Y ellas trajeron a mi madre. O mejor, al dolor enterrado por la muerte de mi madre cuando yo tenía apenas ocho años. Ella también murió de una manera estúpida e imprevisible: la atropelló un autobús una mañana cualquiera. Ella existía y, un instante después, había desaparecido para siempre. Nadie me informó de lo sucedido. Lo aprendí, como todo, por mí misma. Ni ella, ni el carrito de la compra que se dejaba tras la puerta de la cocina, regresaron jamás. Y yo me quedé sola. Con un padre demasiado ocupado para atenderme, seguramente porque no sabía qué decirme o cómo aceptar lo sucedido.

Mi madre se apareció ante mí con sus manos frías y su mirada perdida, y un escalofrío me recorrió la espalda bajo el sol deslumbrante de la mañana. Esa desconocida silenciosa que me había alumbrado a la vida. Esa que en el útero me alimentó con su frustración, su aborrecimiento de la mediocridad y su dichoso control mental…

—Virginia.

Su voz ronca y pastosa me sobresaltó. Me volví hacia el fantasma. Al fin y al cabo, nada de aquello parecía real.

—Tráeme un poco de agua —me pidió Daniel, incorporándose dolorido. Asentí y me apresuré hacia la cocina. En el interior del frigorífico apagado se apilaban botellas de agua, champán, vino blanco, cerveza y Coca-Cola. La vida iba a continuar, o eso parecía.

12

Daniel cogió la botella de agua sin cruzar palabra y la apuró de un trago. Entonces, recuperó su mirada y su voz.

—¿Funciona la radio?

—No lo sé —reconocí, avergonzada por no haberlo comprobado. Él se levantó sin mirarme y se dirigió a su camarote. Salió con unas gafas de repuesto. Las otras las había perdido durante la tormenta. Me sentí inútil. Insignificante.

—Lo siento, acabo de recobrar el conocimiento yo también —solté, y señalé la herida en la frente como si necesitara excusarme.

No se molestó en reaccionar. Le seguí con la mirada hasta que desapareció en el interior. Oí que manipulaba el aparato de radio y, a continuación, un petardazo seguido de una maldición y un golpe. Emergió con el ceño fruncido.

—Estamos sin corriente, acabamos de perder la radio y por supuesto, tampoco tenemos cobertura móvil.

—Bueno, pero estamos vivos, el barco funciona…

—¡Maldita sea! ¡El timón se ha roto! ¿No te has dado cuenta? Estaba furioso y lo golpeó con tal fuerza que se lastimó.

—¿Cómo puede ser? —murmuré desconcertada.

—Chocamos contra algo. Quizá un arrecife de coral. Bajaré a ver pero, sea lo que sea, dudo que tenga herramientas para repararlo.

—¿Dónde estamos?

—No lo sé. La brújula tampoco funciona.

Su mirada me rehuía y eso me intranquilizó aún más.

—¡Joder! —volvió a explotar. Entonces, se desnudó y saltó de cabeza al mar.

Por un instante, creí que se había vuelto loco, que pretendía regresar a nado a no sé dónde y abandonarme a mi suerte. Pero no. Observé cómo cogía aire y desaparecía bajo el barco. Emergió maldiciendo, mascullando algo que no entendí. Entonces, a crol, con perfecto estilo, empezó a nadar. Pensé en los tiburones. ¿Los había? ¿Qué demonios pretendía? Se alejó del barco unos treinta metros y regresó a toda velocidad. Subió por la escalera con la respiración acelerada. El sol incendió su cuerpo moreno y brillante, y casi lo oí crepitar rabioso. Sin embargo, Daniel parecía más calmado.

—Y yo que siempre he creído que esos ricos que se estrellan en sus avionetas privadas y se desnucan en sus motos acuáticas son unos auténticos gilipollas… —fue lo último que comentó durante las siguientes horas.

El día se me hizo interminable. Daniel lo pasó con un libro de instrucciones como única compañía, intentando arreglar el generador. Me evitaba e hice lo mismo. El atardecer trajo unas nubes bajas sobre la línea del horizonte. Y destellos que nos tiñeron de sepia. Empezábamos a convertirnos en una fotografía del pasado. Una imagen para el recuerdo. Cogí la cámara y disparé durante horas. Experimenté con el objetivo sobre el agua, las velas, el diseño del barco. Me asomé incluso por la trampilla y le vi afanado sobre libros de instrucciones, destripando el generador... Jugué con los macros sobre el plástico de la cubierta. Al atardecer me rendí. La desazón empezó a rugir en mi estómago. No habíamos comido nada en todo el día. Me animó oírle cacharreando en la cocina. Al poco salió con una bandeja. Vino, bocadillos y dos manzanas, rojas y golpeadas.

—Vamos, ven a comer. Tenemos que hablar —me dijo.

Sirvió dos copas de vino y cogí el bocadillo que me ofrecía.

—No puedo arreglar los desperfectos. Tampoco sé dónde nos encontramos. El generador no funciona y el timón está destrozado. Lo más probable es que chocásemos con algo durante la tormenta. Quizá alguna formación de coral.

—¿Y entonces?

Sus ojos me esquivaban una y otra vez.

—Entonces solo podemos esperar a que nos encuentren —respondió con dureza.

—Nos encontrarán —afirmé, pero su mirada se resistía a darme la razón. Calibraba cuándo sería el momento adecuado para poner la verdad encima de la mesa. Era la mirada de mi padre cuando me decía que el día de mi cumpleaños lo pasaría sola porque tenía guardia en la fábrica—. Mandarán a buscarnos.

—Eso espero.

Eché un vistazo dubitativo a la comida.

—Deberíamos racionar lo que tenemos. ¿Cuánto nos durará?

—Estirando mucho, quizá semana y media. Tenemos agua y bebidas para unos días más.

—Entonces la situación no es crítica —afirmé intentando que

sus ojos dejaran de evitarme—. Pero bueno, ¿qué pasa? Deberías tranquilizarme. Asegurarme que no pasa nada. Nos echarán de menos, nos cruzaremos con otro barco, qué sé yo… El mundo no es tan grande.

—No sé dónde estamos —reconoció enfadado—. Navegamos a la deriva. La tormenta ha podido arrastrarnos a cientos de kilómetros de donde se supone que debíamos estar. El mundo puede ser muy grande.

13

Tardé en conciliar el sueño. Después de la cena, recogimos en silencio y cada cual se acostó en su cama de mal humor. Era evidente que Daniel solo utilizaba la educación para conseguir objetivos. Y yo no iba a ser de utilidad para salir de aquella situación. Me desagradó perder la cortesía, los modales... Fue el principio de lo que vendría.

Por la mañana, me desperté mecida por la olas. Me costó recordar dónde estaba y lo que había pasado. Salí de mi camarote. La puerta del de Daniel estaba entreabierta pero él no se encontraba en el interior. La cama, deshecha. Subí a cubierta. Hacía un día magnífico, sin una sola nube. Daniel reorientaba las velas.

—Intento mantener una dirección norte. Pero me temo que las corrientes mandan porque no he podido bloquear el timón.

Me gustó verle trabajar con las manos, esas mismas que me atraían por su fuerza física que no admitía réplica.

—¿Has comido algo?

—No, estaba esperándote. —Hizo ademán de dirigirse hacia el interior. Le detuve resuelta. Había decidido que no quería seguir siendo una mera comparsa.

—Deja, hoy me encargo yo.

Desayunamos en silencio. Ahora era yo la que evitaba su mirada y la perdía en el cielo azul de nubes hoy jabonosas.

—Quiero que me disculpes —dijo de repente.

—Quieres decir que «quieres disculparte».

—Sí, vale —aceptó a regañadientes—. Ayer estaba de mal humor y no me comporté como un caballero precisamente.

Casi le respondí que no esperaba que alguien tan rico como él lo fuera. Pero le dejé continuar como muestra de buena voluntad.

—Hoy lo veo todo más claro.

—Me alegro. Nos encontrarán.

—No, no lo creo. Y lo mejor será aceptarlo cuanto antes. No nos ha sobrevolado un solo avión en toda la noche. Ni hemos visto pájaro alguno. Eso significa que estamos en un lugar alejado de rutas comerciales y de tierra firme. No sé adónde nos llevan las corrientes. Podríamos navegar en círculos durante meses. No quiero asustarte. Solo que seas consciente de la gravedad.

—¿Por qué?

—Porque, dadas las circunstancias, mentirte no serviría de nada. Navegamos a la deriva.

—¿De verdad crees que no nos encontrarán? —pregunté angustiada.

—Sería un milagro que lo hicieran. Y yo no creo en los milagros.

Me levanté nerviosa y empecé a recoger las tazas y los platos del desayuno. Él me detuvo, agarrándome del brazo.

—Para —me pidió.

—¿Qué se supone que debo hacer ahora? —pregunté con acritud.

—Eso es lo que tenemos que hablar y decidir tú y yo. Juntos, si quieres.

Me volví a sentar intentando actuar con serenidad.

—Bien. Evaluemos la situación —comenzó—. Estamos solos. Este mundo que nos rodea es el único que tenemos. Probablemente lo único que nos queda. Podemos aceptarlo o ignorarlo y vivir nuestros últimos días aferrados a una minúscula probabilidad de que nos encuentren.

—Yo no acepto que vaya a morir.

—Pues eso es una estupidez. Virginia, la probabilidad de morir es casi del cien por cien.

—¿Qué pretendes? ¿Asustarme? ¿Torturarme? —pregunté enfadada.

—Si tuvieras una enfermedad terminal y te quedara una semana de vida, ¿no querrías saberlo?

—Sí, para despedirme y dejar mi vida en orden, cosa que desde aquí es imposible.

Me levanté irritada y fui a refugiarme en mi camarote. Cerré la puerta de un portazo pero él no vino tras de mí. Pasé horas tirada en la cama, dejándome mecer por las olas. Recordando mi vida. El día en el que di a luz a Sofía y, dos años después, a Mariana. Lo que sentí sosteniéndolas en mis brazos por primera vez. El tacto tan distinto de cada una de ellas sobre mi piel, y su olor dulce y familiar. Sus manitas perfectas y la fragilidad con la que me conquistaron. A ratos lloré, a ratos me descubría sonriendo. Repasé mi historial sentimental. Las parejas que recordaba con cariño, las que me habían hecho daño, las que prefería no haber conocido. Y también la primera vez que mi marido me besó en una noche como cualquier otra. En Madrid. Era invierno. Luego llegó la felicidad inesperada de una boda también inesperada… Y recorrí el camino hacia atrás, hasta esa otra vida tan lejana que había casi olvidado, la que había dejado atrás pero donde todo había empezado.

Mis recuerdos me transportaron al suburbio gris en el que crecí. Agraciados por el hecho de que mi padre fuera uno de los doce ingenieros directivos de su empresa, mi familia disfrutó de un enorme piso dentro de una colonia construida en los sesenta por la Volkswagen junto a su fábrica. Detrás de la privilegiada colonia, fueron apareciendo colmenas para obreros y trabajadores de menor rango. Volé hasta mi cuarto rosa, lleno de muñecas de trapo confeccionadas por mi madre. Y claro, ella, mi madre, inundó mis recuerdos. Su rostro largo y ovalado, nariz y labios estrechos, ojos grandes y almendrados, tez palidísima, media melena castaña y lisa, sentada junto a la mesa camilla, como todas las tardes. El televisor encendido pero casi sin voz, cosiendo muñeca tras muñeca, silenciosa, concentrada. Recuerdo una vez que me puse un colador en la cabeza y me envolví en una toalla para llamar su atención. Yo tendría unos siete años. Me miró, esbozó una sonrisa, me dijo que era una tontorrona y volvió a su labor. Fue una grata sorpresa y yo me dormí aquella noche recordando su sonrisa. Yo la quería. La adoraba. Era especial. Distinta a las otras madres, las de mis compañeros de escuela, casi todas tenían sobrepeso, sin educación ni modales. ¡Y cómo me gustaba verla arreglarse por las mañanas! Siempre tan elegante, tan fuera de lugar… y tan reservada. A mi padre lo veía los fines de semana, y no todos porque hacía muchas guardias. A diario, le olía. En las madrugadas llegaba el olor verde y musgoso de su colonia hasta mi cama y luego el chasquido de la puerta. ¿Atropelló realmente a mi madre un autobús? Ya no importa. En realidad, desde el día en que ella murió, mi padre decidió que no importaba. No sé si él alguna vez se preguntó si hubiera podido hacer algo para cambiar el destino de su esposa. O si la razón por la que mi madre dejó de existir fue consecuencia de algo que él no hizo. De una falta que hirió y mató.

Tumbada en la cama de mi camarote, mecida por el suave vaivén del barco, me desprendí de mi cuerpo y observé a la niña que fui como si de una extraña se tratara: brillante, habladora, rebelde y peleona, con una tremenda necesidad de ser el centro de atención. Protagonista de altercados diarios con niños y niñas, mayores y pequeños. Mis mordiscos eran legendarios aunque ninguna madre se atrevió jamás a quejarse a la mía. Al fin y al cabo, mi padre era el jefe de la mayoría de los padres de mis compañeros de colegio… Mis acciones siempre tuvieron muy pocas consecuencias. Yo observaba con fascinación, y con dolor también, como todo en casa seguía adelante al margen de mi prepotencia de niña consentida. En casa esa niña era otra: callada, obediente y cumplidora. La niña que, perfectamente peinada, con un jersey azul marino de cuello alto que picaba como una lija, falda a cuadros escoceses y abrigo de paño gris, acudía con ellos a misa todos los domingos… Mis padres no imaginaban siquiera que pudiera tener esa rabia inmensa dentro de mí. Cuando dejé atrás el barrio y logré fundir esas dos niñas en una. O quizá, no… Quizá solo empecé a vestirme con un traje más ligero y sofisticado.

Maldije a Daniel. Por manipulador, por haberme tendido aquella trampa. Porque eso había sido: una trampa para seducirme que se le había escapado de las manos, pero finalmente claudiqué ante mí misma: son otros los que dirigen nuestros destinos y nosotros intuimos que trabajan escribiendo con tinta de limón porque, al final, nos puede la indolencia. Daniel pertenecía al pequeño grupo de «otros». Eran los nuevos dioses, igual de caprichosos que los del pasado… pero más avariciosos.

Sin embargo, las emociones están vivas y cambian de color sin cesar. Mi victimismo pronto se transformó. Nuestro cerebro es así, se aferra a sus descubrimientos, inamovibles, epifánicos, definitivos, para luego obligarlos a cambiar hasta que su mismo origen es olvidado, y concluí que, me gustara o no, yo había sido dueña de mi destino, estaba allí porque así lo había elegido. Tendría que vérmelas con las consecuencias.

14

Me encontré con Daniel sentado en la popa, observando el mar. La variedad de azules que se desplegaban a nuestro alrededor era inaprensible con palabras. Debía de haber pasado el mediodía pues el azul marino se estaba tornando esmeralda.

—¿Qué propones? —le pregunté a bocajarro sentándome a su lado.

Se giró hacia mí sorprendido.

—Vivir conociendo cómo y cuándo llegará el final puede ser interesante.

—¿Y? —pregunté empezando a sospechar la respuesta.

—Ahora estamos bien físicamente. En unos días no nos sentiremos tan fuertes. No sé tú, pero yo no quiero una agonía lenta.

—Me cuesta creer que vayamos a morir —respondí. La voz me tembló. Estaba dispuesta a rezar, a aferrarme a la esperanza con una fe que empezaba a descubrir que existía en mi interior. Lo que no sabía era quién era, en realidad, ese Dios que podría sacarme de allí.

—Bien, entonces pensemos en la vida. Pero no la que está lejos de aquí. Esa ya no existe. ¿Entiendes qué quiero decir? Si estos son mis últimos días, no voy a pasarlos lamentándome —aseveró sin parpadear.

—No puedo —susurré.

—¿Qué no puedes? —preguntó él estudiándome con fijeza.

—Quiero a mi marido.

—Aquí estamos tú y yo, solos, Virginia. Eso es todo. Y tampoco durará demasiado, créeme.

Mis ojos no se desviaron un ápice de los suyos. Apreté los dientes, intentando encontrar la forma de detener el hormigueo de los sentidos.

—Y mis hijas …

—Tus hijas… —repitió comprensivo—. Lo entiendo. O creo entenderlo aunque no sea padre.

—No puedo, no puedo morir aquí. Tenemos que regresar —balbuceé entre lágrimas.

—No voy a darte falsas esperanza, Virginia. Claro que en nuestro interior mantendremos la fe, pero eso no puede sostener nuestros próximos días. Sería una estupidez. Y yo me niego a morir con los ojos cerrados.

Ahogada por la angustia, ciega por las lágrimas, dejé que Daniel me rodeara con sus brazos, consolándome. De nuevo volvieron soplos de besos, caricias, sonrisas, descubrimientos…, lo más preciado de mi vida, mis criaturas, mi creación. Ellas dibujaron ante mí, en un instante de revelación, quién era yo: la persona en la que me había convertido gracias a ellas. Y lloré también por mí. Lágrimas de rabia, porque mi egoísmo, mi necesidad de aventura, me habían alejado de Sofía y de Mariana y de mi marido…; también él iba a pagar por haber amado a una mujer estúpida que no se había conformado con su buena fortuna.

—Está bien —dijo él cuando consideró que ya era suficiente. Y me dio un beso en la frente antes de alejarse.

Lo miré desorientada. Agradecida. Por primera vez, Daniel parecía una persona mejor del hombre del que hacía alarde, un verdugo capaz de apiadarse de su víctima.

—Te prometo que voy a hacer todo lo posible para sacarte de aquí —aseguró, con una intensidad y una dulzura que no esperaba y no sé si me apetecía.

Los días siguientes fueron muy parecidos unos a otros. Apenas nos dirigíamos la palabra aunque yo sabía que la razón era su lucha por regresar a casa. Trabajaba sin cesar. No sé qué hacía. Le oía mover piezas, mascullar y maldecir. Mientras, sentada en la cubierta, yo observaba el cielo y el horizonte, buscando una señal de civilización... Al final del tercer día, Daniel se sentó junto a mí, frustrado, desfallecido.

—Lo siento.

Yo no me moví. No lo miré. Me había convertido en cristal. Sólida y seca. Mi cuerpo era ya tan fino, tan frágil, que terminó de romperse frente a la tranquilidad de aquel mar convertido en cárcel.

—Vamos a comer algo —propuso. Pero yo no me moví—. Por favor, tienes que comer.

—No tengo hambre.

—Mientras haya comida, comeremos. Además, ya he preparado recipientes para recoger agua de lluvia.

Sé que me estudiaba. Sin embargo, su voz ya no me transmitía seguridad sino todo lo contrario. La desesperación estaba haciendo mella en los dos. Me cogió la mano.

—Por favor, Virginia. Habla conmigo.

Silencio.

—Está bien —admitió finalmente—. No me hables si no quieres. Pero por favor, ¿puedes mirarme?

Me dolía hacerlo, como si la atracción que yo había sentido por él fuera la culpable de la situación en la que nos encontrábamos. Me volví hacia él.

Sus ojos azules aprovecharon la ocasión para taladrarme. Las fuerzas me habían abandonado. Mis murallas eran de papel y solo esperaba que la brisa me llevara lejos, a ser posible muy lejos de mí misma.

—Perdóname.

Sus palabras resonaron en mi cabeza y quedaron flotando en el ambiente. Me levanté y me fui a mi camarote sin cenar.

De noche, otra vez mis hijas y mi madre abarrotaron los espacios negros. En los sueños y en la vigilia. Me las imaginé durmiendo, con esos rostros relajados y luminosos que tienen los niños que duermen sin preocupaciones, sin resonancias en las cavidades que vamos construyendo con el paso de los años. Mi madre era una niña de rostro serio y formal, y al soñar con sus nietas esbozaba una sonrisa. El próximo cumpleaños sería el de Sofía y soplaría nueve velas. Álex, Mariana, mis padres y yo la rodeábamos, pero era mi madre la que soplaba las velas… No sé cuánto dormí. El ruido del panel de mandos me despertó abruptamente para arrastrarme hacia la verdadera pesadilla.

—Vaya —murmuró Daniel incapaz de contener su sorpresa al verme. Se incorporó. Estaba agachado sobre la trampilla que conducía a las entrañas fatalmente heridas del barco. Abrí la puerta del baño para mirarme al espejo. Entre el golpe de la cabeza, los ojos enrojecidos e inflamados y mi pelo enmarañado, tenía un aspecto lamentable. Abrí el grifo y me lavé la cara. La sensación del agua sobre la piel me alivió.

—¿Alguna novedad? —pregunté con desgana. Él negó con la cabeza—. Vale. Voy a nadar.

Subí a cubierta. El sol estaba alto. Debía de ser casi mediodía. Me desnudé como una autómata y me lancé al agua de cabeza. Siempre he sido una buena nadadora y aquel iba a ser el baño bautismal a una nueva fe. La que yo había sido se disolvería en el agua y la nueva Virginia emergería del mar. Recordar a mis hijas y a mi marido me provocaba un sufrimiento tan profundo que necesitaba dejarlo atrás o morir. Buceé hasta vaciar por completo los pulmones y sentir el agua a mi alrededor, su suavidad, su protección...; me alejé del barco sin temor. ¿A qué podía ya tener miedo? Si lo iba a perder todo, si iba a morir, debía soportar esos últimos días de la mejor forma posible. Y solo había un camino: olvidar quién era y construirme de nuevo. Vaciar el cascarón. Construir desde el papel en blanco.

Cuando subí a bordo, Daniel había preparado el desayuno con esmero, al menos en cuanto a cubertería y mantelería se refiere. Ese hombre era un superviviente nato y un vividor. Sabía disfrutar de la vida más allá de las circunstancias. Él no me miró, como si mi desnudez formara ya parte del panorama. Todavía mojada, me puse encima una camisa de manga larga, sin más.

—¿Te sientes mejor? —me preguntó mirándome a los ojos.

Yo asentí y bajé a vestirme. Cuando terminé, subí y me senté a comer sin prisa pero con ganas. Uvas, pan duro con jamón un poco rancio…; todavía teníamos víveres para una semana más y en aquel momento olvidé la necesidad de racionar comida y pre-juicios. Daniel me observaba con interés.

—Me alegro de verte comer con apetito. ¿Quieres algo más?

—Dime, ¿vamos a morir?

—Creo que sí.

—¿No vas a poder arreglar el barco?

—Lo dudo.

—Pero podrían encontrarnos.

—Es posible pero no probable.

Tomé aire profundamente.

—¿Y cómo propones que pasemos nuestros últimos días?

—Desde luego no como hasta ahora —respondió midiendo sus palabras. Creo que quiso decir algo más pero se quedó callado, esperando mi reacción. Le preocupaba volver a asustarme. Volví la vista hacia el horizonte y él estiró su mano para recoger el plato vacío que yo sostenía y lo dejó sobre la mesa.

—De acuerdo —respondí. Aspiré con fuerza ante su mirada curiosa y sorprendida—. Vamos, te escucho.

—Te propondría hacer el amor sobre la cubierta, pero hoy va a ser un día caluroso y resultaría un poco incómodo —comentó bromeando. Y bajó por la escalera con parte del desayuno—. Tú quitas el mantel.

Me sentí bien, liberada y ahora ya no me importa decirlo. Do-blé el mantel y bajé tras él por las escaleras. Daniel ya me espera-ba. Recogió el mantel de mis manos, lo dejó en la repisa y solo entonces me miró. Sí, yo ya estaba preparada. Estiró su mano y cogió la mía. Observó mis dedos largos por un instante. Yo lleva-ba el anillo de casada.

—No me lo voy a quitar —le advertí. Me pareció que, si lo hacía, la traición a mi marido sería mayor.

Daniel no se inmutó. No parecía tener prisa. Yo sí. De repente era como si mi respiración incluso dependiera de ello. Me acerqué a él para besarle pero me detuvo.

—Tenemos todo el tiempo del mundo —aseguró con voz grave.

Puso las manos sobre mi cintura y retiró hacia arriba la camisa, para alcanzar mi piel. Bordeó las caderas, arrastrando en el camino, con una delicadeza de experto, el pantalón y las bragas, todo a una, que cayeron a mis pies. Retiró las manos y entonces, sin prisa, las dirigió a mi rostro para retirarme el pelo hacia atrás. Sentí vergüenza y al mismo tiempo un deseo urgente de que me penetrara. Acercó su cuerpo al mío todavía sin rozarme.

—Ahora empiezas a saber qué se siente cuando deseas de verdad algo que no puedes tener —murmuró.

Me quedé mirándole sin palabras, deseando que terminara de desnudarme. Él esbozó una medio sonrisa que no supe interpretar y me empujó hacia la enorme cama de su camarote sin quitarse la ropa. Me quité la camisa y me enredé a su cuerpo como un animal en celo. Quería morder, penetrar y ser penetrada. Solo tras el orgasmo me percaté de que seguía vestido, apenas los pantalones desabrochados. Me molestó. Como si de aquella manera él hubiera dado menos que yo. Como si hubiera ganado una batalla jugando sucio. Me inquietó la idea. Intenté encontrar rápidamente otra explicación. Yo le había visto en bañador…, no tenía nada que esconder. Por fin, decidí achacarlo a la urgencia del momento. Lo cierto es que estar yo desnuda y él prácticamente vestido había resultado excitante. Suspiré y me quedé dormida.

Me despertaron sus caricias. Y sin cruzar palabra, nuestros cuerpos volvieron a enredarse.

—Ahora desnúdate —musité—. Tengo la impresión de estar follando con una casta dama medieval.

Sonrió pero no me hizo caso. Se puso de nuevo sobre mí y me penetró sin terminar de quitarse la ropa. Esta vez fue casi una pelea en la que los dos teníamos mucho que decir.

No sé cuánto tiempo estuvimos allí dentro. A ratos durmiendo, a ratos amando. Intentando hartarnos el uno del otro. El deseo no solo no se aquietaba sino que brutal, insaciable, egoísta y abundante a partes iguales, crecía con cada embestida. Todavía siento, como si fuera ayer, sus dedos recorriendo mi espalda, descendiendo hasta introducirse entre mis nalgas, penetrando en mi vagina húmeda y allí, con un ritmo preciso y seguro, provocando un nuevo orgasmo… No quedó un recoveco sin explorar. Daniel resultó ser un amante experto. Experto en mí. ¿Sentía él lo mismo? Tengo que reconocer que en aquel primer día de sexo sus sentimientos por mí tampoco me preocuparon demasiado. El placer desnudo ocupó cada recoveco por primera vez en mi vida y resultó liberador y magnífico. Sin preocupaciones y sin algo aún más valioso y desconocido. Un bien que había olvidado que existiera: el tiempo.

De madrugada me despertó el hambre. Daniel notó que me removía bajo su abrazo. Sentí sus labios cálidos sobre mi cuello.

—Quiero contarte algo —murmuró. Me volví hacia él. Llevaba tiempo despierto. Nuestros ojos se encontraron en la penumbra. Apenas unos rayos de luna entraban por el ojo de buey. Hacía frío fuera de la manta. Debajo, todo era calor.

—Yo no soy quien tú crees —comenzó.

—¿Te has hecho pasar por Daniel González para que me acostara contigo?

—En serio, Virginia. Quiero que sepas quién soy.

No sonreía.

—¿Por qué? ¿Qué más da ahora? —pregunté.

—Porque hay cosas que no he hecho jamás, y quiero experimentar la sinceridad antes de morir.

Pensé que bromeaba pero su tono de voz indicaba lo contrario.

—Vale. Te escucho.

Él soltó el abrazo, aunque su mano todavía descansaba sobre la mía.

—Yo no vengo de una familia acomodada. No me llamo Daniel ni me apellido González.

Me hizo un gesto para que no le interrumpiera.

—Espera. Eso no es todo. Controlo mucho más de lo que crees.

—Ya me diste alguna pista…, sé que eres muy rico. Pero ¿qué importa eso ahora? Como imaginarás, no me he acostado contigo por tu dinero.

—No solo ostento la titularidad de algunos medios. Controlo periódicos, televisiones, políticos, banqueros, jueces, y tengo mercenarios a mi servicio.

—¿Qué me estás diciendo, que eres un mafioso?

—Y un asesino.

Le miré atónita, esperando que soltara una carcajada. Pero no, sus ojos observaban mi reacción con fiereza, como el general calcula los daños entre sus tropas tras el bombardeo.

—Creo que no entiendo.

—Dime, ¿qué sientes ahora?

—Frío.

Me había separado de su piel instintivamente y nuestros cuerpos ya no se tocaban.

—También he sido proxeneta y he ordenado torturar a mis enemigos.

—¡Por Dios!

—Dios no existe. Era yo —me anunció con solemnidad.

Solté una carcajada ahogada, irónica, de un solo golpe.

—Venga ya. Me estás tomando el pelo. O estás loco.

—Debo estarlo porque necesito contártelo todo. Quiero que lo sepas todo.

—¿Contarme? ¡Lo que pretendes es confesarte! —le corté horrorizada—. Si es verdad lo que dices, no eres Dios. Dios no necesitaría confesarse. ¡Eres un monstruo!

—¿Crees que Dios no necesita confesarse?

Yo estaba intentando digerir la conversación, decidirme por un estado de ánimo. ¿Era un psicópata? ¿Acababa de hacer el amor con un psicópata asesino? Tenía que estar de broma. O quizá esto era una pesadilla y yo estaba durmiendo. Cerré los ojos muy fuerte pero al abrirlos él seguía allí, esperando mi reacción.

—No lo sé. No entiendo siquiera tu pregunta —respondí perturbada.

—No seamos hipócritas, por favor. Aquí no hace falta. Estamos solo tú y yo. Y no habrá nada más.

Volvió a acercarse y me besó en la comisura de los labios. Su aliento me hizo estremecer. El deseo y el miedo fundidos en un abrazo perfecto.

—¿Te desagrado ahora? —preguntó en susurros.

—¿Qué pretendes? Yo no puedo perdonarte por lo que hayas hecho. Crees que si no te rechazo, todo quedará olvidado, ¿es eso?

Su piel volvió a rodear mi cuerpo. Intenté soltarme. Él lo consintió y permitió que buscara mi espacio en la cama, ahora sin rozarme. No fui capaz de soportarlo. Me incorporé y busqué mi ropa a tientas. Al dejar de sentir su calor, de conectar con su mirada, solo quedó el murmullo de mi búsqueda por recuperar mi persona. Como si poniéndome la ropa pudiera devolverme a la que era antes de aquellas últimas horas. Quedó el sonido que producían los pantalones vistiendo mis piernas, el sujetador que se enganchaba en la espalda, la camisa, escurriéndose por la cabeza y los brazos... El silencio, arropado por las olas, me impedía respirar mientras Daniel me observaba desde las sombras.

—¿Y tú? —me preguntó—. ¿No quieres que yo sepa quién eres tú?

—Yo soy la que ves.

—No lo creo. Piénsalo. Tú también eres la que fuiste un día y la que quieres ser.

—Yo soy la que ves —repetí, y salí del camarote, incapaz de seguir manteniendo aquella conversación. Tenía que huir.

15

Estaba en cubierta, impotente ante la realidad. No podía huir. ¿Qué opciones tenía realmente? La brisa fresca del amanecer no cambió nada. Solo aumentó la confusión. Iba a volverme loca. ¿Qué me estaba pidiendo realmente Daniel? La desazón se transformó en irritación. Hice un esfuerzo por entenderle. Quizá él, una persona que sabía como nadie que la información era poder, pretendía destruirme. Por lo que me había confesado en el camarote, bien podía ser un psicópata capaz de infligir un dolor exquisito. ¿Iba a permitírselo? Intuía, de una manera que no podía explicar entonces, que yo había entregado más que él durante el intercambio sexual. Eso me inquietaba. Recordé a una amiga de la infancia desesperada por conseguir el amor de un compañero de clase. Un día se coló en su habitación y le esperó desnuda durante horas. Cuando por fin se abrió la puerta, la vergüenza que sintió, viéndose no ya a través de los ojos de su amado, sino de los de un amigo que venía justo tras él, la redujo a cenizas. Dicen que hay que tocar fondo para renacer. Mi amiga nunca renació, y años después se casó con un hombre mediocre que encontró en ella la víctima perfecta con la que ejercer su pobre ego.

Quizá era tan simple como lo que yo le había echado en cara la noche anterior. Él pedía y yo daba. A falta de un sacerdote, yo bien podía hacerle el papel de confesora. Si le perdonaba entonces moriría tranquilo. ¡Qué cabrón! ¿Sería eso? Pues lo tenía claro. No, no y mil veces no…, y así estuve bloqueada con mi rabia, impotente, cabreada conmigo misma por haber caído en una trampa. ¿Qué quería Daniel? ¿A qué pretendía jugar conmigo? ¿Era un psicópata? Y si lo era, ¿de qué sería capaz en aquel barco? Sentada en la punta de la popa, lo más alejada posible de la cama donde habíamos yacido, durante unas horas intenté borrar el deseo de regresar a su lado.

Observé cómo el sol empezaba a despuntar empujando con su aliento rosa la bruma pegajosa sobre los destellos de la piel del mar. El balanceo del barco hizo que se me removiera el estómago. Entré en bucle. Yo sabía quién era. No necesitaba aliviar mi conciencia. Si Daniel necesitaba confesarse, era cosa suya. Yo no iba a ejercer de sacerdote para aliviar su conciencia. Seguiría ignorante de su vida, me aseguré tozuda con la mirada fija sobre la piel del abismo que nos rodeaba. Sobre el que flotábamos… El barco era un cascarón frágil suspendido precariamente. La única forma de tocar fondo sería hundiéndonos. Quizá eso era lo que Daniel pretendía…

No sé cuánto tiempo transcurrió pero, poco a poco, me fui vaciando. Para mi sorpresa, quedé convertida en esa hoja en blanco en la que me había propuesto transformarme el día anterior. Debía aferrarme al plan. Escribir una nueva historia. Una nueva vida. Y debía ser la adecuada a las circunstancias, es decir, una que no juzgara, que no se rigiera por normas y valores establecidos muy lejos de allí. Tuve que resignarme: no hay proyecto de vida que resista un cambio inesperado en la hoja de ruta.

Un suspiro profundo terminó de arrastrar las reticencias, los miedos, los complejos. Las ataduras se soltaron y mis hijas y mi marido quedaron convertidos en un hermoso cuento que, quizá, una vez me contaron. Ellos seguirían su vida sin mí. Nadie es irremplazable. El eco del dolor regresó, pálido, una vez entendido que su presencia no era de utilidad alguna. Ya estaba muerta. Ya había desaparecido de sus vidas. Ellos todavía no lo sabían, pero yo sí. De nada valdría lamentarse. Estaba en el limbo, pendiente de destino. El limbo..., ese lugar de paso en el que se espera. ¿Por qué? ¿Para qué? Es como si Dios nos diera una última oportunidad para conocernos, para recapacitar, para hacer esos deberes que han quedado pendientes o que hemos enterrado cuando todavía corría sangre por nuestras venas. Sí, yo también tenía cadáveres en los armarios. Quizá no como los de Daniel, pero desde luego no había sido una santa. Unas gotas de mar salpicaron mi rostro. ¡Despierta, Virginia! ¡Espabila! El limbo no es un lugar para la contemplación sino para la exploración y, si la fortuna acompaña, la expiación. ¿Tendría razón Daniel? Instintivamente me volví hacia el otro extremo del barco y allí estaba él, sentado en el extremo opuesto con su mirada inescrutable fija en el horizonte. Desde el limbo, las reglas de la Tierra, las que rigen y regulan el comportamiento de los mortales, quedaban en suspenso. Un nuevo orden podía construirse. Uno que nos representara.

Me volví hacia la inmensidad del agua que nos rodeaba. Vivimos en un planeta al que hemos denominado Tierra cuando en un setenta y uno por ciento está compuesto por agua. Qué mejor ejemplo de lo subjetivo de nuestra ordenación. Y de la ordenación salen los valores. Mi vida hasta aquel momento había transcurrido en una jaula cuyos barrotes de cristal muy pocos ven, solo aquellos que se atreven a romperlos, a cuestionarlos, a escapar…, y decidí que, si iba a morir, yo iba a ser una de esas personas. Como Daniel.

—Está bien. Me has convencido —le anuncié desde la proa—. ¿Por dónde empezamos?

Él se levantó aliviado y con total seriedad preguntó:

—¿Vamos a la cama?

Yo negué con la cabeza.

—Ahora quiero que me cuentes más.

Se acercó y se sentó a mi lado, sin tocarme. Mi cambio de actitud me había hecho más fuerte. También para posponer la atracción de la carne.

—¿Quiénes eran tus padres?

—¿Leíste mi biografía en Wikipedia?

—Sí, claro, pero no decía mucho. Que habías nacido en Guetxo, que tu madre había sido ama de casa y una buena pianista, y tu padre un empresario con explotaciones de pizarra que había levantado su fortuna tras la Segunda Guerra Mundial, durante la reconstrucción de Europa. Ambos murieron en los ochenta en un accidente de tráfico en Francia.

Daniel sonrió satisfecho.

—Casi todo mentira.

—¿Cómo es posible? —pregunté sorprendida—. Había nombres, datos. No demasiados, es verdad, pero hoy en día todo se puede comprobar.

—Y también controlar. Mi madre me tuvo con diecisiete años y murió de sobredosis a los veintitrés. No sé quién fue mi padre.

De nuevo, me impresionó. No solo por lo sorprendente de la revelación sino por la frialdad con la que se expresaba.

—¿Hay alguna parte cierta?

—Sí, siempre es mejor construir sobre retazos de verdad. —Esbozó una sonrisa seca, incomprensible para mí, al menos en aquel momento en el que me daba cuenta de lo poco que le conocía—. Mi madre tocaba el piano. O eso me han dicho.

—¿Dónde naciste?

—No lo sé. No nací en un hospital, eso seguro.

—Pero ¿por qué lo cambiaste todo?

—Porque la verdad no me iba a ayudar.

—A todo el mundo le gusta la idea del pobre chico que con su gran talento llega a la cima del mundo.

—En las películas de Hollywood y las revistas del corazón. En la realidad, los negocios se cierran entre personas del mismo origen con mucha más facilidad y sin llamar tanto la atención.

—Pero ¿no te daba miedo que pudieran descubrir la verdad?

—He sido cuidadoso en todo lo que está publicado sobre mí y compré los escasos testimonios que necesitaba.

—¿Qué quiere decir eso?

Su mirada se volvió turbia y dudó.

—¿Seguro que quieres saber eso ahora? ¿No prefieres que vayamos a la cama?

—Dijiste que serías sincero.

Daniel claudicó con un suspiro y se retiró apoyando las manos hacia atrás.

—Está bien. Hay algunas personas que, en caso de ser preguntadas, darían fe de mi historia. Les pagué muy bien para que lo hicieran. De todas formas, no creo que a estas alturas sea ya necesario. Hay suficiente información circulando en internet para satisfacer la curiosidad de cualquier periodista o cotilla. Ya sabes que la prensa tiende a ser perezosa confirmando fuentes, y mi versión es demasiado consistente para levantar sospechas.

—Y una mentira repetida se convierte en verdad, claro —concluí—. ¿Tienes hermanos?

—No. He tenido varias parejas, muy distintas entre sí y, como sabes, una esposa.

A medida que hablaba, tenía la sensación de saber menos de él. Daniel me tomó la mano, la giró con suavidad y se la llevó a la boca. Sentí sus labios suaves en mi muñeca.

—Vamos a la cama —susurró—. Quiero tocar otra vez tu culo fibroso y suave.

Sus palabras eran crudas y me molestaron.

—Yo voy a ser transparente a partir de ahora —continuó—. Transparente como siempre he deseado. ¿Podrías intentar hacer lo mismo?

—No sé si seré capaz.

—Ahora, en este barco, en el tiempo que nos queda, nada es correcto o incorrecto. Solo estamos tú y yo. ¿No quieres sentir en qué te conviertes al ser absolutamente libre?

¿No era aquella la paradoja más inverosímil que se podía vivir? Estábamos atrapados. Nuestro tiempo era limitado. Y, sin embargo, aquel hombre me proponía que nuestra existencia limitada careciera de límites.

—Cuando abres la jaula, el jilguero que lleva toda la vida encerrado, duda, pero algunos salen —dijo él con voz persuasiva.

—Y muchas veces vuelven.

—Vuelve el que tiene miedo a vivir libre —respondió con seguridad.

Yo pensé que también en el acto de regresar había un indicio de libertad. Pero no estaba convencida. Quizá Daniel tuviera razón… En cualquier caso, ¿qué tenía que perder?

—Venga —me animó—. Dime qué quieres, qué deseas, qué piensas…

Me quedé paralizada. Él entendió, acercó su rostro al mío, muy serio y me dijo:

—Por ahora vale, pero irás relajándote, ¿verdad?

Asentí hipnotizada, sin conciencia real, y él me besó, largo, húmedo, ardiente y tiró de mi camiseta, de mis pantalones y mi bikini. Me observó por una milésima de segundo antes de hacerme rodar sobre mí misma para quedar boca abajo, fuera de la sombra de la vela, expuesta a pleno sol. Después sus manos recorrieron mis nalgas y mi espalda. Su calor, el calor del sol…, jamás había experimentado una sensación más exquisita. Gemí de placer mientras escuchaba cómo se deshacía de su ropa. Entonces se puso sobre mí y su mano derecha ascendió desde mi cadera. Abrí los ojos y me di la vuelta al notar la presión de su mano en mi cuello. Mi miedo se multiplicó al encontrarme con su mirada, fría y perdida en pensamientos oscuros y lejanos. Fue apenas una milésima de segundo, ni siquiera el tiempo suficiente para poder jurar que lo que había visto no era más que producto de mi desbordada imaginación. Daniel me sonrió entonces con malicia y soltó la presión de la mano sobre mi cuello. Me besó mientras se acoplaba sobre mi sexo comenzando ese antiguo ritual que ingenuamente siempre creemos nuevo y único.

16

Daniel observaba mis dedos con mucho detalle, acariciando las uñas una a una. Una brisa muy ligera entraba por el ojo de buey del camarote y las sábanas de finísimo algodón nos envolvían con la naturalidad de una segunda piel. Nos habíamos saboreado durante horas, pero él no se daba por satisfecho. Jamás me había sentido tan deseada. Cada centímetro de mi piel había sido recorrido, acariciado, estudiado. Y jamás me había sentido yo más liberada, menos esclava de mis arrugas o de mi escaso pecho.

—Juguemos —propuso.

—Pensé que no íbamos a jugar más, que todo iba a ser auténtico.

Daniel esbozó una sonrisa cómplice.

—Ah, pero es que este es el juego de la verdad. ¿Te atreves?

—Claro.

—Empiezo yo. Quiero que me cuentes cuándo tuviste tu primera relación sexual.

Me pareció un poco infantil.

—Igual te desilusiona —comencé.

—Me interesa todo de ti —se puso de lado. Con la cabeza apoyada sobre la mano y muy atento—. Vamos.

—Lo que quieras saber, sea lo que sea, tendrás también que responder, ¿de acuerdo?

Daniel me hizo un gesto impaciente de asentimiento. Lo cierto es que no me apetecía hablar del tema. Me resultaba tonto pero suspiré y me lancé a ello:

—Está bien. Fue con una chica.

Le divirtió el arranque.

—Tu mejor amiga, claro.

—No, para nada. Fue una de mis primas.

Sonrió y sentí un incómodo cosquilleo, no del todo desagradable. Era la primera vez que iba a poner palabras a mi descubrimiento del sexo. Cuando en otras ocasiones lo había comentado con alguien, siempre había asegurado que mi primera relación sexual había sido con mi segundo novio en una playa alicantina durante mi primer verano para celebrar la mayoría de edad. Jazmines, noches cálidas, arena y juventud. Un cóctel de resultado previsible.

—Como verás, me estoy tomando esto de la verdad al pie de la letra.

—Así debe de ser. Sigue —me ordenó—. ¿Y cómo se llamaba ella?

—Eso qué más da ahora.

—Los detalles importan.

—Se llamaba Nuria —respondí resignada—. Yo tendría seis o siete años. Ella... no era muy lista. Ni muy guapa. Pero la convencí de que jugáramos a las mamás y los papás.

—Así que te aprovechaste de ella.

Lo pensé por un instante.

—Sí. Me aproveché. Un verano nos pusieron a dormir en un sofá cama a las dos juntas y por las mañanas yo la despertaba dándole besitos y frotándome contra ella. La incomodaba, pero no me importaba. Solo quería sentir ese placer extraño y nuevo.

—Pensé que tendrías algo más interesante de tu primera etapa de colegio. ¿Nadie dejó huella en esa época?

—Es que he sido una niña modosa toda mi vida —respondí encogiéndome de hombros.

—Nunca has sido buena —dijo y me besó, intenso, abriendo caminos húmedos y suaves y borrando el malestar que me había provocado una confesión tan íntima.

—¿Y tú qué sabes? —susurré.

Los besos y las caricias hicieron que pasara por alto su silencio. Un rato después tuve que recordarle que era su turno de ser interrogado. Era fundamental mantener el equilibrio de fuerzas.

—Mi primera relación… —Su rostro se contrajo y soltó el abrazo para dejarse caer a mi lado—. Mi primera relación no fue consentida.

Temí lo peor. De repente, ya no me quedaron dudas de que aquel era un juego peligroso. Iba a confesar una violación o algo parecido y, entonces, ¿qué iba a hacer yo? Se arruinaría todo…

—La mayor parte de las veces, cuando descubrimos algo terrible de alguien que nos importa, deseamos no haberlo sabido nunca. Algo cambia. O todo. Sin remedio.

—Tienes razón. Pero nosotros no tenemos nada que perder. A bordo de este barco las circunstancias son distintas.

—Pero nosotros no, y podríamos perder los días que nos queden.

—No lo creo. Sería demasiado tonto.

—Confías demasiado en que yo aceptaré cualquier confesión.

—Me arriesgaré. Quiero sentir contigo algo diferente a lo que conozco, aunque me aborrezcas. La mayoría de las personas juzgan a sus semejantes para defenderse, para poder seguir perteneciendo a la comunidad. Los códigos éticos y morales son en realidad simples instrumentos de convivencia. Aquí solo estamos tú y yo.

—No estoy de acuerdo. Yo hay cosas que no hago porque creo que están mal, no porque me vayan a juzgar por ello.

—¿Estás segura?

—Sí —respondí—. Pero vamos, adelante. Escucharé tu historia.

—Mis abuelos y bisabuelos habían sido pescadores de los *arrantzales* en Hondarribia. Cuando mi madre tenía diecisiete años murieron de una gripe que azotó el barrio con dureza y ella heredó su casa, en realidad una casucha que se caía a trozos. Para entonces ya llevaba cuatro o cinco años coqueteando con las drogas. Ese mismo año se quedó embarazada de mí. No sé quién fue mi padre. Seguramente ella tampoco. Me recuerdo muy pequeño y solo en la casa. Tenía frío y hambre y mi madre no llegaba. Me subía a una silla y me aferraba a la reja de la ventana para observar la calle, esperando el momento maravilloso en el que ella aparecería dando tumbos y con suerte con alguna bolsa de supermercado. Una familia de portugueses se instalaron en la casa de enfrente. Era un matrimonio con siete hijos pequeños. La madre estaba embarazada de nuevo y siempre parecía cabreada. Salía todas las mañanas muy temprano, creo que limpiaba en alguna casa, y el marido se quedaba con los niños que aún no estaban en edad escolar.

Casi hubiera preferido una confesión en la que él hubiera sido verdugo. Su voz profunda y la lenta cadencia de un tiempo que él recordaba vivísimo había transformado el nido de sexo y placer en un caverna siniestra. Y ya era demasiado tarde para detener al sonámbulo.

—Yo estaba a punto de cumplir los seis años. Apenas unos meses más y mi madre se hubiera visto obligada a llevarme al colegio. Se hizo un silencio. Su silencio, haciéndome sentir el mío.

—No me había fijado en el portugués. Pero parece que él en mí y en mi madre, sí. Una tarde que estaba solo, como siempre mirando por la ventana, oí que llamaban a la puerta. Mi madre me había adiestrado bien y yo sabía que no debía abrir a nadie so pena de quedarme sin cena y ese, para un niño que apenas comía nada en todo el día, era el peor de los castigos, así que hice caso omiso de los golpes. Pero poco después aquel padre de piel oscura y gruesa, rizos descuidados y frente pequeña, para mí un señor muy mayor, aunque no creo que tuviera más de treinta años, se acercó a la ventana y me saludó con un escueto hola. Recuerdo que no quería hablar con él pero sus ojos pequeños y hundidos bajo los párpados insistieron. Una mirada segura es difícil de rechazar. «¿Tienes hambre?», me preguntó. Claro que la tenía. Mucha. Y él me invitó a su casa. Había arroz con mejillones y sus hijos querían ser mis amigos. Les había regalado un tren y me lo querían enseñar. Ni siquiera pensé en cómo iba a entrar de nuevo en mi casa una vez que cerrara la puerta tras de mí. Me apresuré a seguirle, emocionado. Sus hijos, aquel día estaban los tres más pequeños, no parecieron muy contentos de verme. Aquella era una casa tan miserable como la mía. Busqué el tren con la mirada, pero solo encontré ojos hostiles. El olor de la comida me consoló al momento. Decidí sentarme a la mesa junto a ellos y esperar a que me llenara el plato. El hombre cogió el puchero humeante y un cucharón y se acercó a la mesa. Sirvió a sus hijos y, cuando por fin me tocó el turno, me dijo que antes necesitaba que le ayudara a traer agua del patio trasero. Me levanté raudo y veloz. Ni siquiera me molesté en pensar que allí en la cocina había un fregadero que parecía en perfecto uso. Sus hijos no levantaron la vista del plato y empezaron a comer. El padre les había instruido bien para que no se metieran en sus asuntos. El patio era una escombrera. Me fijé en un grifo sobre un cubo de fregona. Le pregunté: «¿De ahí?». Él sonrió y me dijo que tenía aspecto de ser un niño muy bueno y que necesitaba que hiciera algo por él. Y acto seguido se bajó los pantalones y me pidió que se la chupara. Yo no entendía nada. No tenía apenas contacto con nadie. Mi madre y alguna tendera del mercado. Le dije que no. Y él me dijo que si quería comer, le tenía que hacer ese favor. Y lo hice.

Los ojos de Daniel se llenaron de rabia, de repugnancia. Se pasó la mano por la boca instintivamente.

—Cuando terminé me dijo que ya me podía ir. Le contesté que quería comer. Yo sentía que ya había pagado por esa comida. Me pasó la mano por el pelo y me dijo que era un buen chico. Entramos en la cocina y devoré mi plato de arroz con mejillones ante las miradas discretas de sus hijos. Entonces fui yo el que no levantó la mirada del plato. Fui yo el que no estaba interesado en ellos ni en nada de aquella casa. Cuando terminé el último grano, sin cruzar palabra, me levanté y me fui. Me senté en la puerta de mi casa a esperar a mi madre. Si dentro de mi casa hacía frío, fuera mucho más. Ella no llegó hasta mucho después de oscurecer. Le sorprendió encontrarme fuera. ¿Sabes qué me dijo? ¿Qué me pregunto? Nada. Me metió en casa y me dio una paliza por haber salido.

—¿Pero no le contaste lo que te había pasado? —pregunté extrañada.

—Entonces me hubiera dado dos palizas: por salir y por idiota. Y además, como ya había comido, me hubiera quedado sin cena.

—Es terrible.

—Yo tenía hambre… —Sus palabras llegaban de un pasado lejano pero vívido—. Ella murió al año siguiente de sobredosis. En fin. Así es la vida.

—No es cierto.

—Sí, Virginia, es así. Hay personas que tienen suerte, pero son pocas, créeme. La miseria no está solo en África o en la India, y la maldad es la cualidad más intrínseca del ser humano.

—Ah, entonces sí que crees que existe la maldad. Creí que para ti era solo un asunto de perspectiva.

Su rostro se ensombreció. Tomó mi mano y la besó con ternura.

—Sí. —Hizo una pausa y se volvió hacia mí, como si hubiera hecho un descubrimiento importante—. Esta es una gran confesión para mí. Creo que solo tú la hubieras conseguido.

—Bueno, no le quites mérito a las circunstancias.

Los dos esbozamos una sonrisa triste.

—Así que ya ves —resumí intentando disolver la tensión que se había instalado entre nosotros—; podría decirse que yo comencé mi vida sexual como verdugo y tú como víctima.

—No. No es así. Quizá no debería haberte contado esta historia, porque yo en realidad no la viví como algo sexual sino como parte del aprendizaje de las normas que mueven el mundo.

—¿Qué pasó después? —le pregunté—. Cuando murió tu madre.

—Ah, pues que me acogió su hermana, que vivía en otro pueblo y tenía un montón de hijos —respondió con naturalidad—. Casi ni notaron mi presencia. ¿Te apetece una copa de champán calentito? Es el momento.

—¿Y con aquel hombre, el portugués? ¿Qué fue de él?

—¿Tú qué crees?

17

Nos sentamos en la cubierta a contemplar la bóveda celeste con sendas copas de champán. La brisa fue llevándose el manto sórdido de las palabras, deshilachándolo poco a poco hasta que quedó flotando sobre las olas.

—No necesito experimentar más cosas duras en mi vida —arrancó Daniel rompiendo el silencio—. Quiero decir que la exploración que me gustaría llevar contigo en los días que nos queden no tiene nada que ver con el dolor físico. A menos que tú lo desees, claro.

—No.

—Solo quiero comprender más antes de morir. Ver hasta dónde yo soy yo. Y descubrir cómo eres tú.

—¿Por qué? ¿Por qué yo?

—Porque estás aquí y lo único bueno de todo esto es que me ha pasado contigo.

—¿Y tu mujer? —le pregunté—. ¿No piensas en ella?

Esbozó una sonrisa de suficiencia.

—¿Mi esposa quieres decir? Bueno, como podrás imaginar a estas alturas no me casé por amor. Fue una forma de asegurarme que conseguiría el control de los medios de comunicación en Europa. Ella fue durante mucho tiempo la amante de Wallis.

—¿Wallis el multimillonario y filántropo?

—Sí, ese que se dedica a moralizar desde su pedestal de oro —asintió con desdén—. Mantuvieron una relación desde que ella tenía dieciséis hasta que cumplió los veintiocho. Entonces se hizo vieja para él. Pero Elisa es una mujer brillante. Aprendió mucho en esos años. Se volvió una superviviente nata. Tanto es así, que fue Elisa la que le forzó a nombrarla principal accionista de varios medios y, lo más importante, a día de hoy la sigue favoreciendo.

—¿Y ella? ¿Por qué se casó ella contigo?

Daniel soltó una carcajada.

—¿No podrías pensar que se enamoró de mí?

—No sé, una mujer tan lista y experimentada, imagino que no haría tonterías por amor.

—Pues las hizo. Vaya si las hizo. Wallis le hizo mucho daño. La hizo sentir vieja y rara. Tenían una relación muy enfermiza. Él es un psicópata. Y yo recogí el testigo.

—Así que tú también la utilizaste.

—Oh, no, yo pagué el precio de tenerla a mi lado, créeme. Pasé meses dedicando horas a que se creyera feliz. La escuché. Le hice creer que tenía un futuro conmigo. Dar esperanza a las personas es lo mejor que puedes hacer por ellas.

—Sí, sí, es cierto. Pero tú estás relatándome un engaño, por usar un término suave.

—Bueno, puedes usar el calificativo que quieras. Para eso estamos aquí —dijo suspirando, y me besó en la frente. Yo estaba muy confundida con su falta de escrúpulos.

—¿Eres un psicópata tú también? —le pregunté finalmente.

—¿Tú qué crees?

Me quedé callada.

—Vale —continuó él—. Déjame decirlo de otra forma, ¿qué quieres creer?

—La verdad. ¿No se trataba de eso? —salté molesta.

—Sí, tienes razón. Perdona. No es tarea fácil abandonar viejos hábitos.

Me acarició el rostro con admiración. Su mirada me emocionó de nuevo. Era muy intensa, curiosa e ingenua, y a la vez misteriosa: aquel hombre realmente sentía algo profundo por mí, o eso quería creer.

—Cuando entendió que yo no la quería —continuó—, mi mujer intentó divorciarse. Pero yo no estaba dispuesto.

—¿Por qué? —pregunté asombrada.

—Es una mujer maravillosa, guapa, fuerte, muy educada y un excelente apoyo para mis negocios. Y para mí es más fácil tener relaciones cuando las mujeres saben que no pueden esperar nada serio de mí porque estoy casado.

—¿Y ella lo aceptó?

—No. Intentó matarme.

No había ni una gota de dramatismo en su tono de voz. Era un hombre intrigante y acostumbrado a intrigar.

—No me lo creo.

—Lo intentó, sí. Y ahí fue cuando quedó atrapada para siempre. Pretendió que uno de mis guardaespaldas me matara. Lo sedujo creyendo que el sexo sería suficiente para sellar su lealtad, pero David lleva conmigo más de diez años. Sabe dónde calienta más el sol y me advirtió. Conseguí pruebas que la incriminaban. Podría haberla enviado a la cárcel. En vez de eso, pacté. Me quedé con el control de sus acciones y negociamos llevar vidas separadas.

—¿No tuvisteis hijos?

—No. Ella es estéril.

—¿Y tú?

—No, yo no. Pero nunca he querido tener hijos.

—¿Por qué?

—No tengo la necesidad biológica y no deseo esa responsabilidad.

—Esas son muchas negaciones. Demasiadas.

—Quizá —respondió encogiéndose de hombros como para restarle importancia.

—¿Así que después del intento de asesinato ya no tuviste más relación con tu esposa?

—Oh, no. Seguimos acostándonos de vez en cuando. Ya te he dicho que es una mujer muy hermosa. Y me gusta torturarla —dijo sonriendo con malicia.

—Estás de broma.

—No. A ella le gusta también. Me excita pensar que me odia hasta el punto de ordenar mi muerte mientras la follo. Y a ella le encanta representar el papel de sumisa en manos de un hombre poderoso. ¿Por qué crees que funcionó durante tanto tiempo su relación con Wallis? Vamos, no pongas esa cara. No creo que sea tan raro. Al final todos los matrimonios acaban en lo mismo. Quiero decir que si funcionan no es precisamente por amor, sino porque se encuentra un resorte peculiar que lo hace funcionar.

El tema me resultaba profundamente desagradable.

—No lo creo.

—¿Crees que tu matrimonio es distinto? —preguntó con cierta sorna.

—Sí.

—¿Entonces por qué estamos aquí, por qué tenemos sexo, por

qué has aceptado participar en el juego si el amor que sientes por tu marido es tan puro y fuerte?

—Porque aquí todo ha cambiado… —farfullé molesta.

—Bueno, te recuerdo que hubo parejas que decidieron morir juntas cuando el *Titanic* se hundía. Y también están Romeo y Julieta…

El champán se me revolvió en el estómago y el recuerdo del rostro de mi marido, su olor corporal y su barba mansa cuando por la mañana me abrazaba en la cama, regresó con fuerza.

—Suficiente —dijo—. No quiero que te sientas mal. Solo que te des cuenta de que el amor por tu marido no era tan grande. Él solo fue el hombre que apareció en el lugar adecuado en el momento adecuado.

—No, no es verdad.

—Claro que sí. Imagínate que lo hubieras conocido cuando tú tenías veinte. ¿De verdad crees que habrías formado una familia a su lado?

La respuesta no necesitaba verbalizarse. Me negaba a darle la razón. Pero él quería que yo reconociera una verdad, en realidad, una de tantas, así que él mismo respondió:

—Por supuesto que no. Tú entonces tenías otros planes para tu vida. Querías explorar, descubrir mundo, convertirte en tu yo mejor. ¿Me equivoco?

—Bueno, siguiendo con tu argumentación, por la misma razón me he acostado contigo. Las circunstancias.

—No. No lo creo.

—¿Ah, no? —le pregunté—. ¿Y qué crees?

—Creo que tú y yo sí que estamos hechos el uno para el otro, aunque solo aquí podías comprenderlo. Aquí estamos solos tú y yo, Virginia. Yo no te voy a juzgar. Y tú tampoco deberías. Es un alivio saber quién es uno de verdad.

El atardecer empezaba a lanzar sus destellos anaranjados y la temperatura descendía rápidamente. Hacía mucho rato que habíamos acabado el champán pero allí seguíamos, atrapados en la telaraña que habíamos tejido con las palabras, dichas a veces con cuidado, otras con prisa, otras con miedo. Empezaba la hora mágica, que no es hora sino instante.

—Ya, ¿y cuándo te has dado cuenta de que nuestra relación podría ser diferente? —le pregunté.

—Hace mucho tiempo. No quiero ofenderte, pero me he acostado con mujeres más guapas, y algunas incluso más inteligentes que tú.

—Pero yo estoy aquí, claro. ¿Es esa la razón que me hace ahora, en este instante, especial? —insistí todavía sin comprender.

Él me miró pensativo y rotundo:

—No.

—¿Por qué? ¿Por qué yo entonces?

Daniel se encogió de hombros.

—No lo sé. Me resulta incomprensible, e incluso molesto. Lleva demasiado tiempo siendo una carga.

—¿Qué me estás diciendo? ¿Que estás enamorado de mí? —solté con incredulidad.

—¿Qué es estar enamorado?

—Pues desear estar a todas horas con una persona, que ocupe todos tus pensamientos, que no puedas soportar la idea de no volver a verla…

Daniel no respondió. En un rápido y furioso movimiento, totalmente inesperado, se puso sobre mí, rostro contra rostro, agarrándome con tanta fuerza que me hizo daño. La rabia se abría paso en sus pupilas a dentelladas. Quizá un hombre tan controlador no podía soportar tener sentimientos, y si no era capaz de deshacerse de ellos, se desharía de mí.

18

Cenamos muy poco en cubierta. Aquella fue la primera noche en la que fui consciente de que en un par de días no tendríamos nada que comer. Eso sí, quedaban varias botellas de alcohol. No recuerdo qué comimos pero sí el vino caliente que corría por mi garganta. Su sabor regresa a mis papilas que se despiertan de nuevo doloridas, oxidadas, como el resto de mi cuerpo, convertido desde hace tiempo en cascarón seco y me pregunto si habré pagado ya, si otro final será posible ahora que han pasado tantos años. La esperanza viene abrigada por los finos rayos de la mañana que se cuelan entre las rendijas de la persiana entreabierta, y miles de horizontes de luz aparecen ante mí. Por primera vez reconozco que sería maravilloso que alguien viniera a salvarme.

Cuando bajamos a su camarote extenuados y borrachos, nos tumbamos en la cama, su cuerpo abrazado al mío, su aliento en mi cuello, el calor envolviéndome, y me embargó una extraña sensación de sosiego. Estaba deseando dejarme vencer por el sopor pero, de repente, algo me rondó la cabeza.

—¿Cuándo te fijaste en mí? ¿En la fiesta? —le susurré.

—Virginia, a mí me gustan muchas mujeres. Me apetece acostarme con ellas. Besarlas, poseerlas. Contigo me informé. Estabas casada y eras fiel.

A esas alturas ya no tenía que preguntar cómo había podido averiguar eso.

—Y no sé, te pegaste a mi piel, qué sé yo… Siempre he creído que cada uno es dueño exclusivo de sus obsesiones, y aquí nos tienes.

—Este trabajo entonces solo fue una trampa.

—Ojalá no lo vieras así.

—No te pega estar enamorado de mí. Ni de nadie.

—Opino igual —asintió dándome la razón. Y cerró los ojos. Yo le imité, y nuestros cuerpos sabios se encargaron de lo demás.

Me despertó la luz de la mañana y un balanceo de cuna. Mi cabeza estaba a punto de estallar por la resaca. Me froté las sienes. Daniel dormía. En su rostro relajado había desaparecido la arruga del entrecejo con que taladraba la realidad. Casi me lo pude imaginar de joven…; ¿habría sido joven alguna vez si no pudo ser niño? El sol había añadido calor a su cuerpo. Aquel hombre que había tenido una infancia dura y miserable, sufrido abusos, que había robado y traficado, que había contratado sicarios e incluso asesinado, construyéndose un yo sin escrúpulos, que se había convertido en un hombre capaz de desechar la ética general e inventarse su propio código, que había utilizado el sexo y los sentimientos como moneda de cambio para ascender en la escala social…, había elegido terminar sus días amándome y pidiéndome que le amara, fuera cual fuera el significado de ese verbo en aquellas circunstancias.

Me levanté en silencio para coger la cámara. Necesitaba capturar algo de aquel sentimiento tan peculiar. Inmortalizarlo. Daniel abrió los ojos y se sorprendió de encontrarme cámara en mano.

—Deberíamos pensar cómo lo vamos a hacer —le solté.

—¿A qué te refieres? —preguntó adormilado.

—Al final. Tiene que ser duro morir de inanición. ¿Cuánto vamos a aguantar?

—No lo sé. Pero aún nos quedan días. Yo no pierdo la esperanza —respondió bostezando.

—¿Cuántos? Mañana ya no habrá nada que comer. Y eso si hoy racionamos.

—Una persona puede pasar cuatro o seis semanas sin comer y unos diez días sin beber. Nos quedan agua y vino para dos o tres días más.

—El vino nos deshidratará. No quiero encontrarme tan mal que solo pueda ver pasar las horas.

—Yo tampoco, pero ¿qué propones?

—Que pongamos un tope y nos organicemos —anuncié con seguridad. Una mirada nueva apareció en sus ojos, mezcla de confusión y admiración, o eso me pareció.

—¿Quieres que nos matemos?

La idea le pareció digna de ser considerada.

—Habría que pensarlo bien —añadió pensativo—. No es tan fácil matar, ¿sabes?

—Depende del plan.

Me miró enigmáticamente. Sabía de qué hablaba.

—En realidad —continué—, lo peor debe de ser la soledad absoluta después del primer disparo, pero sabiendo que el primero que actúe sobrevivirá apenas un instante…

—O no —me cortó Daniel—. Yo quizá quisiera tiempo para

experimentar la sensación de matar y de quedarme solo. Esa soledad sería muy distinta a esto que tenemos. Hace poco no te hubieras imaginado deseando lo que deseas ahora. Entonces, ¿qué propones?, ¿qué yo te mate y luego me suicide?

—Si no te importa, preferiría más bien lo contrario —respondí. Sus ojos volvieron a abrirse; fue un gesto apenas imperceptible pero al detectarlo experimenté un placer desconocido.

—Tú me matarás a mí —conjeturó con cautela—. ¿Serías capaz?

—Si estás de acuerdo.

—Llegado el caso, no sé, tendría que pensarlo…

—Sería lo más justo. Tú me dijiste que has matado antes.

—Pero no a alguien a quien quisiera, alguien que me importara de verdad.

—¿Con tus manos? Quiero decir, ¿lo hiciste tú mismo?

Daniel dudó, pero yo hice un gesto para animarle que no le dejó tiempo para pensar.

—Sí.

—Bien, entonces es mi turno. Yo también quiero vivir esa experiencia.

—Creo que el efecto de la falta de comida te está afectando.

—Puede ser. Me siento distinta hoy. Quiero ser distinta. Y es verdad, no me reconozco. Me siento lúcida.

Lúcida. Iluminada. El dolor de cabeza había desaparecido durante la conversación y me sentía ligera. Era una versión de mí misma mejorada. Sin miedo, sin esperanza. Solo viva.

—¿No quieres saber cómo me sentí después de matar? —me preguntó.

—No. No será lo mismo para mí.

—Probablemente —asintió—, pero no es agradable.

—A quiénes has matado?

—Solo a una persona, con mis propias manos quiero decir.

—Pero había tal titubeo en sus palabras que pensé que mentía. Estaba nervioso. No supe interpretar qué escondía esa inesperada falta de seguridad.

—Ya —comenté con frialdad. Así era nuestro mundo y todo era fácil y absurdo a la vez.

Pasé la tarde en el camarote, tumbada en la cama. No sé a qué se dedicó él en esas horas. Habíamos acordado comer al ponerse el sol. Y eso hicimos. Cada cual desde su fin del mundo acudió a la cita en la cocina y, con matemática y solidaria precisión, dividimos los alimentos que quedaban. Con precaución, dejamos lo necesario para pasar uno o dos días más. Subimos a comer a cubierta con una botella de vino.

—Esto ya no es divertido —dijo él. Parecía molesto.

Habíamos compartido el último pedazo de pan duro y yo apuraba mi vino mientras observaba el horizonte, saboreando cada gota, atenta a los efectos del alcohol, venciendo resistencias, bailando sobre las olas. Suspiré profundamente.

—Bebe más —le sugerí intentando esbozar una sonrisa.

—Todo eso de matarnos es una tontería, Virginia. ¿Podemos olvidarnos del asunto, por favor?

—Claro. Hasta mañana.

Una estúpida satisfacción salió a flote. Hay que ver en qué lugar espléndido te coloca la locura frente a los demás. Te da poder. Y Daniel pensaba que yo había perdido el juicio. Quizá lo hice. Hay que perder la cabeza para no perder el corazón. La desesperación y el dolor que me producía no volver a ver a mi familia se habían hecho con mi brújula y yo navegaba a la deriva.

—Desnúdate —me ordenó.

Nos encontrábamos sobre la cubierta de proa. Me puse en pie, desafiante, sin movimiento alguno que indicase que pensaba obedecerle. El sol se había puesto pero quedaba aún un resplandor rosa en el horizonte. Él se levantó furioso. Sus ojos centelleaban.

—Sé que podrías tomarme por la fuerza —dije con calma.

Dio un paso hacia mí y pegó su rostro al mío. Sentí como se llenaba de mí, de mi olor sin siquiera tocarme.

—No.

El suelo de la cubierta se hizo blando bajo mis pies. En sus ojos apareció la desesperación y pensé que era como un corredor que entrena durante años y se siente desfallecer ante la meta. Daniel me amaba, mucho más de lo que me había dicho o expresado. Me besó en los labios.

—Necesito que me ames, Virginia —me susurró.

—Y yo necesito que me cuentes por qué.

19

Los dos siguientes días transcurrieron entre la placidez y la desesperación contenida. Apenas comimos. Terminamos con el vino. Acabamos unos frutos secos que encontramos en un cajón y él se empeñó en que yo tomará las porciones más grandes. Dormíamos mucho. Nos comportamos de forma extraña. Bailé como una posesa sobre la cubierta, cantando a voz en grito en uno de los ratos en el que me acompañaban las fuerzas. Él me siguió, intrigado, dejándose ir conmigo. Chillamos, vociferamos descontrolados. Y reímos.

Yo había visto mundo. Daniel lo había exprimido. Y para ello, no había dejado que nada ni nadie se interpusiera en su camino. Me contó la historia de cómo empezó a construir su imperio: y sí, fue traficando con drogas, demostrando una crueldad sin escrúpulos, engañando, extorsionando, ordenando matar, saltándose las leyes humanas y divinas una y mil veces. También me reconoció cómo estuvo obsesionado con prostitutas durante su juventud hasta que una noche le informaron de que no podía acostarse con una de sus favoritas porque le habían dado una paliza. Consiguió su dirección y fue a verla. Vivía en un bloque colmena de una barriada humilde. Ella misma le abrió la puerta, aunque le costó reconocerla. Parecía mucho más joven, una niña asustada y flaca, vestida con un viejo pijama de Pluto y la cara destrozada. Ella no se alegró ni le invitó a pasar. Y Daniel sintió sobre sí la vergüenza de la chica al verle allí, parado en la puerta de su humilde piso. Al día siguiente, alguien coló un sobre a nombre de la chica por debajo de la puerta. En él había cinco mil euros y una nota anónima escrita con un ordenador en la que le decía que podía usarlos solo si dejaba la calle para siempre. No volvió a verla. Pensó en enviar a uno de sus matones a charlar con el tipo que había golpeado a la chica, pero no lo hizo porque la vida es así, concluyó. No puedes acabar con todos los hijos de puta del mundo. Entonces él tenía veintidós años, ya era millonario gracias a la droga, y no volvió a pagar por sexo. Tampoco volvió a traficar. Cambió de mundo para siempre.

Un atardecer le pregunté por su tía:

—¿Quién?

—Tu tía, la que te recogió después de que muriera tu madre.

Quiso cambiar de tema, pero yo le observaba con demasiado interés.

—Bueno, era una mujer de mucho carácter. Tenía ocho hijos. No hay mucho que contar de esa etapa.

—¿Dónde vivíais?

—Cerca de la fábrica donde trabajaba su marido. Era un barrio muy humilde. No estuvo mal. Tenía techo, comida, y me convertí rápidamente en uno más. No nos hacían mucho caso.

—Yo conocí a una familia que tenía nueve —comenté por continuar la conversación. Él pareció mostrar atención—. Iba a clase con uno de ellos.

—Pero serían de tu barrio de ricos…

—Oh, no, el colegio al que mis padres me llevaron era el del barrio. Yo crecí con los hijos de los obreros que trabajaban para mi padre. Otros hijos de directivos cogían todas las mañanas un autobús de ruta que los llevaba a un colegio pijo, pero mis padres eran de izquierdas y prefirieron que me educara en la escuela pública del barrio.

Daniel me miró con interés.

—Así que te lo pondrían fácil en la escuela...

—No sé. Quizá. Yo estaba integrada. Era una más.

—¿Ah, sí? ¿Te acuerdas de tus compañeros? ¿Mantienes amigos de esa época?

Tuve que tomarme mi tiempo para responder.

—No hice amigos para siempre, si te refieres a eso.

—Igual no estabas tan integrada.

Su comentario me hizo recapacitar. Era cierto. No guardaba amigos de aquella época. Incluso los nombres se me habían borrado de la memoria.

—Puede que tengas razón. Recuerdo que los hermanos de la familia esa que te comentaba eran tropecientos y olían muy mal. Un día en la cola de la panadería me encontré con uno que era de mi edad o poco mayor que yo, pero de mi altura. Estaba con su madre, una mujer gorda, y con un pastor alemán que daba miedo. Al verme, sin mediar palabra me dio un empujón tremendo y me empotró contra la pared. La pobre mujer no sabía cómo disculparse con mi madre. En cambio, la mía le quitó importancia. Al salir, me echó una buena regañina, de las peores que recuerdo. Sabía, y seguramente tenía razón, que yo debía tener al niño frito en el colegio, pero que los profesores me darían a mí la razón. No recuerdo su nombre, pero entiendo que al verme y sentirse protegido entre su inmensa madre y su perro, pensó que no se vería en otra para vengarse...

Sonreí. Pero él no sonreía.

Las alucinaciones empezaron a mezclarse con la realidad. Yo era una Alicia que había caído en un mundo donde los objetos se habían vuelto pesadísimos; incluso la atmósfera pesaba. El dolor de cabeza era insoportable. No dormía, estaba en un interminable duermevela. Día y noche. La luz del sol se volvió insoportable y pasábamos casi todo el tiempo tumbados en el camarote. Por la noche salíamos, pero enseguida me entraba frío. Él aguantaba mejor. Dejó de ser Daniel para serlo todo. Sus besos, cada vez más escuálidos, buscaban alimentarme, sus caricias me mantenían suspendida del cada vez más frágil hilo de la vida...

Vacía de todo, solo quedó él.

—Tenemos que hablar del final —le advertí un amanecer o quizá fue un atardecer, el de un día u otro.

—Todavía no.

Y nos volvimos a dormir.

20

Un aleteo atronador me arrancó del trigal dorado en el que yacía. Venía acompañado por un vendaval furioso. Alguien golpeaba mi rostro, me zarandeaba con insistencia. Quería que me dejaran en paz. Unos dedos forzaron mis párpados para que se abrieran. Intenté entender qué pasaba. Oí más gritos confusos: nos habían encontrado. Había un gotero colgando sobre mí. Si me habían pinchado, no había sentido nada. Busqué a Daniel con la mirada. No le vi. Yo estaba tumbada, inmóvil, y alguien manipulaba sobre mí cuerdas y enganches. Un dragón alado de escamas verdes apareció de repente. Era un sueño, sí. El último espejismo de esperanza. Parpadeé. Desapareció. Pero el ruido seguía ahí. Machacando mi cerebro mientras me esforzaba por encontrar un sentido. El dragón volvió a aparecer, solo que no lo era. Se asemejaba más bien a un lagarto y estaba tatuado en la muñeca del hombre que inmovilizaba mi frente. Alguien dio una orden en castellano y entonces entendí. Estaba atada con cintas de seguridad a una camilla y empecé a ascender hacia un ensordecedor helicóptero que rugía como un monstruo feroz. El barullo del personal de salvamento era insoportable. Cerré los ojos.

SEGUNDA PARTE

21

Cuando desperté, me encontraba en un hospital. La extrema quietud me provocó un pequeño sobresalto. Deslumbrada por la blancura, parpadeé para ajustar la visión. Había un ramo de exuberantes flores blancas en un florero de cristal junto a la ventana. Giré la cabeza, agotada, y, a mi lado, encontré a mi marido. Sus ojos expectantes y húmedos. Sentí su mano envolviendo la mía.

—Virginia —susurró, y se acercó a besarme en la mejilla.

Sentí su calor, su emoción. Quise hablar pero un nudo en la garganta me lo impidió, así que cerré los ojos y me apresuré a recuperarme de la impresión. Fue apenas un instante, pero cuando los volví a abrir, Álex me miraba confundido.

—Sabes quién soy, ¿verdad?

—No he perdido la memoria —conseguí articular con la voz ronca, y le hice un gesto para que me acercara un vaso de agua.

Él me sirvió de una botella que estaba en la mesilla y me ayudó a incorporarme.

—¿Dónde estamos? —pregunté tras el primer sorbo en el vaso desechable.

—En Sumatra, pero está previsto que mañana regresemos a España.

—Sumatra… ¿Y Daniel?

—Él ha salido esta mañana. Es su avión el que regresa para buscarnos. Tú estabas más débil y han preferido dejarte un día más aquí. Yo llegué anoche.

—¿Las niñas?

Los celos que habrían perseguido a mi marido durante días se volvían de carne y hueso. Yo había cometido un gran error preguntando por Daniel antes que por las niñas.

—Bien, bien, preguntaban mucho por ti pero no se han enterado de nada.

Rompí a llorar y él me abrazó.

—Creí que iba a morir —musité entre sollozos—. Pensé que nunca os volvería a ver.

Y, por un momento, deseé que ese hubiera sido mi final. Quise decirle lo mucho que lamentaba lo sucedido, que no debería haber aceptado el trabajo, que había arruinado nuestra felicidad para siempre.

—Por favor, tranquilízate, Virginia. Ya ha pasado. Lo importante es que estás viva. No llores, nena.

Yo me enjugaba las lágrimas con las sábanas. Nos quedamos mirándonos el uno al otro sin saber muy bien qué decir. Él parecía aliviado. Nuestra vida en común había sido un camino sin tropiezos. ¿Qué pasaría ahora? ¿Sería capaz de verme llorar? ¿De sufrir? ¿Y de confesar?

—Lo siento, Álex. Nunca debí haber aceptado ese trabajo.

—Lo importante es que ya estás a salvo.

Suspiré deseando que todo hubiera sido un sueño, rezando para que el tiempo borrara las huellas de lo vivido. Y sentí que mi piel se despertaba y hasta mi vello se erizaba, en guardia.

—¿Entonces no has visto a Daniel?

—No —respondió rotundo. Me pareció que iba a continuar, pero calló.

Las horas siguientes se tradujeron en un trasiego de enfermeras sonrientes y silenciosas que pronto me retiraron el suero. Trajeron una especie de caldo de pollo. Yo tenía un nudo en el estómago que me costaba deshacer. Álex me observó tomarlo sin decir una palabra. Parecía temeroso de herirme, o peor, de desatar una discusión. Sé que rumiaba mil y un pensamientos, ansioso por salir de allí. El silencio se hacía insufrible y le pedí que me hablara de las niñas, y también de la repercusión que había tenido en los medios nuestra desaparición.

—Ninguna –respondió.

—Qué extraño. Siendo Daniel alguien tan importante…

—Se pusieron en contacto conmigo desde su oficina y me pidieron mantener la calma. Me aseguraron que estaban poniendo todos los recursos posibles en la búsqueda y que os encontrarían. Ya estaban en contacto con las embajadas.

—¿Y si no lo hubieran hecho?

—¿Qué iba a hacer? ¿Para qué hablar con los medios? ¿Para crear más confusión? Y en ese caso, ¿cómo hubiera protegido a las niñas? Ellos estaban mejor preparados para encontrarte y yo… —Su voz se quebró.

La angustia y el dolor que había sentido retumbaron en mi pecho. Pero sobre todo, su impotencia. Intenté sostener su mirada, pero mis ojos volvieron a llenarse de lágrimas.

—Lo siento.

—Por favor, no llores, Virginia. Ha sido un accidente. Y con final feliz. Por suerte, la gente de Daniel sabía lo que se hacía.

A medida que recuperaba fuerzas, la carga de mi conciencia se hizo más oscura. A pesar de ello, me sentía terriblemente somnolienta, y cuando cayó el sol, me quedé profundamente dormida hasta el día siguiente.

Me despertó el trasiego de enfermeras con bandejas de desayuno y, a partir de ahí, ya fue un continuo ir y venir: una asistente sanitaria para asegurarse de que podía ducharme yo sola, una médico de perfecto inglés británico que me dio el alta… Mientras yo me cepillaba los dientes, Álex salió a llamar un taxi y me quedé sola en la habitación. Sola por primera vez desde hacía más de un mes. Una tarjeta colgaba de las flores. La arranqué. De repente me temblaba el pulso y no fue fácil soltar el lazo verde prendido al tallo. Al abrirla comprobé que, como esperaba, era de Daniel. Una tarjeta de visita llamativamente sencilla e impersonal, solo con su nombre y su número de teléfono.

—¿Estás lista?

Me volví hacia la puerta, ocultando la tarjeta tras la espalda. Álex me esperaba con la maleta en la mano. Asentí y, en cuanto retiró la mirada, la metí en el bolsillo del pantalón, convencida de que mis mejillas me delatarían. Mi marido me conocía bien.

—Las flores las mandó Daniel —confirmó molesto—. La verdad, dudé en tirarlas a la basura después de todo lo que nos ha hecho pasar.

—Él también podía haber muerto.

—Pero a mí él me importa una mierda —respondió con un resentimiento furioso. Mi asombro le advirtió de que se había excedido—. Perdona. Vamos a coger el avión y a olvidar esta pesadilla cuanto antes.

Al salir del hospital un bofetón de humedad nos aguardaba.

Álex lo notó y se vio obligado a preguntarme si me encontraba con fuerzas para seguir. Estaba irritado y ansioso, aunque hacía esfuerzos para controlarse. Deseaba regresar a casa como si, una vez allí, fuéramos a descubrir aliviados que lo sucedido solo era la pieza de un puzle ajeno, una pieza que nada tenía que ver con nuestro propio rompecabezas, y que, por tanto, simplemente debíamos descartarla.

Cuando subimos al avión, ya tenía plena conciencia de que debería luchar con todas mis fuerzas para que el agujero negro que se había abierto no arruinara la felicidad de mi hogar. La persona en la que me había convertido era una extraña. ¿Cómo reaccionaría ante mi propia vida? Había traspasado límites que nunca hubiera imaginado. Había engañado a mi marido. Me había entregado a una persona que, todavía entonces, no estaba muy segura de conocer. Había reconocido pecados y perdonado lo imperdonable. Como primera medida, me juré a mí misma no pensar en Daniel. Entre las nubes altas y claras, lancé una súplica sorda: que el veneno de Daniel, su esencia tóxica, desapareciera de mi sangre lo antes posible. Aunque, bien mirado, ¿no había sido la relación más auténtica y desnuda que jamás había vivido, que jamás viviría?

El viaje transcurrió en un suspiro. Álex entendió que necesitaba descansar. Por suerte, yo tenía los ojos cerrados cuando me cubrió con una manta, porque no sé si hubiera podido ocultar la fuerza de mis sensaciones. Álex me había comprado una camisa, una chaqueta y un pantalón de lino en Sumatra, pues todas mis pertenencias habían quedado en el barco. Yo estaba tan ocupada lidiando con mi conciencia y haciéndome la dormida, que no me percaté de que temblaba hasta que sentí la manta sobre mi cuerpo. La manta fue la que me hizo sentir un frío intenso. Iba a tener que representar el papel de convaleciente en estado de shock durante mucho más tiempo del necesario. Debía reflexionar antes de hablar de lo sucedido en el barco. ¿Cuánto tendría que compartir con mi marido?

Intenté pensar en mis hijas, pero el cuerpo desnudo de Daniel sobre el mío se interponía. Lo arranqué una y otra vez, pero el recuerdo tenía una fuerza descomunal y no se dejaba arrinconar. Apreté los ojos. Viajé al pasado. Por desgracia, la puerta abierta durante los días de confidencias con Daniel no se había cerrado. Más bien todo lo contrario. En sueños de vigilia se mezclaban personajes y recuerdos del barrio donde crecí. Me despertó la azafata que anunciaba por megafonía la llegada a Barajas. Reconocí con sorpresa lo mucho que me había esforzado para enterrar el lugar de donde provenía. Y lo había hecho sin reflexión previa, sin conciencia. Solo había corrido, sin mirar atrás.

Después de varios días en alta mar, no estaba preparada para la sensación de agobio que provoca la muchedumbre. Sentía aquellos cuerpos, pesados, agobiados, empujando por hacerse un hueco en el limitado aire que compartíamos mientras esperábamos las maletas. Me fijé en los rostros, en las miradas perdidas o concentradas, las mandíbulas prietas. Fruncí el ceño.

—¿Te encuentras bien? —me preguntó Álex, preocupado.

—Sí, es solo que hay mucha gente…

No me había preguntado nada de los días en el barco, ni por la tormenta, o nuestra vida a bordo… En la cola del taxi, le cogí la mano y le besé, obligándole a mirarme. Su mirada se enterneció y el gesto apaciguó temporalmente sus elucubraciones. En ese momento, nos interrumpió la chica que asignaba los taxis y nos apresuramos hacia el vehículo que ya nos esperaba.

Las niñas me recibieron como si nada hubiera pasado.

—Mamá, ¿por qué lloras?

No acertaba a decir palabra. Álex cogió mi bolso y mi chaqueta y me empujó hacia el salón. Me había quedado parada en la entrada de mi propia casa como si fuera una extraña. Así me sentía: una intrusa que planeaba apropiarse de la felicidad y la vida de otras personas. La cuestión era: ¿me lo permitirían mis escrúpulos?

22

No podía dormir. Cerraba los ojos y me faltaba el aire. No soportaba que Álex me tocara. No escuchaba las conversaciones de las niñas. Sus voces rebotaban sobre mi cuerpo convertido en un muro, provocando pequeños y dolorosos desconchones que yo intentaba arreglar cuando me quedaba a solas.

Las mañanas se hacían eternas aunque no sé a qué dedicaba el tiempo: sentada junto a la ventana o tirada en la cama mirando el techo. Si estaba Zulena en casa, cogía un libro para aparentarme ocupada. ¿Una intrusa? ¡Ojalá! Sentía que mi vida ya había sido vivida y que yo no era más que un fantasma transitando por el decorado de la trama principal.

Álex volvía a la hora de comer y se encontraba con que ni siquiera me había duchado. Tampoco cocinaba como antes. Él me proponía salir a algún restaurante, pero siempre le decía que no, que prefería preparar algo rápido, cualquier cosa. Y eso hacíamos. Mi marido descorchaba una buena botella de vino e intentaba engancharme en la cata, en nuestros rituales anteriores al viaje. Yo sonreía, intentando aparentar normalidad. Imagino que mi aspecto ido mientras aliñaba una ensalada o cocía un poco de pasta no debía resultar muy tranquilizador. Tras varios días iguales, su frustración estalló.

—¿Qué pasa, Virginia? —me preguntó obligándome a mirarle a los ojos cuando recogía su plato.

Rehuí su mirada pero, esta vez, él estaba decidido y me cogió del brazo.

—Vamos, sé que ha sido muy duro. Pero tienes que volver. Ya.

—Necesito tiempo.

—¿Tiempo para qué? Ya estás aquí. Ayer Sofía te pidió tres veces que le revisaras los deberes y solo asentiste. Por supuesto, los terminé revisando yo.

Le miré dolida.

—No la oí…

—Ya sé que no la oíste. Tampoco a Mariana cuando te preguntó si podían ir a la fiesta de cumpleaños de Cecilia este fin de semana, y estoy seguro de que no te enteraste de lo que les pasó ayer con la profesora de ballet.

Bajé la cabeza, avergonzada. Era cierto. Quería salir de mí pero no podía. Me serví otra copa de vino, deseando desaparecer. Álex suspiró.

—¿Estás deprimida?

—No sé qué me pasa.

—Tienes que hablar con alguien.

—Ya hablo contigo.

—Vamos, Virginia. No sé qué habrá pasado en ese barco, pero está claro que eres otra. Esta mañana me ha llamado Natalia. Dice que te ha dejado varios mensajes y no le respondes. ¡No respondes a nadie!

Me froté las sienes. No podía seguir escabulléndome.

—Vale, iré al médico si quieres.

—No, no quiero que te atiborren de pastillas. Solo te faltaba eso. No eres una niña ingenua que haya vivido entre algodones. No es la primera vez que te enfrentas a la muerte. Has estado en guerras, en lugares peligrosos donde te has jugado la vida. Has visto mucho, Virginia. ¿Qué te pasa? Lo que quiero es que hables conmigo. Que me demuestres que te importo. Yo también lo he pasado mal.

Su verdad me golpeó con fuerza. Tenía razón. Me levanté y le besé. Él me recibió con emoción. Soltó el nudo de mi bata sin que su boca se separara de la mía un instante. Yo procuré seguir su ritmo, que nada nos detuviera. Se lo debía. Ojalá hubiera sentido que hacía algo por mí misma en aquel momento. Ojalá hubiera pensado en disfrutar. Cuando se hace el amor, no basta con querer que el otro disfrute. Uno también le debe al otro el goce de su cuerpo, la satisfacción tiene que ser mutua o el acto se convierte en otra cosa; y no hice el amor, sino que me esforcé con entrega interesada, repitiéndome que ese era el camino de regreso a mi vida anterior, a él. Iba a conseguirlo. Disfrutaría otra vez. Volvería a sentir placer. Sus manos me recorrieron, el camisón se deslizó por mis hombros y cerré los ojos. Con los jadeos regresaron las olas y la brisa percutiendo contra las velas. El agua, el sol sobre la piel desnuda. Álex, Daniel…, qué importaba. Debía concentrarme en mí. Podía hacerlo porque Álex me deseaba en aquel momento por los dos. Cuando me penetró sobre la mesa de la cocina, yo ya estaba muy lejos.

Abrí los ojos. Él sonreía.

—Este ha sido terapéutico. Me debes uno en la cama —le dije, intentando mostrarme relajada y natural.

—Te quiero, Virginia. Tenemos una familia hermosa. Este accidente no lo puede estropear. ¿Me lo prometes?

Asentí. Alivio en precario, pero le bastó mi gesto.

Álex se fue confiado a trabajar y yo, por primera vez desde que había vuelto, me hice cargo de la cocina. El sexo había logrado devolverme algo de contacto con el mundo físico que me rodeaba. Apenas había formado una capa fina para cubrir mi espectro, pero confiaba en que tuviera la suficiente consistencia para servir de base a un nuevo edificio. Terminé de recoger y me metí en la ducha.

Intenté sentir las gotas de agua sobre la piel. Me froté con energía para sentirme dentro de mí, haciendo un esfuerzo por recordar cómo era yo antes, cómo sentía, quién había sido. Necesitaba regresar exactamente a aquella mujer que todos querían, porque la que era ahora no podría ser querida. Era una intrusa llena de secretos que les había traicionado. Restregué hasta que la piel se quejó. Al salir de la ducha, el vaho empañaba los cristales. Me sequé con energía y luego utilicé la toalla para limpiar el espejo. En casi dos meses, ya no quedaba nada de mí. No era la misma epidermis. Mis células incluso se habían renovado por completo. Ni siquiera físicamente podía ser la misma persona y, desde luego, la ruptura que había supuesto el viaje era quizá demasiado grande para poder sortearse de un salto. Me haría falta tiempo para construir un puente. Me fijé en unas casi imperceptibles arrugas alrededor de mis ojos y en mi cuello. Los cuarenta y cuatro años arañaban inexorables mi juventud.

La sombra de Daniel flotó sobre el vaho, su piel sobre mi desnudez, su aliento en mi nuca. El pulso se me aceleró y cerré los ojos. Pero mi conciencia llamaba a la puerta y los abrí. Debía olvidarme de él de una vez por todas. Ni siquiera me había llamado para preguntar por mi estado de salud. Tampoco había tenido noticias del periódico, y eso ya me parecía más extraño. Al fin y al cabo, teníamos un contrato. Quizá estaban esperando a que yo diera el primer paso... Recordé su tarjeta. La de las flores. Podría llamar... ¿Qué habría sido de mi cámara y el resto de mis pertenencias? Me sorprendió no haberlo recordado hasta aquel momento, pero yo lo único que deseaba era que el sexo con mi marido hubiera puesto punto final al viaje.

Terminé de arreglarme para salir a por las niñas. Lo hice con esmero después de días en los que ni siquiera me había mirado al espejo, evitando hasta el encuentro más superficial conmigo misma. Llamé a Zulena para decirle que le daba la tarde libre. Cuando Álex voló a Sumatra para recogerme, se había organizado con nuestra asistenta para que viniera a limpiar solo dos días por semana y dedicara las tardes a las niñas.

La voz de Zulena delataba que mi llamada solo podía ser portadora de malas noticias. Era evidente que mi presencia la incomodaba y, aunque hasta entonces lo había preferido, en aquel momento me molestó. Percibí su desconfianza y cierto tono despectivo con el que se trata a una niña convaleciente y caprichosa. Insistió en que debía descansar y que ella podía encargarse de mis hijas. Fui cortante. Le informé de que ella volvía a su horario habitual y colgué.

Volvía a la normalidad, sí. Saqué la caja de maquillaje intentando olvidarme del tono de Zulena. Me estudié en el espejo de nuevo, esta vez con curiosidad. Estaba más morena, mis ojos brillaban, había perdido el aura de felicidad que me acompañaba, es verdad, pero el misterio me había convertido en una mujer más imperfecta y atractiva.

Caminé ligera al colegio de las niñas, volando sobre mis pies. Recorrí aceras. Me salté semáforos en rojo. Como si yo misma intentara alcanzar a la que fui. Cuando apenas me separaban cincuenta metros de la puerta del colegio, me detuve en seco. ¿A quién perseguía exactamente? ¿Quién era yo? Me volví hacia el escaparate de una tienda de bisutería intentando encontrar mi reflejo, buscando en la transparencia de mi imagen alguna información fundamental pasada por alto. La memoria entonces me jugó una mala pasada. Como esas canciones de la infancia con las que un día cualquiera te levantas de la cama y no puedes quitarte de la cabeza, y te martillean una y otra vez hasta que les prestas atención. Poco antes de viajar a las Seychelles, me había encontrado por casualidad con una amiga de mi época del instituto, Belén Arrayago. Fue ella la que me reconoció en la sección de zapatos de unos grandes almacenes. Tras el intercambio típico entre dos personas que hace casi treinta años que no se ven y el repaso de conocidos, me dijo que nunca había olvidado la caradura con la que hablaba a los chicos, y en concreto, al guaperas del instituto al que me había atrevido a decirle que tenía «cara de cerdito». Soltamos unas carcajadas. Una anécdota sin importancia que yo no recordaba en absoluto. Es más, pensé que me la había atribuido por equivocación. Yo nunca hubiera sido tan ofensiva. No lo era. Pero Belén no tenía duda. Y me dio detalles. Detalles que no conseguí terminar de hilar y, sin embargo, quedaron colgando como huevos de tiburón en mi cerebro.

En aquel instante, frente a mi silueta transparente sobre el cristal, lo recordé todo: una noche, un bar, una mesa de billar, un jersey blanco que me dejaba los hombros al aire, el rostro del guaperas al que acababa de dejar con la boca abierta por mi descaro, flirteo, las risas de sus amigos, un porro entre los dedos que yo misma me había liado. Segura. Invencible. Ignorante. Acciones sin consecuencias, al menos para mí.

Exhumé los restos de aquella Virginia egoísta, siempre a lo suyo, que se mostraba dura con su padre, que se sabía guapa, lista y talentosa, y convencida de que el futuro le deparaba un destino grande. Esa Virginia había ido diluyéndose en los viajes, en charcos de dolor y miseria propia y ajena, de desengaños, de soledad. El amor verdadero, las hijas, el reconocimiento de lo que a ella le iba a proporcionar auténtica felicidad terminaron de borrarla. Yo había sido una chica cruel. Tanto que jamás me hubiera elegido a mí misma como amiga. La mujer que se casó con Álex no tenía nada que ver con aquella y la diferencia más importante radicaba en que esa mujer sabía, a diferencia de la niña y la joven, que toda acción tiene consecuencias. Una vez aprendida esa lección, pude empezar a tener responsabilidad sobre mi vida y construir un presente feliz.

Esa oscura verdad me trastornó: mis acciones del barco tendrían consecuencias proporcionales a la infidelidad cometida. Ya las estaban teniendo. La cuestión era si podría controlarlas. Y, entonces, encontré una salida. Se abrió ante mí un resquicio. Si yo ya había sido diferente, tampoco tenía por qué ser la del barco. No. Elegiría. Al menos lo iba a intentar con todas mis fuerzas y, para ello, lo primero era encontrar a la esposa y madre, a la mujer centrada y querida. Se me revolvió el estómago y me vino una arcada. Tuve que apoyarme en el escaparate, pálida como una muerta. Maldita conciencia. Pero estaba dispuesta a volver, costara lo que costase. Apartaría a Daniel de mi mente. Olvidaría lo que había sido capaz de hacer, ese sería mi mejor proyecto. El

timbre que anunciaba el final de las clases me sacó de mi ensimis-
mamiento: las niñas me esperaban y el deber de madre me arras-
tró cual soga implacable hasta la entrada con una gran sonrisa en
los labios.

Aquella tarde fui capaz, si no de ser la madre que había sido, sí de
mantener la ilusión. Las niñas lo agradecieron. Escuché y partici-
pé en sus historias y juegos. Las bañé, les di de cenar y les leí un
cuento. Fue difícil y, cuando llegó Álex y las acostamos, estaba
exhausta. Me tiré en el sofá y Álex no tuvo que preguntarme nada.
Desapareció en la cocina y al poco salió con dos copas de vino y
un poco de queso en una bandeja.

—¿Nos arreglamos hoy así? —me preguntó.

—Perfecto —respondí.

—Ya volverás a coger el ritmo —me animó, comprensivo.

Asentí y me incorporé para alcanzar el vino. Se sentó a mi
lado en el sofá y lo paladeó sin prisa. Parecía tener algo que contarme. La pausa era demasiado larga.

—¿Qué tal en el trabajo? —le pregunté al ver que no arrancaba.

—Bien. Como siempre.

Me miró con intensidad, buscando las palabras.

—Virginia, llegó un paquete el otro día. Está en el cuarto de
la plancha.

—¿Y cuál es el misterio?

—No, ninguno. Es que me pareció que igual necesitabas un
poco más de tiempo. Son tus pertenencias del barco. Imagino que
habrá ropa y tu equipo fotográfico.

Me quedé en silencio.

—Vamos, si te apetece. Si no quieres, lo tiramos todo a la basura y listo.

—Tampoco es para tanto —me apresuré a garantizarle, intentando desdramatizar—. Me preguntaba qué habría sido de mis cosas.

—Vale, pues nada. Ahí está, para cuando quieras.

—¿Y de la empresa no han llamado? Me extraña. ¿Qué debo hacer? Bueno, supongo que no me pagarán. El trabajo se quedó a medias...

Álex parecía preocupado.

—No sé, tú verás. Podríamos interponer una demanda, pero yo me olvidaría de todo. No necesitamos el dinero y preferiría no volver a saber en la vida de ese hombre.

—Bueno, no fue culpa suya. Fue un accidente.

—Me da igual.

Nos quedamos mirándonos en silencio, sopesando cuánta verdad era necesaria poner sobre la mesa para que nuestra relación se salvara. Por la tensión que había en las venas de su cuello concluí que no demasiada. Y, sin embargo, su mirada inquisitiva necesitaba saber...

—Álex, en el barco no pasó nada. Quiero decir, entre Daniel y yo no pasó nada.

Se lo dije sin pestañear, mirándole a los ojos para que no quedara sombra de duda. A mi marido le tomó una interminable fracción de segundo entender. Por fin, hizo un gesto de alivio, se llevó mi mano a la boca y la besó.

—Gracias, Virginia.

Se me partió el alma. Pero aguanté, sosteniendo una sonrisa tierna, falsificada de uno de tantos recuerdos.

23

Tras varios mensajes sin respuesta, Natalia se presentó en mi casa. Yo acababa de regresar de dejar a las niñas en el colegio y venía con un único plan en mente: enfrentarme al paquete. Así que cuando la encontré en la cocina, pues Zulena la había hecho pasar y preparado un café, mi cara no debió de mostrar excesiva alegría. Ella lo notó.

—Pero bueno, ¿qué pasa?

Me acerqué y nos abrazamos. No valía la pena disimular con mi amiga. Noté que hacía grandes esfuerzos por controlar sus sentimientos y que estaba emocionada. Me sentí culpable.

—Perdona mi reacción —me excusé—. Es que me has pillado por sorpresa.

—Bueno, ¿y qué esperabas si no respondes a los mensajes?

Me senté en el taburete cerca de ella. La mesa estaba junto a una ventana rasgada de cristal esmerilado y rodeada de potos que colgaban de unos jardines verticales que vendían en una tienda del barrio. Así que durante el día, tenía una luz difusa preciosa y de noche, una vela en el centro de la mesa ponía el toque acogedor. Natalia me sirvió el café y yo me encargué del azúcar.

—No estaba para hablar con nadie, Natalia.

—Vale. ¿Puedes ya?

—Estoy en ello.

—¿Cómo puedo ayudarte?

Me encogí de hombros.

—Soy tu amiga. Tu mejor amiga. Sé que hay cosas que una debe solucionar sola, pero, entiéndeme, yo no tengo marido, ni hijos, ni siquiera un novio que me importe demasiado. Mi familia cercana está muerta y los demás me importan un bledo. Tú eres la persona que más quiero. —Se le quebró la voz—. Y pensé que no te volvería a ver.

Asentí, incapaz de articular palabra. Ella continuó:

—Así que vamos, algo podré hacer.

Respiré profundamente para tranquilizarme. Necesitaba hablar con alguien. Oía a Zulena trajinando por la casa. Me levanté para cerrar la puerta sintiendo la mirada intrigada de mi amiga clavada en mí, y me volví a sentar. Confiaba en ella.

—¿Cómo era yo?

Natalia me miró sorprendida.

—¿Qué quieres decir?

—Sé honesta, cruel si es necesario. Se me ha olvidado. Lo he olvidado todo, Natalia. No sé cómo volver. Estoy atascada. Quiero, pero no sé cómo.

Mi confesión la impresionó.

—Vaya —fue todo lo que consiguió articular.

—Creía que no iba a regresar, ¿me entiendes?

Mi amiga asintió lentamente.

—Así que te quedaste en el barco, muchos días a la deriva, con el tal Daniel como se apellide.

Mi angustia debió de ser tan evidente que Natalia hizo un gesto rápido con la mano.

—Olvídalo. Olvídalo todo —me ordenó—. Me refiero a lo que sea que pasara en esos días. No seas tonta. Todos resbalamos. Un desliz lo tiene cualquiera, y más en semejante situación.

No me podía permitir una confesión en toda regla.

—No, no, no me has entendido —reculé—. Es que creí que no volvía, que yo ya no existía... —Me quedé un instante sin aire, ahogada por el recuerdo de mi propia muerte—. Vamos a dejarlo. Ya se me pasará.

Cogí la taza intentando quitarle importancia, pero me temblaba la mano y tuve que volver a ponerla sobre la mesa, esbozando una sonrisa que se quedó en mueca. Los ojos de Natalia me escrutaban.

—Tienes que tranquilizarte, eso lo primero —me dijo—. Yo voy a ayudarte como tú quieras que te ayude. No te diré cómo eras, sino cómo eres: una mujer segura, una gran profesional de la fotografía, una madre excelente y una esposa fiel. Sí, fiel. Porque te voy a decir una cosa, amiga mía, fiel es el que quiere serlo. Y tú quieres serlo, ¿verdad?

—¿A qué te refieres? —le pregunté.

—Eres fiel a tus sentimientos. Y por eso yo te quiero y te admiro.

Me emocionó el calor que emanaba de sus palabras; ella, siempre tan parca en elogios...

—Lo demás no importa, Virginia. Lo demás va y viene. Mira, no sé si te servirá de algo, pero durante tu ausencia he tenido tiempo para pensar. Yo no he sabido negociar con los hombres. No aprendí. Vivimos en una cultura que no enseña a amar. Desde pequeños nos enseñan a compartir con los amigos, nos riñen cuando pegamos, nos enseñan a no ser unos chivatos, a escuchar y a trabajar en equipo. Nos enseñan a relacionarnos socialmente, pero las relaciones amorosas se supone que pertenecen al ámbito de lo privado y además llegan más tarde, cuando ya hemos terminado de «educarnos», y por eso quedan al margen. Nadie te enseña a quererte bien. Por eso, a menos que hayas tenido la suerte de tener unos padres maravillosos, con una relación perfectamente equilibrada y satisfactoria, cosa harto improbable, nuestras referencias sentimentales provienen de las películas y los cuentos que idealizan el amor romántico y la idiotez esa de la media naranja. Amar, Virginia, es apostar por una relación y defenderla contra viento y marea. Defenderla incluso contra nosotros mismos. Todos flaqueamos. Todos tenemos zonas oscuras.

Nunca hubiera imaginado palabras semejantes saliendo de la boca de mi liberada amiga.

—Perdona pero no te entiendo.

—Por supuesto no hablo de aguantar a un tipo impresentable y que te hace sentir fatal, sino de considerar las posibilidades que tiene un hombre de hacerte feliz.

—No doy crédito. ¿Me lo dices tú, que te has enamorado mil veces, que mil veces me has dicho que cambiabas tanto de pareja porque tenías que seguir a tu corazón?

Natalia me cogió del brazo.

—Reconozco que estaba equivocada. He confundido cientos de veces el corazón con las hormonas, y por eso, ahora estoy sola. Esto no es una queja, sino una constatación de los hechos. Tú eres más joven que yo, pero las dos sabemos que a medida que envejecemos tenemos más dificultades para encontrar a un hombre interesante. ¿Cierto?

—Pero me siguen gustando.

—¡Toma, y a mí! Solo que cuesta encontrar a uno con el que me apetezca siquiera conversar. Y los pocos que podrían valer la pena, suelen estar emparejados… o quizá es que cuando están con otra parecen más interesantes. —Sonrió para sí, malévola, pero enseguida continuó con su argumento—: Quedan unos pocos hombres atractivos, pero a menudo son o muy cabrones, o muy oscuros…, en fin, esos que, por muy interesantes que resulten a primera vista, tarde o temprano te hacen sufrir. Sé objetiva. A ti te encanta tu pequeña vida burguesa. Céntrate en ella y saca de tu cabeza cualquier distracción o te la cargarás.

—¿Y si me equivoqué? ¿Y si esta vida no era para mí? ¿Y si debí tomar otro camino? Tú misma me lo has repetido mil veces.

Natalia soltó una carcajada que me resultó desagradable.

—¡Pero si lo tienes todo! Deja de mirarte el ombligo y lo verás —soltó, apretando aún más su mano sobre mi antebrazo, como si quisiera transmitirme su conocimiento por contacto—. Virginia, te lo decía porque no quería perder a mi amiga y quedarme sola.

Su conmovedora confesión quedó resonando en mi interior, incluso después de que se hubo marchado. Por suerte, Zulena rompió el bucle de ideas y emociones. Necesitaba saber si se encargaba de la comida o lo haría yo.

—Yo, me encargo yo —respondí tozuda—. Puedes irte si has terminado con la casa.

Además, Álex no venía a comer aquel día. Zulena me miró suspicaz.

—¿Qué pasa? —le pregunté al ver que no se movía.

—Que está usted rara. Debería estar feliz de volver a casa.

—Y lo estoy. Solo que he pasado tiempo sin comer y la debilidad me ha dejado sin fuerzas. —No sé por qué me empeñaba en darle tantas explicaciones. Más que a nadie, de hecho, advertí molesta. Solo era la mujer a la que pagaba para que ayudara en casa.

Zulena asintió circunspecta.

—Vale, hasta mañana entonces, señora.

Este modo de tratarme se había convertido en su manera de marcar distancia entre nosotras, como si temiera que yo la contagiara de lo que fuera que hubiera contraído en mi viaje. Desde su punto de vista, un virus letal y de efectos imprevisibles. Desapareció por la cocina blandiendo la mopa a modo de protección, y yo me quedé sin saber qué hacer. Me encontraba en el pasillo, frente a la puerta de la ropa blanca. Los contornos de mi realidad seguían blandos, distorsionados. Era el momento de averiguar qué había quedado del viaje.

24

Pulsé el interruptor. Miré a mi alrededor. El paquete, un cubo de cincuenta centímetros de lado, esperaba bajo la tabla de la plancha. Mi cabeza estaba extrañamente vacía y el pulso acelerando la cuenta atrás.

Con su habitual sentido de la oportunidad, Zulena se asomó en ese momento:

—Bueno, señora, pues me voy entonces.

Su voz me sobresaltó.

—Vale, sí, hasta mañana.

Señaló el paquete y negó desilusionada con la cabeza al ver que me disponía a abrirlo.

—Sí, eso llegó hace unos días. Su marido mandó que lo pusiera ahí.

—Me lo ha dicho, gracias.

Le lancé mi mirada más altiva intentando esquivar el tufo de superioridad moral que desprendía su tono. Parecía que quería añadir algo, pero desistió.

—Sí, hasta mañana.

Y por fin desapareció. Me quedé parada, muy quieta, escuchando sus pasos alejarse y, finalmente, la puerta de la calle se cerró con un golpe seco. Suspiré aliviada y me volví hacia el paquete. Estaba embalado con cinta de una multinacional de envíos, no recuerdo cuál. Arrastré la caja al centro de la minúscula habitación. No quedaba mucho sitio para moverse. Necesitaría unas tijeras. Llevaba un llavero y rompí la cinta con una llave.

Allí estaban, jirones de mí. Ropa que quedó en el hotel y otra que llevé al barco. Ahí estaba la camisa de lino que me ponía después de nadar y la ropa interior de algodón que llevé al barco y tan poco usé. El encargado de enviarme mis pertenencias se había limitado a cumplir con su trabajo sin demasiado cariño. Allí no había rastro de la mano de Daniel. Pero claro, ¿qué esperaba? Me embargó la decepción: ¿por qué no se había puesto en contacto conmigo? Quizá Daniel solo estaba respetando mi derecho a reorganizarme mentalmente. Y sin embargo, ¿de verdad no tenía ganas de verme? Yo sabía lo poco que le preocupaba su esposa, así que la razón no radicaba en que él anduviera haciendo esfuerzos en ese negociado.

A medida que sacaba mis pertenencias, el neceser, un par de libros que había llevado y que nunca llegué a abrir, la decepción por el silencio que todo aquello emanaba se fue transformando en rabia. Al fondo, había un envoltorio de plástico de burbujas. Pesaba. Era mi cámara y el resto de los accesorios fotográficos. Lo cogí para dejarlo aparte, sobre la tabla de la plancha, y continué escarbando, todavía con la esperanza de encontrar alguna señal de Daniel. No había nada. Me senté en el suelo, derrotada, frustrada, cabreada conmigo misma, incapaz de tomar una decisión. Volví a meter la ropa en la caja y la cerré. Le pediría a Zulena que se deshiciese de ella. Si hubiéramos tenido una chimenea, lo hubiera quemado todo en aquel mismo instante.

Al levantarme me apoyé con demasiada fuerza en la tabla de la plancha y la cámara casi termina en el suelo. La atrapé por los pelos. ¡Qué ingrata yo! ¿También de ella me iba a deshacer? Mi amiga fiel. La única capaz de mantener su objetividad a pesar de mí. La única capaz de contarme cómo soy realmente y de la que no me cuestiono agendas ocultas. Desembalé la máquina con cuidado y me dirigí al estudio con ella.

Todavía tenía unas horas por delante antes de ir a recoger a las niñas. Coloqué la cámara en la mesa, junto al ordenador, y extraje la tarjeta de memoria, rezando para que no estuviese dañada. En apenas unos segundos la pantalla reventó de luz y color: los verdes y azules de las Seychelles, el esplendoroso mestizaje, la vegetación frondosa y las flores desconocidas, la tala rompiendo la armonía, el mar a la vuelta de cada esquina… Aparecieron las paradisíacas vistas desde mi bañera. Llegué a la caleta en la que fondeaba el barco. *Komodo*, se leía en el casco. Letras negras y de tipografía sencilla. Una ansiedad voraz empezó a devorarme. Mi dedo cliqueaba rápidamente las fotos buscando a Daniel. Por fin apareció. Sus brazos fuertes, su cuello rotundo. Sus ojos azules rodeados por pequeñas arrugas en un rostro curtido pero no quemado. Las fotos habían atrapado también la seguridad con la que agarraba los cabos y exploraba el horizonte. Y ese algo duro, enigmático, envuelto por el viento que azotaba las velas sin descanso y que flotaba entre nosotros… En las fotografías aparecía un hombre que sabía adónde iba. Le envidié por ello. Pero al instante otro pensamiento me asaltó: quizá solo lo sabía entonces. Al fin y al cabo, también yo antes de embarcarme en aquel barco sabía adónde se dirigía mi vida. Llevábamos casi dos meses sin vernos y yo era presa de un dolor que imaginaba similar al de la persona que ha perdido un brazo o una pierna. El miembro no está ya ahí, pero duele como si continuara en su sitio.

Ochocientas sesenta y cuatro fotos en total, en unas doscientas aparecía Daniel. Las estudié cautivada. Mi cámara había captado su masculinidad, el poder y la seguridad, y también un deseo de búsqueda, una insatisfacción convertida en voracidad. Aquel hombre disfrutaba con sus emociones. Con todas ellas. Pero ¿quién era él? ¿Ese ser superior y sin apenas fisuras que aparecía en las primeras fotos o el que conocí después? Dos caras de una misma moneda: la vida le había dejado traumáticas marcas que, lejos de achicarle, le habían convertido en un superviviente nato con un poderoso talento para adaptarse a territorios inhóspitos y sacar lo mejor de ellos. Examiné todas sus fotos y, luego, las de las islas. Hasta que apareció el encuadre vacío, ese que tanto me fascinaba porque hablaba de lo que pasaba al otro lado de la cámara o donde esta no llegaba. Y allí estaba yo, tirada sobre la arena, sintiendo la calidez entre mis piernas desnudas, extrayendo la esencia del paraje y encapsulando cada gota para el futuro.

También estaban allí mis retratos. Los de mi rostro magullado. No sé por qué dediqué tanto tiempo a fotografiarme. Estudié mi rostro largo rato, buscando no sé qué. Algo a lo que aferrarme. Cerré los ojos y me recosté en la silla. Una imagen poderosa me atrapó: una pared desconchada, un par de lagartijas que toman el sol, tranquilas y confiadas, mientras un niño sucio de unos nueve años se limpia los mocos con la manga de un grueso jersey de lana azul lleno de bolas. Toda su concentración enfocada en enganchar la goma con sus habilidosos dedos de uñas descuidadas y negras. Cuando lo consigue, se prepara para disparar, guiña el ojo izquierdo y afina la puntería. El pulso, firme. Retira la goma hasta el tope sin apresurarse. Preparado. La piedra impacta sobre la lagartija más grande que cae al suelo. Muerte fulminante. Volví a abrir los ojos, fascinada.

Tumbados en la cubierta del velero, de noche, Daniel me había contado la primera vez que consiguió acertar a una lagartija. La historia me resultó familiar. Recordé a los niños de mi barrio afinando la puntería con sus tirachinas sobre las pobres lagartijas que tomaban el sol en los muretes que bordeaban el perímetro del colegio. A mí no me interesaba el tema, es más, me desagradaba: ni siquiera se trataba de caza por necesidad de alimentación o supervivencia, sino de un instinto primitivo que nos lleva a matar y destruir. Yo sabía cómo controlar la crueldad. La bloqueaba en mi campo de visión con tanta eficiencia que desarrolle un filtro muy útil para mi futuro como fotógrafa. Cuando quise retratarla, sabía exactamente qué veladura había que levantar.

La historia de Daniel me sonó a viejo recuerdo, pero entendí que para él era importante. Según me había contado, de niño no destacó en nada. Fue un mal estudiante, le costó aprender a leer y a escribir, seguramente porque faltaba a clase a menudo y tenía problemas para leer de cerca debido a una hipermetropía que nadie detectó. Era enclenque y recordaba estar siempre enfermo. Con toda seguridad, fue un niño desnutrido. Su cuerpo adulto lo había empezado a desarrollar en la adolescencia y fue clave para relacionarse con camellos y drogadictos; y el que poseía ahora, con casi cincuenta, había empezado a emerger pasados los veinte. Tuvo la sagacidad suficiente para darse cuenta de que, si quería hacer grandes negocios y pertenecer al mundo de los privilegiados, necesitaba un cuerpo que pareciera, cuando menos, producto de generaciones de bienestar. Por suerte, la genética jugaba a su favor y le concedió altura. Lo que no tendría arreglo sería la falta de cariño.

Daniel creía que su suerte empezó a cambiar gracias a las lagartijas. De no ser por la puntería innata, no hubiera sido capaz de desarrollar su autoestima. Estaba convencido de que si un niño no encuentra algo, sea lo que sea, en que destacar, se convierte sin remedio en un adulto pusilánime y gris. Apostaba y ganaba. Y ese fue el dinero que invirtió en las primeras papelinas para revender. Las lagartijas le dieron de comer. *Komodo*. ¿No era el dragón de Komodo una especie de lagarto gigante? El corazón me dio un vuelco al recordar el tatuaje en el brazo del hombre que me rescató…

25

Todo estaba en mi cabeza. La sinrazón, la cordura, las preguntas. Y empezaron a alinearse a la velocidad del rayo. De repente, el rastro de Daniel aparecía por doquier. No era mi deseo, era mi cerebro el que me lo decía, el que insistía en su presencia, aun a riesgo de parecer loca. *Komodo*. El brazo del salvador del helicóptero. Las lagartijas de Daniel. Parecían su marca. ¿Quién nos había rescatado? Su gente, sí. Cuando Álex lo comentó, lo pasé por alto, pero entonces mi instinto me advirtió de que había algo más.

Regresé a las fotos. La cámara, de nuevo, mi aliada. Estuve horas revisando imágenes sin saber muy bien qué buscaba, pero convencida de que en ellas encontraría respuestas a la pregunta que tanto me torturaba: ¿por qué Daniel no daba señales de vida? El primer detalle que me animó a seguir fue descubrir en la muñeca de John, el guía que no pudo ser, una especie de lagarto verde tatuado. Continué durante horas, sin suerte… Hasta que en las últimas fotos que había sacado de Daniel durmiendo en el camarote, un pequeño punto verde brillante volvió a llamar mi atención. Sobre la mesita de noche había una camiseta de algodón azul marino. No era más que un desconcertante píxel luminoso. Había cuatro fotos de esa serie y solo aparecía en una. Minúsculo e incomprensible. Lo atribuí a un defecto informático. Debía ir a recoger a las niñas. Cogí la chaqueta y salí apresuradamente, decidida a mover ficha.

Cuando regresé con ellas, Álex estaba ya en casa, algo poco habitual pues no solía regresar antes de las ocho o nueve de la noche. Las niñas se pusieron muy contentas, pero a él le rodeaba una nube negra.

—Qué bien. Has llegado pronto —le saludé yo con una sonrisa y un beso. Él me lo devolvió, austero. Las niñas corrieron al baño para lavarse las manos antes de merendar y yo aproveché para interrogarle—. ¿Qué pasa?

—Veo que has abierto el paquete.

Me encogí de hombros sin entender su actitud.

—Sí, no se iba a quedar ahí para siempre. ¿Te parece mal?

Álex hizo un gesto de que era cosa mía pero parecía irritado. No entendí por qué hasta que entré en el despacho. Mi ordenador, aunque con la pantalla en negro, seguía encendido. Moví el cursor y ahí estaban las fotos de Daniel en la cama. ¿Las habría visto? ¡Qué descuidada había sido! Sentí vergüenza y vértigo. Miedo a perderlo todo, a que Álex me diera la espalda y me quedara sin él, sin las niñas, sin mi familia. No, no podía llamar a Daniel. Y no lo haría.

Mientras las niñas merendaban, Álex desapareció. Lo busqué por toda la casa, angustiada. Por fin, me fijé en que la puerta de la terraza estaba abierta. Salí y lo encontré meditabundo, apoyado en la baranda. Miraba la calle pero se notaba que, en realidad, estaba decidiendo cómo proceder.

—Ah, estás aquí —dije.

Se volvió sobresaltado.

—Se me hace raro llegar a casa antes que las niñas. No recuerdo la última vez que lo hice.

Me acerqué y le enlacé por la cintura. Él puso su mano izquierda sobre mis hombros. Yo suspiré y miré hacia la calle.

—Me alegro de que estés aquí. Y las niñas también.

—Creo que me he estado perdiendo algo.

Hice un enorme esfuerzo por dominar el miedo.

—¿Has visto las fotos? —pregunté por fin.

—No. ¿Qué fotos?

—Las del barco.

—Ah, ¿ya las tienes?

—Sí. La cámara estaba en el paquete.

Álex asintió con una mirada indescifrable. ¿Estaba preocupado? ¿Molesto? ¿Por qué ya no entendía sus reacciones? Nos conocíamos. O quizá solo nos habíamos conocido en otro momento, en otra dimensión que ahora corría paralela. Quizá él también había cambiado, como lo había hecho yo.

—Bueno, si te apetece, ya me harás una selección —propuso—. Vamos con las niñas. Te prometo que a partir de ahora voy a estar más en casa.

Yo sonreí y el pánico se echó a un lado, y dejó pasar a la zozobra.

Durante las siguientes semanas, Álex se organizó para pasar las mañanas en el estudio y las tardes en casa trabajando. Se empeñaba en que hiciéramos todo juntos: las compras, las reuniones en el colegio de las niñas con sus profesores, esas a las que nunca había asistido, que cocináramos juntos… En los ratos que estaba fuera, yo me aseguré de examinar todas las fotos desde la óptica de posible marido despechado y aparté todas las imágenes delicadas en un archivo al que llamé «Fotos infantiles clase de Mariana».

Al principio, me resultaba raro e incluso molesto tener a mi marido tantas horas en casa, pero después de unos días empecé a sentirme más segura y me acostumbré. Lo cierto es que su instinto de protección se despertó en buen momento. El tiempo jugaba a favor. O al menos eso debió de pensar. Y yo también.

Poco a poco, me reencontré con mi trabajo de «El tiempo encontrado». Era capaz de escuchar a las niñas, no solo de abrazarlas y agarrar de ellas el cariño que necesitaba. También reconecté con Álex. Charlamos, volvimos a reír y a recuperar el sentido de lo cotidiano. Solo el sexo seguía siendo extraño, pero empecé a tomármelo con calma. Era parte de la rutina necesaria dentro de un matrimonio feliz como el nuestro. Con toda probabilidad, me decía a mí misma, incluso sin el paréntesis del accidente, tarde o temprano habríamos llegado a ese punto. Al fin y al cabo, antes de coger el avión a las Seychelles ya atravesábamos una etapa sexual cada vez más ordenada. No volvimos a hablar del viaje ni del accidente, y mi proyecto vital, la tarea del olvido, parecía consolidarse, aunque la arena de fondo seguía movediza.

26

A finales de septiembre, nominaron a Álex para un premio de energías renovables. Fue una gran sorpresa. Mi marido estaba pletórico. Los días previos al evento se multiplicaron las llamadas telefónicas con la oficina y entonces fui consciente del gran esfuerzo que Inés y Alberto habían hecho para que Álex pudiera pasar más tiempo en casa.

Inés llevaba con Álex desde que montó la empresa hacía once años, por la misma época en la que nos conocimos. Era una ingeniera industrial, brillante y discreta, consagrada a su trabajo con la diligencia de una monja. Una de esas personas que pasan desapercibidas cuando en realidad son el sustento del negocio. Alberto tenía cuarenta y cuatro años. Álex y él eran amigos de la infancia, pero no se veían desde la adolescencia. Álex se había topado por casualidad con un amigo común y se enteró de que Alberto llevaba más de dos años en paro y con una depresión importante. Consiguió su teléfono y fue a verlo. Alberto estaba hundido. Su mujer lo había dejado. No habían tenido hijos. Ya lejos de la juventud, no esperaba otra oportunidad laboral. La crisis se cebaba en especial con los profesionales de edad mediana. Álex sabía que Alberto era un tipo valioso. Quizá la vida lo había arrastrado a aquel minúsculo piso de Tirso de Molina, pero estaba convencido de que aquel no era su lugar. Le contrató como comercial. Su empresa estaba en fase de expansión y Alberto hablaba inglés e italiano. Seguro que podría arreglárselas con el portugués. Álex siempre dijo que contratar a Alberto había sido la mejor decisión de su vida. Gracias a él, sobrevivieron a la crisis abriendo mercados en el extranjero y pudieron crecer. Alberto e Inés eran dos personas de total confianza, y ese reconocimiento sellaba su alianza.

Por fin llegó la noche de la entrega de premios. El lugar elegido era el Palace y los premios se otorgarían en el transcurso de una cena. Zulena se quedaría con las niñas. Álex se empeñó en regalarme un traje de fiesta nuevo, y sí, me hizo ilusión. Había olvidado el placer de estrenar ropa nueva. Fuimos juntos de tiendas y fue él quien eligió: un vestido verde musgo de gasa con cuello barco por delante pero que dejaba buena parte de la espalda al descubierto, media manga, y ceñido en la cadera. Elegante y discretamente sensual.

Me sentía bien con el vestido. Segura. Hacía meses que no compartíamos un acto social y este requería unos cuidados que descubrí me eran gratos. Mi marido se puso su esmoquin. Cogimos un taxi en la puerta de casa que nos dejó a la entrada del Palace. Habían desplegado una alfombra roja y, como Álex era uno de los premiados, nos hicimos las fotos de rigor. A pesar de los flashes y de la sensación etérea de estar rodeada de frivolidad, por primera vez desde que había regresado, me sentí unida a Álex. Advertí que él me había cogido de la mano y le sentí muy cerca de mí. Éramos un equipo. Le miré de soslayo y reconocí lo apuesto y seguro que era, la suerte que tenía de compartir la vida con un hombre dispuesto a luchar por nosotros. Él notó que le miraba y me sonrió, feliz. Entramos en el edificio.

Recuerdo que tuve que concentrarme para no perder el equilibrio al pasar del suelo de mármol al de las mullidas alfombras, pues mis tacones se clavaban en ellas. Por fin llegamos al salón. Nos dirigimos a la mesa que nos habían asignado. Allí ya nos esperaban Inés y su acompañante, un barbudo con gafas de pasta muy estiloso; y Alberto, con su nueva novia, Elsa. Cambiaba mucho de pareja y estas eran cada vez más jóvenes y hermosas. Elsa era una morena de ojos verdes que lucía un vestido plateado. Pronto nos enteramos de que, oh sorpresa, su sueño era ser actriz. Acababa de conseguir un papel secundario en una conocida serie de televisión. Sé que Álex pensó que era otra cabeza hueca pero a mí me ganó cuando Alberto se levantó y ella recogió la servilleta que había caído al suelo. Le miraba con admiración y eso era lo que necesitaba él.

Todo el mundo estaba de buen humor. Charlamos de política, de proyectos en España y en el extranjero, de los planes de crecimiento…; el vino corría y el brillo de esos momentos de revista de papel couché que no hacía tanto tiempo había despreciado, me resultaron incluso agradables. Aquella noche la conversación resultó tan amena que no pensé en mí, ni me dediqué a observar mi falta de conexión como solía hacer en estos ambientes. Disfruté no como mujer florero, sino como compañera de un hombre que había triunfado y era mío.

Tras los postres, él recogió la pesada escultura de manos del presidente de la organización internacional que otorgaba los premios y, en sus agradecimientos, como no podía ser de otra manera en una noche perfecta, compartió el galardón con sus compañeros y agradeció el apoyo incondicional a la mujer de su vida; esa era yo. Entre entusiastas aplausos y sonrisas regresó a la mesa y me besó. Se me nubló la vista de tanta satisfacción. Por fin iba a dejar de perseguir espejismos. Por fin alcanzaba el oasis. Y entonces sucedió. Justo cuando suspiraba aliviada, un camarero me lanzó una extraña mirada. No era como las del resto de la sala, de alegría, de satisfacción, incluso de envidia…, la suya era taimada, intensa. Me incomodó. Intenté contener los nervios y disimular, pero la novia de Alberto notó algo.

—¿Te encuentras bien? —me susurró desde el otro lado de la mesa, mientras los demás, ajenos a mi cambio de humor, hacían comentarios de admiración sobre el extraño busto que Álex había recogido como premio.

Elsa hizo un gesto con el bolso que yo entendí rápidamente.

—Hora de retocarse un poco —anunció Elsa con determinación, y se levantó—. ¿Me acompañas, Virginia?

Asentí mientras el resto seguía a lo suyo. Ella parecía saber dónde se encontraban los servicios femeninos. Estiré el vestido e intenté caminar con naturalidad detrás de ella. Se volvió y me lanzó una sonrisa de ánimo. Busqué al dichoso camarero con la mirada. Se había esfumado y ahora todos se le parecían. Y en ese momento volvió a aparecer ante mí, en la espalda de Elsa, una pequeña lagartija verde tatuada. Lo que me rodeaba se volvió puro barro, sin contornos. Sentí como si a mi alrededor estuviera tejiéndose una malla invisible que, en breve, caería sobre mí y me capturaría como a un pájaro. Me costaba respirar. Era mi imaginación, me repetía una y otra vez. ¿Qué me pasaba? Quise volver junto a mi marido, pero había mucha gente, no podía detenerme. Elsa, de repente, parecía tirar de mí con un fuerte hilo invisible.

Intenté tranquilizarme: solo había sido un camarero de mirada extraña, y una actriz con un tatuaje. ¿Qué importancia podía tener aquello? Pero por alguna razón, mientras caminábamos hacia el tocador, mis recuerdos trajeron *Komodo* y el dragón o lo que fuera el tatuaje del hombre que me salvó. Elsa se detuvo ante la puerta del servicio. Yo debía de estar muy pálida.

—¿Demasiadas emociones, Virginia? —me preguntó ella con una sonrisa, abriendo la puerta educadamente para que pasara.

—Hacía tiempo que no salíamos de fiesta. Creo que he bebido demasiado. ¿Llevas una lagartija tatuada en la espalda?

—Sí, ¿te gusta? —respondió divertida, y desapareció en un cubículo.

Me quedé mirando el espejo. Era una mujer elegante, en su momento más espléndido. Fui consciente de que pronto empezaría la decadencia física, terminaría volviéndome invisible y que, en pocos años, mi marido y yo recordaríamos aquel día como uno de los hitos de nuestra vida en común. Parpadeé. Me alegré de estar sola por un instante. Saqué la polvera y la barra de labios y oí el ruido de la cisterna. Elsa salió. Ya no sonreía. Me miraba con curiosidad mientras se lavaba las manos y, a continuación, sacó una polvera de su minúsculo bolso también plateado.

—Estás muy guapa. Bueno, en realidad, eres muy guapa. Podrías haber sido actriz —comentó.

Intenté sonreír.

—No creo que hubiera sido capaz de interpretar.

—Todos interpretamos. Es mucho más fácil de lo que la gente cree.

—Adelántate si quieres —le sugerí—. Tengo que entrar en el servicio.

Ella salió mientras yo hacía como que me retocaba el pelo. Me hubiera gustado estar ya en casa, pero tras la cena comenzaba la fiesta y Álex estaba demasiado animado para aguarle la noche. Respiré profundamente. Un grupo de mujeres bulliciosas entró para terminar de convencerme de que no podía quedarme allí, así que empujé la puerta y salí del servicio.

—Virginia.

Daniel. Daniel enfundado en un esmoquin impecable. El pasillo que conectaba los servicios con el salón estaba iluminado por una luz tenue que envolvía en sepia la atmósfera y acentuaba la sensación de que el fastuoso hotel no pertenecía al presente. De repente, todo olía a pasado y desprendía un aroma nostálgico.

—Por fin coincidimos —dijo él con naturalidad y aplomo.

Yo me puse nerviosa y fui incapaz de articular una frase que valiera la pena. Se acercó para darme dos besos, pero yo hice un levísimo gesto de rechazo y él mantuvo la distancia.

—No me has llamado —continuó.

—No —respondí secamente.

Había mucha gente en el pasillo yendo y viniendo, y yo no era capaz de mostrar una actitud neutral.

—Perdona, tengo que regresar a la mesa. Mi marido me estará buscando —le dije, e hice ademán de retirarme. Él no me parecía la persona del barco sino el de antes. El encuentro le había afectado lo mismo que a un camarero la entrada en el bar de un cliente. Parecía de hielo. Pero ¿qué esperaba? ¿Realmente le había conocido? Me había equivocado en todo desde nuestro regreso. Estaba convencida de que él me llamaría. Y no lo había hecho. Si al menos en aquel momento hubiera tenido otra actitud. Una que demostrara cierta emoción, habría bastado.

—Espera —me pidió él apenas rozándome el brazo—. ¿No quieres que hablemos?

—Ya no.

Daniel me retuvo, esta vez agarrándome del brazo con fuerza.

—Te he echado de menos.

Y no sé cómo pudo hacerlo pero, de pronto, abrió una puerta en medio del trasiego de gente y me empujó por ella. Desaparecimos del pasillo. Oí que echaba un pestillo. El lugar estaba en penumbras. Un cartel luminoso en lo alto de la puerta anunciaba la salida. Yo tenía miedo. No soportaba tenerlo tan cerca.

—¿Qué quieres? —le pregunté con la voz dura y el cuerpo rígido.

Él no sonreía. Solo aguardaba.

—Yo no voy a jugar más. Eso se quedó en el barco —le advertí. E intenté hacerle a un lado para salir.

—Lo entiendo. Ahora podemos empezar algo distinto, con reglas distintas.

—Ni en sueños. Déjame en paz, por favor.

—¿Y si te digo que quiero que lo retomemos donde lo dejamos?

Conseguí descorrer el pestillo y huir. Alcancé nuestra mesa haciendo grandes esfuerzos por no correr. Por supuesto, Daniel no me perseguía. Pero la confusión se había convertido en una maraña que me impedía ver más allá de mis propios pasos. Comprobé aterrada que las mesas habían desaparecido como por arte de magia y ahora un grupo de jazz tocaba en el escenario. El salón comedor había quedado convertido en improvisada discoteca. Me sentí perdida. El suelo se hundía bajo mis pies. Necesitaba encontrar a Álex, pero su rostro no aparecía entre la multitud. Por suerte, fue él quien dio conmigo.

—¿Qué te pasa, cariño? —me preguntó. Traía un gin-tonic en la mano.

No pude contenerme más. Necesitaba un apoyo.

—Nada. Bueno, sí, que he visto a Daniel.

El rostro de Álex palideció y al instante me arrepentí.

—¿Qué te ha dicho?

—No mucho —mi explicación no era suficiente—. Me ha preguntado cómo estaba.

No sé si eso lo tranquilizó pero me abrazó y me dio un beso en la frente. Lejos de agradarme, su paternalismo me puso en guardia. Nuestra relación nunca había sido así. Y sin embargo, Álex llevaba semanas asumiendo ese papel, quedándose el mayor tiempo posible en casa, acompañándome a cada recado, a cada reunión…; yo lo había achacado a la necesidad de recuperar la pareja, pero entonces me di cuenta de que no era solo eso. Él estaba protegiéndome.

—¿Quieres que volvamos a casa?

—En absoluto. Es tu noche y nos vamos a divertir —respondí con seguridad, sacando fuerzas de flaqueza.

Y eso hicimos. Me conjuré para no buscar entre la multitud a Daniel, ni al camarero de la mirada extraña, e ignoré a la novia de Alberto. Álex y yo bailamos, bebimos mucho, reímos y nos abrazamos hasta que el agotamiento hizo mella en los dos y él propuso dar la noche por concluida. Para entonces nuestros amigos y conocidos, o estaban muy borrachos para notarlo o se habían ido.

27

Dormí profundamente aquella noche. Borracha y extenuada. Desperté con el sonido borroso de la ducha. Álex salió del baño rodeado de vaho y, al verme despierta, sonrió y se tumbó sobre mí.

—Lo pasamos bien anoche —dijo acariciándome el rostro. Me encantaba la sensación de un cuerpo masculino cuando todavía emanaba el calor de una ducha casi hirviendo.

Su mirada era tan tierna, tan desesperada. Asentí y lo atraje hacia mí. El beso fue dulce y pronto la toalla estaba en el suelo, él sobre mí, y yo, también desnuda, con la sensación de estar demasiado despierta. Esa era la vida que yo había elegido.

Y así pensé que seguiríamos. Pero me equivocaba, claro. Una parte de mi vida ya no me pertenecía. Daniel no iba a permitir que yo fuera feliz con mi marido. Su juego cambió radicalmente a partir de aquel mismo día. Porque eso era lo que parecía: un juego, y Daniel nunca comenzaba una partida sin conocer el resultado final. Esa había sido una de sus revelaciones en el barco y seguía rigiéndose por los mismos principios. Nada había cambiado.

Álex se fue a preparar el desayuno y atender a las niñas, que estaban viendo dibujos animados. Entré en la cabina húmeda y salpicada por el paso de mi marido poco antes. Me sentía cansada, pero con los sentidos alerta. Tomé una ducha sin prisa y, tras el ritual de cremas y secador de pelo, me puse ropa cómoda de andar por casa. Aquel sería un día tranquilo. Quizá a media mañana saldríamos al parque a dar un paseo con las niñas. Estaba un poco nublado pero no parecía que fuera a llover. A Sofía le encantaría sacar la bicicleta y a Mariana los patines… Justo cuando me dirigía a la cocina sonó el timbre de la puerta. Los sábados por la mañana trabajaba el portero y, si subía alguien sin llamar al telefonillo, era porque se trataba de una entrega o de alguien conocido. Abrí.

Un joven repartidor con un espléndido ramo de tulipanes anaranjados en la mano, preguntaba por mí. Firmé la entrega sonriendo, cogí el ramo y me fui a la cocina. Al principio de nuestra relación y durante los cuatro o cinco primeros años juntos, no pasaba más de un mes sin que Álex apareciera con tulipanes. No necesitaba celebración alguna para regalármelos. Álex sabía que me encantaban, en especial los anaranjados y amarillos. Hacía meses que no lo hacía.

Entré en la cocina con el ramo y las niñas reaccionaron con entusiasmo. Besé a Álex agradecida por el detalle.

—Te pagaré en especie —le susurré.

—Me parece genial, pero no son mías —respondió desconcertado.

—Mira a ver quién las manda, mamá —exclamó entusiasmada Mariana.

Busqué una tarjeta sin éxito. Entonces me fijé en el lazo. Era verde y, en uno de los extremos, tenía una cabeza de lagarto o lagartija, muy discreta. No era un lazo normal. Debía de estar pálida cuando comenté:

—No hay tarjeta.

A Álex tampoco le gustó que no la hubiera.

—¿Y no tienes idea de quién las manda?

Claro que lo sabía. El porqué era lo que no tenía claro. Por supuesto, Álex enseguida sumó dos más dos.

—Ayer te encontraste con Daniel.

—Sí, pero tuvimos un intercambio muy escueto. No veo razón para que me mande flores.

—Parece que él no opina lo mismo —replicó Álex. Intentaba contenerse. Sobre todo porque las niñas estaban delante—. ¿Cómo sabe que te gustan los tulipanes naranja?

Miré los tulipanes extrañada. No habían aparecido en ninguna conversación que yo recordara.

—Imagino que tuvisteis tiempo en el barco para conoceros a fondo —espetó mi marido con un dejo tal de amargura que sentí las lágrimas asomar a mis ojos.

—¿Quién es Daniel? —preguntó Mariana.

Ninguno de los dos respondió. Sofía, intentando aliviar la tensión, respondió:

—Pues un amigo de mamá, claro. No las va a mandar un enemigo.

Las niñas se rieron y Álex entendió que no era el momento de recorrer esa senda.

—¿Queréis que vayamos al parque?

Por supuesto que querían y fueron corriendo a vestirse. Álex me miraba impotente. Yo cogí el ramo, lo metí en la basura. Y, sin esperar su reacción, salí tras nuestras hijas con aires de ofendida y maldiciendo a Daniel.

Salimos con las niñas al parque. Hacía un día extraño. Ni frío ni calor. Las nubes no eran lo suficientemente grises y pesadas para descargar y, sin embargo, la atmósfera había quedado suspendida como un cuerpo pesado que nadie se anima a mover por miedo a que todavía respire. Álex y yo estábamos sentados en un banco, observando a nuestras hijas. Prácticamente no habíamos intercambiado palabra desde el incidente de la cocina. Él estaba tenso. Su mano derecha se posaba sobre la rodilla que se movía sin cesar. De niño había sido muy inquieto. Tanto que, por un tiempo, sus padres creyeron que le diagnosticarían un trastorno de atención. Pero no. Era solo un niño movido. Sus dedos largos intentaban calmar instintivamente la inquietud de la pierna, que contrastaba con su mirada y su rostro, demasiado tranquilos, perdidos quién sabe dónde. Puse mi mano sobre la suya. Alguno de los dos debía romper el bucle en el que habíamos entrado.

—Álex, no sé por qué me ha enviado flores. Pero eso no importa. Importa lo que yo siento. Te quiero, y quiero a nuestra familia. Nunca haría nada que os pusiera en peligro. —Me miró como si no comprendiera mis palabras. Yo continué—: Por favor. Quizá sea lo que pretende: crear desconfianza entre nosotros, pero no le sigamos el juego.

—¿Por qué haría eso?

—No lo sé. Es una persona muy extraña.

—Ya. Vosotros habéis pasado mucho tiempo juntos. Algo le conocerás.

—Menos de lo que te imaginas.

—Me parece peligroso.

—A mí también. Por eso no quiero tener nada más que ver con él, ni personal ni profesionalmente.

—Tengo que contarte algo —dijo con un suspiro.

Lo miré atónita porque era yo la que debía haber pronunciado esas palabras. Pero, entonces, Sofía apareció llorando. Se había caído del columpio. La consolamos y yo saqué una toallita húmeda para limpiarle las manos y las rodillas. Por suerte, solo había sido un rasguño y pronto volvió a unirse a su hermana. Para entonces, no estaba muy segura de que me gustara lo que Álex tuviera que decirme. Quizá fuera mejor no saber. A pesar de todo, pregunté.

—¿Qué pasa?

—Te llamaron un par de veces de la oficina de Daniel.

—¿Y por qué no me dijiste nada?

Silencio.

—Vale, sigue —le animé yo—. ¿Qué querían?

—Que pasaras por allí para ver cómo resolvían tu contrato.

—Lógico. Pero ¿por qué no me lo dijiste? ¿Qué tenía eso de raro?

—Porque creo que él estaba detrás…

—¿Y qué más da? —exploté—. ¿Qué tiene él que ver con nosotros? Solo ha sido mi jefe. Y he tenido la mala suerte de tener un accidente con él, eso es todo.

En la mirada de Álex destelló el rencor.

—Eso no es todo.

¿Sabía algo? Empezaba a estar cansada de tener miedo, de defenderme, de sus celos y, por un momento, me creí el papel de víctima inocente que estaba representando.

—¿Qué más puedo hacer, Álex?

Álex se encogió de hombros en actitud pasiva.

—No lo sé, pero creo que yo ya he hecho bastante.

—O quizá no —respondí indignada—. ¡Mira que no decirme

que me habían llamado! Tendrían un seguro. Igual debo declarar o qué sé yo… ¡Joder, Álex!

—Lo siento. No quiero perderte —murmuró abatido.

—No vas a perderme. Pero, por favor, olvídate de una vez de los celos. Daniel está bajo control. Me resulta insufrible tratar con él. Desde luego, solo lo haré si es para que me pague mi trabajo.

El resto del sábado transcurrió tranquilo. Comimos fuera y Álex y yo fuimos muy cuidadosos en la manera de tratarnos. Cuando regresábamos a casa, le comenté:

—Claro, tendrían un seguro. Es una empresa demasiado seria para tener a sus trabajadores sin cobertura.

—No lo sé. Tú eres autónoma…, no lo tengo claro. Si quieres, el lunes le digo a Alberto que investigue con nuestro abogado.

—Sí —asentí—. Tarde o temprano me llamarán y quiero saber qué suelo piso.

—Por favor, Virginia. No nos metamos en litigios ahora. Intentemos pasar página.

Pero las páginas pesaban como piedras.

28

Aquella noche no pude aguantar más. Cuando Álex se durmió, me levanté y fui a mi despacho. Necesitaba ver la cara de Daniel. Intentar entender qué me había perdido. Encontrar alguna clave, alguna pista que hubiera podido pasar por alto. Había desaparecido durante más de dos meses y su reaparición no había sido casual. De eso estaba convencida. Es más, aunque la empresa de Daniel tuviera que pagarme un alto monto en concepto de gastos y perjuicios, cosa que yo misma creía harto improbable, el acercamiento en el Palace no parecía relacionado. Lo cierto es que acababa de averiguar que su silencio no había sido tal. Había recibido llamadas por parte de la empresa. Mi marido no había contribuido a facilitar la comunicación y seguro que Zulena estaba al tanto y había seguido instrucciones de Álex con diligencia, de ahí la actitud de superioridad con la que me trataba. Encendí el ordenador y busqué la carpeta en la que había escondido las fotos del viaje.

Su rostro inundó la pantalla y de nuevo repasé las imágenes. Las últimas fotografías en el camarote, con él dormido, me resultaban ahora perturbadoras. Estuve a punto de borrarlas pero justo cuando iba a hacerlo, de nuevo el píxel sobre la camiseta azul llamó mi atención. Yo era muy perfeccionista. Me costó abandonar la película por el digital y solo lo hice cuando la tecnología estuvo suficientemente desarrollada y me convencí de que era mejor. Amplié la zona de nuevo. Sí, era apenas un píxel dañado, como un punto de luz, y en una única foto. En el resto de la serie no aparecía. En fin, una muestra más de que nada es perfecto. Retrocedí. Recorrí con el zoom sus brazos, su cuello fuerte, su barba ya de varios días. Y lo deseé otra vez. Su cuerpo un poco áspero, sus manos recorriendo mi cuerpo, su peso sobre el mío…, pero era más que eso. Añoraba las confidencias, las charlas posibles e imposibles con los dedos entrelazados, la piel alerta y el deseo ávido por conocer al compañero desde lo más profundo, sabiendo con certeza que no habría un mañana.

Vivir hasta desbordarme. Eso era lo que había hecho en el barco y era imposible emular aquello en mi matrimonio. Como mucho me aguardaba la tranquilidad del remanso familiar que habíamos construido Álex y yo. Era una vida buena, envidiable incluso, pero continuar así iba a ser difícil. Qué cabrón, Daniel, él sabía que eso me iba a pasar. Por eso no había insistido, por eso me había dado tiempo: para que entendiera que mi vida feliz ya no me bastaría. Lo que pretendía ahora era proponerme otro juego. Uno mucho más peligroso, porque este sí produciría daños colaterales. ¿Valía la pena? Y también, ¿podría elegir?

No sé qué hicimos el domingo. Ese recuerdo ha quedado anulado por completo con los acontecimientos posteriores. Pero sí el lunes. Volviendo del colegio me entretuve haciendo recados. Al pasar frente a un escaparate, me llamó la atención un maniquí que lucía un jersey negro. Entré de manera automática y me dirigí al burro donde había varias tallas del modelo colgadas. Y hasta entonces no caí en la cuenta de que tenía dos jerséis casi iguales a ese, de temporadas anteriores, y nuevos. Levanté la cabeza. A mi alrededor todo era negro, gris, y tonos tierra, igual que mi armario, y mi vida pedía color a gritos.

Dejé el jersey en la percha. Una dependienta se me acercó.

—¿Puedo ayudarla?

—Creo que no, en realidad buscaba algo distinto.

—Esto es lo que viene este año.

—Ya, pero parece que vamos de uniforme, ¿no?

—Bueno, el negro es un clásico. Tenemos el mismo modelo en rojo.

Al segundo día de llevarlo, ese rojo sería parte de mí. Me identificarían por él a la puerta del colegio… Llamar la atención estaba mal visto. Salí de la tienda apesadumbrada. Regresé a casa de mal humor. Al entrar sonaba el teléfono y me apresuré a contestar. Estaba sola. Zulena aún no había llegado.

—Virginia, soy yo.

No hacía falta que se presentara. ¿Cómo se atrevía?

—No vuelvas a mandarme flores.

—Pensé que te gustaban los tulipanes. Te gustan desde que eras niña, ¿verdad?

Me desconcertó que lo supiera. Por un instante, volví a la infancia. Paseaba con mi madre y topamos con un gigantesco anuncio que cubría un edificio en obras. Promocionaba el turismo en Holanda con enormes tulipanes amarillos. Mi madre dijo que era la flor más bonita que existía: sus hojas parecían fuertes pero, en realidad, eran necesarias unas condiciones de calor y humedad muy determinadas para que se mantuvieran erectas, algo parecido a lo que pasaba con todos nosotros, añadió.

Yo entonces no la entendí muy bien. Tampoco le di importancia porque con ella me pasaba a menudo: no comprendía lo que me decía. Mi madre hablaba en otro idioma. A pesar de ello, desde entonces, el tulipán también se convirtió en mi flor preferida. La de veces que la pinté y coloreé... Forraba incluso mis libros del colegio con un papel de tulipanes que mi madre había encontrado no sé dónde. Años después, viajando por lugares remotos y extremos del planeta, había regresado a aquel recuerdo feliz e íntimo con mi madre. Sus palabras atesoraban una sabiduría profunda. Realmente, el hombre es un ser frágil y con mucha menos capacidad de adaptación de la que cree poseer. Desde luego, mucho menor que la de insectos y otros animales en apariencia insignificantes.

—No sé cómo sabes eso.

—Tú me lo dijiste.

—No es cierto. Recuerdo perfectamente lo que te he contado y lo que no.

—No estés tan segura. La falta de alimento afecta al cerebro.

—Basta.

—Ay, Virginia —suspiró él en tono paternalista—. Como quieras. ¿Cuándo nos vemos?

—Por favor, no me vuelvas a llamar.

—Bueno, tenemos que arreglar lo de tu contrato por lo menos —dijo sin ofenderse.

—Ya os llamará mi abogado.

—¿Abogado? ¿Para qué? Eso suena a demanda y siento mucho decirte que no me he hecho rico dejando cabos sueltos. Sin embargo, te pagaré lo establecido. Al fin y al cabo, tú hiciste tu trabajo y yo tengo las fotos.

—¿Las descargasteis de la cámara sin autorización?

—Te enviaremos un cheque esta misma semana.

—Bien —respondí con dureza y, sin embargo, me sentía incapaz de colgar el teléfono.

—Nos vemos un día de estos.

—No...

Pero Daniel ya había colgado. ¡Maldita sea! Golpeé con fuerza el teléfono. Otra vez llevaba las riendas. Yo estaba furiosa. Ojalá hubiera podido controlarme, pero el deseo se agitó fornido e incontrolable en mi interior, alimentado durante semanas por mi frustración ante la espera. Ahora, después de doce largos años, estoy lejos de aquello, pero hay días en los que la culpa hecha tormento me duele físicamente y me arrastra a la cama, donde paso horas dormitando en un estado casi febril. Quizá porque no me resigno a haber sido una marioneta en manos de un hombre sin Dios ni, lo que es peor, madre.

29

No pude evitarlo. Salí dispuesta a enfrentarlo de una vez por
todas. En el portal me encontré con Zulena. Por supuesto, me
preguntó adónde iba. No le respondí. Le di instrucciones sobre
asuntos domésticos mientras levantaba la mano para coger el
primer taxi disponible. Indiqué la dirección al taxista con seque-
dad. Noté una mirada entrometida por el espejo del retrovisor y
creo que comentó algo, pero yo me limité a asentir y evité su
mirada. Debía repasar el discurso, el monólogo, que pondría punto y final a lo nuestro. ¿Tendría que hablar de deseo o de amor?
¿De obsesión quizá? Nuestro mundo era pequeño y el dicciona-
rio muy amplio.

Bajé del coche como si llegara tarde a una entrevista. Me encontraba a los pies de un magnífico rascacielos que agrupaba medios de comunicación y otros negocios con nombres en inglés de
empresas desconocidas. Entré en la recepción, un espacio diseñado
para impactar al visitante y marcar la diferencia entre el mundo de
los mortales y el del dueño de todo aquello. Negro, minimalista y
muy pulido. Al fondo, había tres tornos que solo se abrían con la
consiguiente tarjeta. Tras un enorme mostrador de mármol negro,
trabajaban cinco mujeres de edad indefinida, perfectamente ma-

quilladas y uniformadas con un traje chaqueta gris y blusa blanca. Me dirigí a la primera, que colgó el teléfono al verme.

—Vengo a ver al señor Daniel González.

Su rostro no se inmutó. Emanaba una frialdad innata, cualidad indispensable para convertirse en una autómata cortés.

—¿Tiene cita?

—No. Pero necesito verle. Si le dice que Virginia Moreno está aquí…

—Espere un momento, por favor.

Cogió el teléfono y marcó. Se presentó rápidamente y explicó que yo quería ver al señor González. La conversación terminó con un «Entiendo».

—Lo siento, el señor González está muy ocupado ahora y no puede atenderla. Si me deja su número de teléfono, su secretaria le llamará.

—Ya tienen mi número de teléfono. Pero es que no quiero que le pregunte a su secretaria, quiero que se lo diga a él.

—Lamento no poder ayudarla más.

La miré impotente. Sin embargo, no iba a darme por vencida. Me dirigí a unos sofás de piel negra y me senté a rebuscar en el bolso. Había metido la tarjeta de las flores que me llegaron en el hospital. Allí estaba su teléfono. Cogí mi móvil y marqué. Saltó el contestador automático. Ni siquiera era su voz sino una impersonal grabación femenina invitando a que dejara un mensaje. Colgué frustrada. Esperar hasta que apareciera no tenía sentido. Con toda seguridad aquel edificio tendría un parking subterráneo. Un guardia de seguridad se acercó al sofá.

—Lo siento, señora. No puede quedarse aquí.

Me levanté y, de nuevo, me dirigí a la señorita del mostrador.

—Por favor, ¿podría avisar a Catalina, de administración de la revista *Viajes*, que estoy aquí?

La recepcionista volvió a mirarme con el mismo rostro impasible.

—¿Apellido?

—No lo recuerdo.

—¿Sabe cuánta gente trabaja aquí?

—Por favor, inténtelo —insistí con terquedad.

Ella repitió la operación mientras yo maquinaba cómo, una vez pasado el control del torno, esquivaría al personal. Deduje que la oficina de Daniel estaría en el último piso. Estaba dispuesta a saltarme las reglas que hiciera falta.

—Lo siento. Catalina Ramírez, supongo que sería esa su persona de contacto, está de baja, y el resto del equipo, reunido. La secretaria me dice que si quiere puede concertar una cita para otro día.

—Déjelo.

Justo al salir, me fijé en un hombre que charlaba amigablemente con dos jóvenes vestidos con monos blancos. Era John, el guía que al final no pudo acompañarme en el barco. John se despidió de ellos con un apretón de manos.

—¡John! Soy Virginia. Casi me llevas de paseo en las Seychelles. ¡Lo que te perdiste! —le dije intentando bromear al ver su rostro perdido.

—Sí, claro, claro…

—¿Qué tal salió todo? ¿El bebé?

—Ah, sí muy bien. Me alegro de verte —dijo, haciendo ademán de continuar su camino. Pero yo vi mi oportunidad e insistí:

—¿Y qué haces aquí? ¿Vienes a ver a Daniel? —le pregunté con forzada naturalidad—. Necesito hablar con él y no hay forma de que me dejen entrar.

—Bueno, no, yo… solo vengo a recoger un coche. Lo siento. Ni siquiera tengo que entrar.

—Ah, qué pena. Bueno, cuídate.

John asintió y desapareció por una puerta lateral. Fue un encuentro extraño y tuve uno de esos chispazos intuitivos. Daniel no iba a permitirme espacio de maniobra. Así que tendría que empezar a jugar con otras fichas, y para ello necesitaba contactos. Me fijé en que los dos chicos seguían de charla cerca de la puerta y me acerqué a ellos.

—Hola.

Ellos me sonrieron sin saber qué esperar de mí.

—Esto os va a parecer un poco raro pero es que os he visto hablando con John y quiero tener un detalle con él, por el nacimiento de su hijo.

Soltaron una carcajada.

—¿Hijo? Disculpe, pero no creo, señora.

—John tuvo un bebé hace unos tres meses.

—Señora, John no está casado y no me lo imagino de padre —dijo el de más edad cruzando una mirada divertida con su compañero.

—Perdonad, he debido de confundirme.

Y así me fui. Sin nada. O sí. La confusión inicial se fue aclarando y reconocí que había sido víctima de una estratagema urdida sin escrúpulos. Intenté tranquilizarme. Pasó un autobús que iba al centro y subí. Tomé asiento junto a una ventanilla. Todo era tan raro. Por primera vez en mi vida, me sentía protagonista de la invención de un ser superior. ¿Qué era lo real, o mejor dicho, lo auténtico? El estómago se me revolvió.

El autobús continuaba su recorrido por la calle de Bravo Murillo. A la altura de Estrecho, me fui fijando en las personas que transitaban, la mayoría inmigrantes. Ellos eran los que ahora entraban y salían del mercado de Maravillas, los que lo sostenían en pie porque los españoles habían dejado de frecuentar estos espacios y preferían las grandes superficies o los negocios pequeños más cercanos a su casa. Muchos eran de origen árabe y latinoamericano. A mí, como siempre, me interesaban las mujeres, sus rostros y lo que sus arrugas contaban. Necesitaba averiguar si el paso del tiempo te da alguna ventaja. Ventaja en la partida de la vida. La respuesta resultaba decepcionante. Las jóvenes siempre eran seguras, luminosas, pero, a medida que envejecían, sus rostros se nublaban. Los sueños arrastrados a través de los años dejaban surcos secos que nadie se molestaría en volver a sembrar. Una profunda angustia hizo presa de mí. Tuve que esforzarme por no llamar la atención, pero la visión de mi propio futuro fue tan dura que no podía ni hablar para pedir ayuda.

—¿Se encuentra mal? —me preguntó con voz queda una mujer con acento sudamericano de mediana edad que estaba sentada a mi lado.

—No puedo respirar —mascullé como pude.

Ella llevaba una bolsa verde con productos de frutería. Sacó unos plátanos de una bolsa más pequeña y transparente, los colocó en su regazo y me extendió la bolsa.

—Sople aquí, ya verá como se le pasa.

Le hice caso. Una, dos, tres, cuatro veces… Seguí durante poco más de un minuto. Ella me observaba con discreción, lo cual contribuyó a que me tranquilizara. Poco a poco empecé a sentirme mejor.

—Gracias —dije cuando recuperé el aliento.

—Está usted muy pálida. Le vendría bien tomar una tila.

Hice un gesto de agradecimiento.

—A mi hija le pasa de vez en cuando. Se pone muy nerviosa. Quiere ir a la universidad, ¿sabe? Pero no es muy lista y tampoco tiene mucho tiempo para dedicarlo a los estudios. Acaba de conseguir trabajo de camarera y necesitamos el dinero. Tiene miedo de no conseguir una beca y sin buenas notas, va a ser imposible.

Respiré hondo.

—Lo siento. Nunca me había pasado.

—Es por el miedo. El cuerpo se pone alerta pero así, a lo bruto. El médico dice que todo el mundo tiene al menos un ataque de pánico en algún momento de su vida. No se preocupe. Solo tómeselo con calma, mija —me sugirió con una sonrisa mientras metía los plátanos en la bolsa verde y se levantaba.

La observé mientras bajaba del autobús. Noté una pequeña cojera y unos pantalones que le quedaban demasiado prietos. Ya no era tiempo de chanclas pero ella las llevaba. Tenía los pies y los tobillos hinchados. Seguramente le resultarían más cómodas que el calzado cerrado. Vi cómo entraba en un portal cercano antes de que el autobús arrancara de nuevo. Un pensamiento me asaltó: aquella mujer no me sacaría más de diez años. Hasta entonces yo había ignorado reflexionar sobre las consecuencias del paso del tiempo en mi cuerpo. Sí, claro que me cuidaba y me fastidiaba si me encontraba alguna cana, pero no lo suficiente para quitarme el sueño. Además, yo hacía gala de un convencimiento filosófico a contracorriente: el paso del tiempo, a pesar de su obvia crueldad, en realidad nos daba más de lo que nos quitaba, había soltado yo en más de una ocasión, y ahora reconocía que ese traje pesado del tiempo, que iría vistiendo mi cuerpo, era tan solo un estorbo. Quería vivir apasionadamente, pero a precio de ganga. Las cuentas no cuadraban.

30

Pasó un día y otro, y otro. No volví a tener otra crisis de ansiedad ni tampoco noticias de Daniel. Álex me propuso pasar las vacaciones de Navidad en Canarias. No le apetecía compartirlas con su familia como todos los años y sabía lo poco que me gustaban esas celebraciones.

—Nos dará el sol y cambiaremos de aires. Podríamos llevarnos a mi madre.

—¿Tú crees?

—Si no te importa, claro. Nos ayudará con las niñas.

—Claro que no me importa, pero dudo que vaya a dejar a tus hermanos sin la comida tradicional…

—Ya ha trabajado bastante.

Nos miramos y él mismo puso cara de no creerse sus propias palabras.

—Bueno, vale, yo la invito. Y ella que haga lo que le parezca.

Por supuesto, la madre le dijo que no, y además se llevó un disgusto, pero Álex se mantuvo firme y yo lo agradecí. Quería salir de Madrid con mi familia. Álex se encargaría de elegir hotel y buscar vuelos mientras yo continuaba con mi trabajo fotográfico. Necesitaba estar ocupada. Recordaba con frecuencia a la mujer que me había dado la bolsa de plástico en el autobús. Es curioso cómo a veces un desconocido puede entender mejor lo que te está pasando que alguien cercano.

Varias veces estuve a punto de borrar las fotos del viaje en las que aparecía Daniel. Pero no lo hice. Una mañana en la que me encontraba en casa con Zulena, apareció Natalia, como siempre sin avisar.

—¿Y bien? —me preguntó ante una taza de café—. ¿Cómo va todo?

—Muy bien. Las niñas contentas en el colegio. Son muy aplicadas. Y a Álex, después de lo del premio, le están saliendo trabajos muy interesantes.

—Me alegro. Pero yo me refería a ti.

—Sigo trabajando en el proyecto del tiempo encontrado...

—Vamos, Virginia, en eso no puedes pasarte todo el día.

—Leo, cocino, hago recados y atiendo a las niñas. Aunque no te lo creas, el día tiene veinticuatro horas y no paro.

—Te has metido en una cueva —soltó ella.

—Estoy haciendo exactamente lo mismo que hacía antes del viaje dichoso.

—Si tú lo dices... —dijo encogiéndose de hombros—. Taschen está buscando un fotógrafo para una serie de arquitectura setentera.

—No, gracias —respondí rápidamente.

—¿Por qué? —preguntó sorprendida por mi reacción.

Y me quedé sin saber qué responder. Fue una pausa minúscula y elocuente.

—No lo sé. No tengo ganas.

—¿Estás esperando otro encargo...?

—No —salté ofendida, sin entender muy bien por qué—. No espero nada. ¿Qué voy a esperar?

Pero sí, mi amiga tenía razón. Era justo eso lo que me estaba pasando. Había transitado de la confusión al cabreo y la frustración, y ahora solo esperaba asomada a las dudas.

—Vístete —me ordenó—. Nos vamos a Taschen.

—¿Ahora?

—Sí. Ahora mismo. Llamo al editor de camino.

Me dejé llevar y en menos de una hora estábamos sentadas en el despacho del editor, Arturo, un hombre maduro con gafas de pasta y barba, que seguro había sido en algún momento algo más que amigo de Natalia. El trabajo era cómodo. Viajaría un par de días a Londres y el resto lo haría en Madrid. Necesitaban las fotos en un plazo máximo de quince días. Londres se me antojó un destino razonable. Dos días no era demasiado tiempo. Podríamos organizarnos y a pesar de que Álex estaba muy ocupado, seguro que le gustaba la idea de que yo aceptara el trabajo. Allí mismo cerramos las condiciones del contrato.

—Gracias, Natalia —le dije ya en el taxi, de regreso a casa.

—Ay, niña. Cómo complicamos las cosas…

Dos días después estaba en Londres. Fue una experiencia agradable. Me reencontré con un par de colegas que no veía desde que me casé con Álex. Ellos se dedicaban al paisajismo. Eran un matrimonio tan afín que, con el paso del tiempo, incluso se parecían físicamente. Laura lucía una brillante media melena negra con flequillo y gafas de pasta sobre una nariz muy estrecha y siempre llevaba ropa negra y holgada. Nick, pelo desgreñado y todavía fuerte, las mismas gafas de pasta sobre la misma nariz estrecha. Y también, siempre vestido de negro. No tenían hijos. Eran agradables y para despedirnos se empeñaron en invitarme a cenar en un café italiano donde los jueves había música en vivo. Lo pasé bien, y cuando llegué al hotel estaba tan borracha y cansada que dormí de un tirón hasta que sonó el móvil.

—Virginia, acabo de llegar a Londres. ¿Nos vemos?

—¿Daniel? ¿Cómo sabes que estoy en Londres?

Silencio.

—¿Qué hora es? —pregunté.

—Temprano.

—No, no puedo —respondí intentando pensar rápido—. Además, tengo que coger un avión.

—Bueno, yo estoy cerca...

—Y yo estaba más cerca hace unas semanas y no quisiste verme.

Colgué. ¿Le había colgado? De repente, me sentí humillada. Y sola.

Volvió a sonar el teléfono. Me fijé en la pantalla. Era un número desconocido. Atendí.

—Virginia, no vuelvas a colgarme —me pidió Daniel en un tono calmado, sin indicios de amenaza a pesar de las palabras—. Por favor.

—¿Qué quieres?

—Ya te lo he dicho, que hablemos.

Me quedé callada.

—Vamos, Virginia. ¿De verdad no quieres volver a saber de mí?

—Lo que pasó en el barco, no se va a repetir. No quiero engañar a mi marido, ni mucho menos dejar a mi familia. Fueron las circunstancias...

—Bueno, yo creo que las circunstancias por sí solas no bastan.

—Las circunstancias lo son todo. Las personas no cambian.

—Entonces me das la razón porque tú y yo en el barco conectamos.

—Por favor, no me líes. Si te importo algo, déjame seguir con mi vida. —Y mi petición sonó a súplica.

Pensé que la llamada se había cortado.

—¿Daniel?

—Tengo algo importante que contarte. Tú y yo ya nos conocíamos.

—De la fiesta de la editorial.

—De mucho antes.

—No creo. Me acordaría de ti.

—No, porque entonces las circunstancias eran muy distintas.

Por supuesto sentí curiosidad. Pero, a pesar de todo, no me fiaba. Tenía miedo. Sabía demasiado de él y a la vez demasiado poco. Aquel era un hombre que, cuando no tenía nada, había sido capaz de todo, y ahora que lo tenía, seguía actuando igual. Volvieron a mí imágenes de lagartijas, de un niño sucio y hambriento en un patio junto a un caño de agua, un joven trapicheando con drogas bajo un puente, y sudando en un gimnasio, y teniendo sexo salvaje con una mujer hermosa y perfumada. Sangre. Prostitutas y garitos de humo. El olor de arroz con mejillones. Yates. Paisajes exóticos. Golpes. Playas infinitas de arenas blancas. Un crujido de huesos que se rompen. Imágenes, sonidos y olores que él me había transmitido, y que ya pertenecían a mis sueños y a mis pesadillas.

—Estoy abajo. ¿Subo?

—No, bajo yo —respondí con frialdad—. Te veo en la cafetería.

31

Media hora más tarde, yo estaba entrando en el aeropuerto. Había recogido mis cosas rápidamente y me había escabullido por la puerta de atrás del hotel, evitando camareras, personal de limpieza y, sobre todo, evitando a Daniel. Por suerte, llevaba una maleta pequeña.

No tuve dificultad para adelantar el billete. La secretaria de la empresa había comprado un trayecto Londres-Madrid flexible y había aviones casi cada hora. Ni siquiera tuve que facturar. Hasta que me senté en el asiento y me abroché el cinturón no fui consciente de lo sudada que estaba y de que las manos me temblaban. La azafata se me acercó preocupada.

—¿Se encuentra usted bien?

—Sí, gracias. ¿Podría traerme un vaso de agua? O mejor un zumo. Con las prisas de última hora no he podido desayunar —expliqué intentando controlar un nuevo ataque de pánico.

La azafata asintió comprensiva, añadió un café a su oferta inicial y desapareció. Por suerte, en la ventanilla de al lado viajaba un ejecutivo de los que no se molestan siquiera en saludar.

Mientras esperaba a que el avión despegara, el cóctel de recuerdos, deseos y miedos se desbordó en mi interior. Corría el riesgo de ahogarme. Me esforcé por no dejarme arrastrar. Solo había una tabla de salvación posible: la realidad, lo que me rodeaba en aquel preciso instante. Mis ojos se dedicaron a explorar con extrañeza a todos esos seres que me rodeaban, mis semejantes. Cada cual con sus peculiaridades, pero nadie que hubiera merecido la pena retratar. El avión se introdujo en las nubes y siguió ascendiendo hasta que el cielo se hizo azul. Qué fácil parecía deslizarse por el aire y qué complicado avanzar sobre el terreno firme.

La azafata me trajo el agua y el café en cuanto se apagó la señal de seguridad. Allí, en el avión, todo era predecible, organizado según unas reglas que encauzan nuestra vida y que todos aceptábamos, ¿por qué? Para sentirnos seguros. Nos convertimos en una bola de *pinball* manejada por un habilidoso jugador que siempre consigue golpear los objetivos, los suyos, por mucho que la bola se engañe creyéndose libre. ¿Y qué hay de los golpes que nos llevamos para mantenernos en la partida? Esos no importan: después de unos cuantos, el cuerpo pierde sensibilidad exactamente igual que el boxeador tras años en el ring.

Daniel era distinto. Se negaba a ser una bola más y había elegido la posición del jugador. Cuánto había pagado por conseguirlo corría de su cuenta. Y si él colaboraba a la pervivencia de las normas, del *statu quo*, era simplemente para proteger sus intereses. También yo me había convertido en una pieza más de esa sociedad adormecida que solo pedía pan y un sofá confortable. Yo antes no era así, pensé. Recordé el día en que la directora del colegio llamó a mis padres para contarles que no podía seguir cuestionando las reglas de la institución. Yo tendría unos seis años y mis interminables preguntas agotaban a los profesores: que por qué teníamos clases de cincuenta y cinco minutos, que por qué había que guardar la fila si al final entrábamos igual, que por qué debíamos llevar uniforme... Distraía a los compañeros y lo único que pretendía era llamar la atención. Me cayó una buena de mi padre. Una buena de mi padre consistía en que, durante la cena, mantenía el rictus severo, y lanzaba un mensaje duro y cortante.

—Virginia, las reglas están para cumplirlas. No quiero que vuelvas a preguntar en clase.

—Pero papá, ¿y si no he entendido algo?

—Estate más atenta —finalizaba tajante—. No eres tonta, así que, tarde o temprano, lo aprenderás.

Fin de la conversación. Su mirada cortaba la respiración. Era el único que me hacía callar. Nunca levantaba la voz. Jamás me gritó. Ni me pegó, pero yo temía su silencio. Los enormes y terribles silencios de mi casa. A veces duraban días. Y a mí me resultaban ensordecedores. Sentía que éramos muy desgraciados y escuchaba con envidia los gritos de nuestros vecinos que tenían cuatro hijos y eran muy ruidosos, en especial a las horas de la comida y la cena, cuando se juntaban todos. Creo que a mis padres también les resultaban insoportables las alegrías y las broncas de nuestros vecinos, que llegaban como un mal olor hasta nuestra mesa. Tanto era así que un día dejamos de comer en la cocina y nos trasladamos al comedor.

En casa yo era callada, reservada, obediente y cuidadosa. Una imagen muy distinta a la que cultivaba en el colegio y, en general, fuera de casa. No me gustaba caminar; yo corría. La gente se alteraba cuando pasaba como una exhalación por su lado, y las señoras mayores me reñían, «menuda señorita», «se lo diremos a tu madre», «vas como una loca»... Lejos de mi familia, era otra: desbocada, llena de energía, dicharachera y mandona. Eso era lo mío. Por fortuna o desgracia, mis padres apenas se relacionaban con la gente del barrio y no se daban cuenta del cambio. Sin embargo, tampoco se sorprendían demasiado si les llegaba alguna queja. Las atendían con frialdad y me las transmitían en el mismo tono. Suspiré.

Yo ya lo había sido todo: la niña buena y la alocada. La cumplidora y la rebelde. La obediente y la exploradora. Lo que me proponía Daniel estaba dentro de mí. Suspiré y abrí los ojos. Consulté el reloj. En una hora aterrizaríamos en Madrid. ¿Cuán enfadado estaría Daniel por el plantón? Esperaba que hubiera recibido mi mensaje alto y claro: debía dejarme en paz. Sentí miedo otra vez. Lo cierto es que yo había reaccionado con desmesura. Debería haberme quedado, escuchar lo que tuviera que decirme y ser razonable. Me vi a mí misma como una mujer ridícula. Sin embargo, mi intuición me repetía que estar a su lado era peligroso. Él mismo lo había reconocido durante sus confesiones en el barco. ¿Sería capaz de causarme daño? Sentí miedo por mi integridad física, por lo que Daniel pudiera hacer para destruirme; mi familia regresó a mi corazón y el frío a mi cuerpo. Palidecí y cerré los ojos. Me daba igual lo que Daniel tuviera que decirme. El pasado a mí no me importaba. Ya no tenía remedio. Pero el futuro sí que dependía de mí. Comprobé, aliviada, que había conseguido sortear el ataque de pánico y que el tren de aterrizaje se desplegaba. Estaba otra vez en casa.

Aterricé en mi casa y en mi infancia. Para intentar encontrar el lugar en el que todo había empezado a descomponerse. Los días buenos, a la salida del colegio por la tarde, mi grupo de amigos se reunía en una campa que en primavera se llenaba de hierba suave y de pequeñas margaritas. Y aquel día de mayo lo enmarqué con mimo. Yo tendría unos nueve años. Me alejé de mis compañeros y, tirada boca arriba en la hierba, descubrí maravillada las nubes pasar, lentas, ajenas a nosotros… Las nubes realmente se deslizaban sobre mi cabeza, el planeta de verdad se movía, las nubes recorrían el cielo arrastrando los segundos, los minutos, las horas. Me embargó una sensación de mareo deliciosa y a la vez una angustia que jamás me abandonaría. Era imposible apearse del movimiento continuo. Me quedé allí tumbada hasta que oscureció y el efecto de inestabilidad me acompañó en el trayecto a casa. ¿Cómo era posible que algo que estaba tan delante de mis narices me hubiera podido pasar desapercibido durante tanto tiempo?

En el taxi que me conducía a casa, la sensación de embriaguez retornó como el recuerdo de un perfume olvidado. El problema era que ahora no había hierba sobre la que tumbarse ni suelo que sostuviera la caída. Llegué a un apartamento vacío. Las niñas estaban todavía en el colegio. Álex no me esperaba tan temprano. Zulena había pedido el día libre para ir al médico. Debía avisar a Álex, no fuera a presentarse en el aeropuerto para darme una sorpresa. Eso hice. Pasé el resto de la mañana, deambulando como un fantasma. Por suerte, llegó la tarde, y la noche, y poco a poco, todos fueron regresando a casa.

32

—¿Qué pasa, cariño? —me preguntó Álex mientras me abrazaba.

Acabábamos de hacer el amor. Yo, por primera vez en mi vida,
había fingido un orgasmo. Me quedé tumbada, mirando al techo. Él
se volvió hacia mí, esperando un signo de complicidad, y yo no pude
más. Me eché a llorar incapaz de sostener la tensión por más tiempo.

—Vamos, tranquilízate —me pidió él preocupado—. Habla
conmigo.

Él me secaba las lágrimas primero con la mano, luego con la
sábana. Poco a poco conseguí calmarme y pronunciar las primeras
palabras de la que esperaba sería una confesión liberadora.

—No quiero irme más. No puedo. Tengo miedo.

—¿Miedo de qué?

—No sé. De volar. De no volver más.

—Tal vez deberías ver a un psicólogo.

—No. No quiero un psicólogo. Quiero quedarme en casa.

—¿Qué ha pasado? ¿No has podido hacer el trabajo?

—Sí, lo he terminado. Es la separación de vosotros lo que se
me hace insoportable.

—¿Nada más?

—¿A qué te refieres? —pregunté.

—A Daniel, claro. Mira, Virginia, un hombre así no se da por vencido fácilmente y está claro que tiene interés por ti. Las flores, las llamadas, el que fuera contigo en ese barco… Habría que estar ciego para negar la evidencia. Y no me digas que son celos porque yo confío en ti, así que basta ya. Dime la verdad. También soy tu amigo. Si no confías en mí, no puedo ayudarte. Entiendo la presión. Ahora mismo sé que quieres estar aquí. Me da igual el pasado. Solo quiero que el futuro sea nuestro.

Era el momento de confesar, de liberarme de una vez por todas. Pero sentí que si lo hacía sería como soltar el volante y taparme los ojos al mismo tiempo. No saldría indemne. Ni siquiera viva. Me había saltado todas las reglas de circulación.

—Tal vez tengas razón y debería ver a un psicólogo.

Él me miró decepcionado.

—Vale, como quieras.

Se dio la vuelta y se puso a dormir. Me quedé mirando su espalda desnuda, su nuca poderosa…, no sentía deseo. Solo frustración y pena. La frustración es una bomba de relojería, pero la pena nunca será capaz de levantar grandes pasiones.

Por la mañana Álex se puso en marcha más temprano de lo habitual. Yo me hice la dormida y no me levanté hasta que oí que salía por la puerta. Las niñas se despertaron poco después y las llevé al colegio sintiendo una gran necesidad de dejarlas allí, a salvo de mí. No me gustaba nada esa nueva Virginia: saltaba ante cualquier nimiedad y, al instante, me arrepentía. Las niñas estaban confusas y noté que caminaban de puntillas a mi alrededor. No era la madre que se merecían, ida, nerviosa e irascible, envenenada por el deseo y la vergüenza.

De regreso a casa, sonó el teléfono. Era Zulena. La habían llamado del hospital para que fuera a repetir no sé qué pruebas. Le dije que, por supuesto, acudiera a la cita. Ella se puso muy pesada diciéndome que no fuera a confundir las cintas para la clase de gimnasia rítmica. La azul era la de Sofía y la verde la de Mariana. O al revés. Y que no volviera a comprar no sé qué marca de cereales que a las niñas no les gustaba. Fue un alivio quedarme a solas en casa. Mi plan, claro: cultivar mi desazón durante horas y cosechar sin dejar rastro, intentando encajar el rompecabezas de mi futuro en privado.

Al entrar me descalcé y fui a prepararme un café. En ese momento, sonó el timbre. Pensé que sería Natalia y dudé en abrir, pero la curiosidad pudo conmigo. Así que me dirigí a la puerta. Ella conocía mis horarios. Si me escondía, a la larga, requeriría explicaciones.

—¿Qué haces aquí?

No podía dar crédito a mis ojos. Allí estaba Daniel. Vestía traje oscuro y rostro serio.

—¿Puedo pasar?

Asentí sin pensarlo demasiado y cerré la puerta tras él, preocupada por el hecho de que alguien pudiera verle. Me quedé clavada en la entrada sin invitarle a entrar más allá.

—Tenemos que hablar y no me lo has puesto fácil.

—Yo ya fui a verte y tú no quisiste —repliqué.

—Porque no era el momento ni el lugar.

—Tampoco este lo es.

Se encogió de hombros. Sin embargo, no había en él rastro del tono de superioridad con el que me había tratado por teléfono o en el encuentro de la entrega de premios.

—¿Vamos a hablar aquí?

—Está bien. Pasa.

Caminé por el pasillo sintiendo la mirada clavada en mi espalda hasta el salón. Allí me detuve para dejarle entrar en primer lugar. Echó una mirada rápida y curiosa a la estancia y aceptó mi invitación a sentarse en el sofá mientras yo lo hacía en un sillón lateral. El sofá era excesivamente mullido y yo quería hacerle sentir pequeño e incómodo. A ser posible, un poco humillado. Por suerte, nadie aparecería en las próximas horas. Quizá esta era la oportunidad que buscaba para terminar con aquello a lo que era incapaz de poner nombre de una vez por todas.

—No conozco a nadie que se hubiera atrevido jamás a dejarme plantado.

Le miré sin saber si la afirmación ocultaba una amenaza velada. Pero Daniel, una vez más, me sorprendió. Se levantó pasándose la mano por la cabeza y sonrió intentando relajar la tensión.

—Te perdonaré si me das un vaso de agua.

Asentí y me levanté. Él me siguió a la cocina en silencio. Sentí sus pasos tras de mí, su mirada de nuevo clavada en mi espalda royéndome la piel. No fui capaz de volverme hasta que le alargué el vaso de agua. Él dio un sorbo y lo dejó sobre la mesa alta antes de sentarse en el taburete. Le imité entre resignada e intrigada. Ya había conseguido que cambiáramos de escenario. Me maravillaba su capacidad para controlar cada detalle. Conseguía que las circunstancias se doblegaran siempre a sus intereses, y lo hacía sin dejar nada al azar, controlando cada detalle como si la vida se compusiera de piezas de dominó y él colocara cada una de ellas siguiendo un patrón muy suyo. Si el destino tomaba una dirección que no era la que él había decidido, simplemente reajustaba las piezas.

—No quiero que pienses que soy un tarado, ni un obseso —comenzó. De repente, noté que estaba nervioso y apuró el agua que aún quedaba en el vaso—. Verás, tú y yo ya nos conocíamos. Del barrio.

—¿De qué barrio?

—Del barrio de nuestra infancia. De hecho, íbamos al mismo colegio, aunque no a la misma clase. Mi familia vivía en uno de los edificios que cerraban Las Cabezas por la parte final. Detrás de nosotros solo había campo y la zona pantanosa. ¿Te acuerdas?

Parpadeé perpleja, como si alguien hubiera sacudido ante mí una vieja alfombra guardada en lo alto de un desván. Los ojos incluso me picaban con el polvo. Las casas a las que Daniel se refería eran las más humildes del barrio, las de los obreros de rango inferior. La mayoría no tenía siquiera el graduado escolar. Era una zona por la que yo tenía prohibido internarme, pues corrían rumores y cotilleos de sucesos violentos que asolaban esas calles. Sin embargo, los niños de aquella parte del suburbio acudían al único colegio en varios kilómetros a la redonda, el mismo al que yo asistía. A mis padres, que su hija compartiera pupitre con los hijos de los obreros les parecía enriquecedor. Otra cosa muy distinta hubiera sido permitir que intimara con alguno de ellos.

—Pero ¿cómo es posible? ¿Quién eres? Quiero decir, ¿quién eras entonces?

—¿De verdad no te acuerdas de mí?

Hice memoria con todas mis fuerzas pero no era capaz de encontrar un retazo, un hilo, al menos, del que tirar.

—Ander. En el barco me dijiste que te llamabas Ander. ¿Me estabas engañando entonces o lo estás haciendo ahora?

—Solo intento que entiendas por qué eres importante para mí. Te acordarás del grupo de amigos con el que montabas en bicicleta.

—La Banda —recordé atónita—. Así nos llamábamos.

—La Banda, sí. Ibais en las bicis hasta el cementerio del pueblo de al lado, en lo alto de la loma. Una tarde, regresando, te caíste. Creo que intentaste reducir velocidad con los frenos de delante y saliste despedida. Un vecino que pasaba en coche tuvo que llevarte al hospital y te pusieron puntos —me dijo tocándome la frente.

Yo no salía de mi asombro. De esa tarde sí que me acordaba. Habían sido dos puntos y dolió.

—Pero no me acuerdo de ti —musité, intentando ocultar mi desconcierto.

—Yo no era exactamente de la Banda. Yo era mayor. Ese día me uní porque mi hermano quería que tú y tu amiga…

—… Juana.

Daniel sonrió.

—Juana, sí, os llevarais un buen susto. Tú eras muy creída y prepotente. Una chula en toda regla. Pegabas a los chicos, incluidos a mis hermanos, bueno, hermanastros, y queríamos daros una lección. Yo te conocía de oídas. Mi hermanastro estaba harto de que le zurraras en el patio.

—¿Tanto?

—Debías de ser una buena pieza —asintió. Pero no sonreía—. ¿Te acuerdas de lo que pasó en el cementerio?

—Fumamos, y jugamos al juego de verdad o atrevimiento.

Y así fue como todo volvió. De repente se levantó la cortina tras la que había estado husmeando durante días y un olor a campo y a sudor infantil de tarde de primavera me alcanzó. Recordé un beso y sentí que el color abandonaba mi rostro. Los recuerdos son extraños. Yo me sentí mal por culpa de aquel beso, y ese sentimiento era un gran secreto guardado bajo llave incluso para mí.

—Vale —asintió él—. Veo que ahora sí te acuerdas.

—¿Te besé a ti?

—Eras la niña más guapa, la más valiente, la más atrevida. Mi hermano quería que te metiera miedo, pero decidí que besarte resultaría humillante.

Y lo fue. Todos nuestros amigos nos rodeaban. Nos estaban educando en un colegio concertado de monjas donde la moral católica nos hacía creer que gozar era pecado. Más aún si se trataba de un asunto relacionado con el sexo. Teníamos clase de religión dos días por semana, catequesis los lunes por la tarde, misa semanal y celebraciones religiosas habituales. Un Cristo presidía la clase y sus ojos sin pupilas nos observaban sin descanso. Las confesiones eran obligatorias. Nadie podía sustraerse a las normas. Ni siquiera los más atrevidos. Por si fuera poco, en mi propia casa cualquier asomo de feminidad era aplastada al instante. El color rosa era cosa de bebés y se tachaba de cursi. Las faldas y vestidos con volantes se reservaban para ocasiones especiales. Por supuesto, en la adolescencia, el maquillaje tuve que llevarlo siempre a escondidas.

—Y creo recordar que después alguien te lanzó una piedra —añadí.

Daniel carraspeó incómodo.

—Sí, es verdad.

—¿Quién fue?

—Mi hermano Ismael. Bueno en realidad, mi primo.

—Claro. Iba conmigo a clase. —Recordé el instante en el que me había dado la vuelta buscando el origen de la pedrada. Ismael guardaba cierta distancia y nos observaba con rabia. Tenía otra piedra en la mano y estaba dispuesto a lanzarla. Era el mismo niño que me había pegado un empujón en la panadería—. Ismael me odiaba. Lo recuerdo, claro. Era muy delgado. Siempre iba sucio y olía mal. Había temporadas en que os rehuíamos por culpa de los piojos.

—Sí, y te metías mucho con él por eso.

—Últimamente me he dado cuenta de que no debí de ser una niña muy agradable.

Su mirada se nubló. La conversación flotaba sobre nosotros, y los recuerdos desatados en los últimos día estallaron como fuegos artificiales sin concierto. Había luz, pero también negrura, ruido y mucho humo.

—Después del beso me venías a esperar a la salida del colegio —reviví—. Me dijiste que querías salir conmigo y te respondí que me lo pensaría, pero desapareciste.

Hurgué en mi memoria pero los recuerdos me esquivaban. Era incapaz de ver su rostro de entonces. Era alto y delgado.

—Me enviaron a estudiar formación profesional al centro.

—Recuerdo a tu primo. La maestra nos sentó juntos un trimestre. Luego él repitió curso. Era raro Ismael. A veces tenía la sensación de que le caía bien, pero otras parecía odiarme. Él también estaba obsesionado con las lagartijas. Recuerdo un tirachinas minúsculo que se inventó con unas gomas y el afinador que le robó a la profesora de música. Cuando terminamos octavo y pasé al instituto le perdí la pista. Creo que repitió, o que le echaron… ¿Qué fue de él?

—Murió.

—Vaya, lo siento —murmuré—. ¿Cómo?

Daniel se encogió de hombros. Se notaba que el recuerdo le escocía.

—Como la mayoría en el barrio —respondió seco.

—¿Por qué no me contaste antes que ya nos conocíamos? —le pregunté.

—Porque pensé que entonces me hubieras mirado con otros ojos.

—Se suponía que querías que nos conociéramos íntimamente, como nadie antes nos había conocido a ambos. Así que fue todo una mentira.

—Lo importante te lo conté. Yo acabé en esa familia que tú conociste cuando quedé huérfano. Mi tía me acogió como un hijo más.

—No entiendo por qué no me lo contaste. Y quiero saberlo.

Lo miré con dureza. Daniel se frotó las manos nervioso.

—Porque para mí aquel beso fue importante. No te voy a decir que desde siempre te he buscado porque no sería cierto, pero cuando volví a saber de ti, intenté acercarme. Era difícil salir del barrio y tener éxito, y yo sentí curiosidad por saber cómo lo habías conseguido. Sí, ya sé que tu familia tenía otro estatus, pero el barrio nos contamina a todos. Si yo hubiera sido un directivo como tu padre, jamás hubiera vivido allí. Esa mentalidad progre de tus padres me parece una auténtica estupidez. Tú pudiste irte, pero yo sé que algunos de tus vecinos, privilegiados como tú, cayeron en las drogas, y a pesar de las posibilidades de sus familias, no estudiaron. Quedaron atrapados como mis hermanos.

Tenía razón en que salir del barrio era difícil. De hecho era tan complicado que no conservaba a ningún amigo, ni siquiera conocido de aquella época. Pero, además, aquel beso no significó nada para mí. De hecho, lo que recordaba como importante fue el sentirme pretendida por un chico mayor. Si de impacto se trataba, su hermanastro o más exactamente su primo, mi compañero de clase, había dejado una huella mucho más profunda con sus ojos serios que se deshacían como barro cuando me observaba, sus zapatos rotos, su olor, o las gomas con las que recogía los lápices, pues jamás llevó un estuche.

—Tú no me recordabas, claro —continuó—. Obviamente, no fui tan importante para ti. Entonces, ¿qué razón había para descubrirme en el barco?

«Descubrirme», sí, ese fue el término que utilizó y que debería haber encendido las alarmas. Pero no lo hizo. Me inquietaba que tuviera razón. Yo no lo recordaba porque fue solo la idea de salir con un chico mayor la que me conquistó durante unas semanas. Y por eso, su recuerdo se desvaneció en el tiempo sin dejar rastro.

—Yo no soy la misma persona —dije.

—Sí, sí lo eres. Y yo también. Y aunque tú antes no me vieras, ahora sí me ves.

—Bueno, en realidad eso no es cierto. No es como si yo te hubiera elegido en esta ocasión. Tú, y las circunstancias, decidieron por los dos.

—Venga ya. Podías haber rechazado mi propuesta.

Me levanté nerviosa.

—Si aquello era el final, si íbamos a morir, ¿qué opciones tenía? Tú mismo lo planteaste así.

—Me deseaste, e incluso pensaste que aquello era amor.

—En el barco —maticé e insistí—. Cuando no podía elegir.

—No es verdad. Podías haber dicho que no.

Sus ojos azules, enormes tras las gafas de pasta, no me daban tregua mientras yo preparaba un té que no me apetecía.

—Vale, ya has confesado. Y ahora ¿qué? —pregunté. Procuraba mostrarme fría y dura, a pesar de que aquel hombre me atraía, más ahora si cabe tras la nueva pieza que se añadía al puzle. Compartíamos un origen, unas vivencias. Quizá por ello había sido tan fácil compartir intimidades. Y, sin embargo, las confesiones me habían agotado.

—Quiero estar contigo.

—Mira a tu alrededor. Esta es mi vida.

—Hazme un hueco.

—No.

Me acerqué a él y le acaricié el rostro. Lo hice sin pensar, fascinada por el chico que había salido de una barriada miserable y sin futuro, del mismo lugar que yo pero de una calle que estaba tan lejos de la mía como la Tierra de la Luna. Y desde ese lugar olvidado, por el que no pasan siquiera líneas de autobús para vergüenza de gobernantes y vecinos, había llegado a convertirse en uno de los hombres más poderosos del país.

Nos desnudamos allí mismo. Lo conduje al dormitorio y, en cuanto entramos, él bajó la persiana para que la penumbra convirtiera nuestros cuerpos en dos sombras sin identidad. Consciente de que el paréntesis que habíamos abierto no podía durar más de un par de horas, comenzó todo de nuevo. Intenté advertirle del peligro que corríamos en mi casa, pero él me puso el dedo en los labios:

—Ya lo sé. En un rato me voy.

Nos tocamos, penetramos, compartimos, degustamos, sin intercambio de palabras. Y cumplió lo dicho. A la hora se marchó y yo me concentré en arreglar los destrozos, rebobinando la tórrida secuencia de acontecimientos hasta que todo quedó borrado.

Me metí en la ducha extrañamente apaciguada, aliviada tras meses de angustia. ¿Había sido aquel el punto y final de nuestra relación? Sus últimas palabras «me voy» resonaban en mi cabeza deslizándose por mi pecho como un bálsamo. Por fin, seguiría adelante con mi vida. El cuerpo había sido medicado contra el deseo de la única forma eficaz.

33

Aquella tarde estuve atenta a las niñas, concentrada en sus deberes, en bañarlas y peinarlas dedicándoles el tiempo necesario, sin
las habituales prisas. Les leí cuentos y, a las nueve en punto, cuando llegó Álex, se encontró con una mesa bien vestida, velas, un
plato de pasta con almejas que le encantaba y una botella de vino
ya abierta. Yo me había arreglado con esmero y estaba dispuesta a
poner todo de mi parte para que mi familia recuperara la felicidad. Yo, yo y solo yo, aprendería a vivir con mi traición y, ahora
sí, jamás volvería a pensar en Daniel. El pasado quedaría enterrado para siempre.

Álex me besó esperanzado y nos sentamos a cenar. Pronto yo
estaba soltando carcajadas con sus ocurrencias y el ambiente de buen
humor terminó por relajarle. A mí también. Éramos los de antes.
Nos bebimos la botella de vino. Me levanté varias veces para atender la cena, cosa poco habitual entre nosotros.

—Espera, Virginia —me pidió haciendo un gesto para que volviera a sentarme—. Ahora me toca a mí.

—No pasa nada. Tú has estado todo el día fuera. Hoy es un
día especial. —Y me dirigí a la nevera.

—¿Y eso por qué?

Me volví con el frutero y una sonrisa coqueta.

—No lo sé. Porque te quiero. Porque las niñas son preciosas y hemos construido un hogar que valoro por encima de todo.

Mi marido sonrió un poco confundido.

—¿Eso quiere decir que hoy no hay tele?

Volví a dejar el frutero en la encimera y desaparecí hacia el dormitorio.

Me sentía bien, como si me hubiera deshecho de un terrible peso. El corazón andaba ligero. Cuando Álex entró en la habitación, yo ya estaba en ropa interior. Álex se dejó llevar. Recibió mi invitación con agrado y pronto rodábamos sobre la cama. Sus manos recorrieron mi espalda y se quedaron prendidas a mis nalgas empujándome hacia él con fuerza. En ese preciso instante, me vi a mí misma con total objetividad y crudeza. Era la amante de otro hombre. Y el pensamiento, lejos de alejarme de mi marido, me excitó como jamás hubiera imaginado. El ritual, tan conocido y previsible, se convirtió en un juego perverso en mi cabeza. Y sí, disfruté.

Al despertar, Álex dormía junto a mí. Me quedé muy quieta, con la mirada clavada en la lámpara de cristales que colgaba sobre nosotros. Mi cabeza estaba extrañamente vacía y los pensamientos tardaron en volver a mí. Yo que siempre había criticado a los que aseguraban que una infidelidad podía ser la mecha que necesitaba un matrimonio para mantenerse unido, había sentido un placer desconocido e intensísimo. Me volví hacia mi marido. De repente me parecía un desconocido. O quizá era yo. Yo era la desconocida. Dormía con placidez en el mismo lugar donde hacía apenas unas horas Daniel había dejado su huella. ¿Cómo me había atrevido? ¿Cómo podía resultar tan estimulante? Y, sobre todo, ¿cuánto duraría esa sensación tan excitante que te da vivir al límite?

El sexo con Daniel me había hecho redescubrir mi propio cuerpo, desear el placer, sentir mi piel viva y ahora se añadía otro descubrimiento extravagante: había sido infiel y el cielo no había caído sobre mi cabeza. Nadie me apuntaba con una pistola. Mis hijas dormían plácidamente y Álex estaba satisfecho. Mis actos solo tendrían consecuencias si yo se lo permitía.

34

Con sigilo, abandoné la cama y entré en el baño. Me miré en el espejo. Llevaba meses sin cortarme el pelo. El flequillo me tapaba los ojos. Resolutiva, saqué la tijera y acabé con una media melena desordenada. Juvenil y rebelde, me dije satisfecha y recuperando seguridad. Recordé las palabras de Daniel en el barco parafraseando a Žižek: lo que define la ética contemporánea es la transgresión de la norma, y aquí estaba la nueva Virginia: no deseaba perder a mi familia, quería volver a estar con Daniel y el sexo con Álex no solo no se había visto perjudicado sino todo lo contrario. Pero ¿cuánto duraría? Somos incapaces de eliminar la variable tiempo de la ecuación de la vida y ahí empieza nuestra propia muerte. Daniel y yo ya no nos mecíamos sobre un barco a la deriva sin tiempo más allá del presente. De regreso a nuestras vidas, el tiempo ya no estaba suspendido ni embalsamado. Allí todo fluía, y, lo que es más importante, discurría junto a la vida de otros, personas que me importaban y a las que yo amaba. Y tras el cuánto, venía el temido cómo. ¿Cómo terminaría? Pero entonces mi razonamiento estaba demasiado nublado para pensar más allá del siguiente encuentro con Daniel.

Me asomé por la puerta entreabierta. Mi marido dormía, igual que había visto dormir a Daniel. Era capaz de reconocer que el sexo con Álex había funcionado no porque hubiéramos conectado, sino porque yo había sido capaz de construir un papel nuevo para mí y creérmelo. Es difícil saber qué pasa por la mente de tu compañero sexual, si está contigo realmente o no, porque incluso cuando amas, su compañía se ha convertido en parte de tu paisaje cotidiano y a menudo te ves obligada a hacer volar la imaginación para seguir compartiendo fluidos. Con Daniel sí me sentía yo, sin necesidad de imaginar. Por supuesto había sido así con Álex al principio, durante los primeros años, antes de que el sexo se convirtiera en, eso sí, un apetecible deber conyugal. Ahora sé que también en esto me equivocaba. El sexo implica imaginación en sí mismo, y la imaginación es siempre cosa de uno.

Cerré la puerta con cuidado para no despertarlo y entré en la ducha recordando los abrazos de mi marido, de nuevo excitantes, y ahora oscuros. Salí y limpié el vaho del espejo con la toalla. Mi mirada dura me sacudió. Algo, o mucho, de la filosofía individualista de Daniel había calado en mí y sí, me había vuelto una mujer diferente. Me sentía capaz de vivir una aventura extramatrimonial con total frialdad. Sin remordimientos. Oí que mis hijas se despertaban y, al rato, la cisterna en su baño. Me apresuré a vestirme.

Fui tan amable y solícita con las niñas y con Álex que todo fueron cariños para mamá aquella mañana. Álex sugirió que, ya que se había retrasado, acercaría él a las niñas al colegio de camino a la oficina. Cualquier oportunidad de pasar tiempo con su padre era siempre recibida con gran entusiasmo. Nos despedimos en la puerta. Besé a las niñas y después me volví hacia Álex con una sonrisa. Él buscaba mi mirada con amorosa curiosidad. Se acercó para besarme en la boca mientras las niñas llamaban al ascensor.

—Vendré a comer —anunció.

Algo en mi mirada debió turbarse.

—¿No te viene bien? —se apresuró a preguntar desorientado.

—Me viene perfecto —respondí—. Prepararé merluza gratinada.

Asintió y cerré la puerta. Intuí que acababa de cometer el primer error.

35

Cuando Álex vino a comer, busqué mil excusas para no hacer el amor. No supe de Daniel aquel día. Ni al siguiente, ni al otro. Mi humor empezó a empeorar y el sexo también. Pero no me atrevía a buscar a Daniel. Temía el rechazo. Sentí de nuevo la frustrante espera de la adolescente que teme haber sido despechada por un primer amor. Casi no comía y pronto perdí un par de kilos. Álex se dio cuenta, claro, e intentó sonsacarme. Él empezaba a perder la paciencia y yo necesitaba hablar con alguien.

—Tienes mala cara —dictaminó Natalia nada más verme. Había dejado a las niñas en el colegio y me había presentado en su casa sin avisar. Vivía en un ático en pleno centro. Era un inmueble original también heredado de su abuela. Tomamos asiento en el salón, frente a la magnífica vista de la Gran Vía.

—Tengo un amante —confesé—. O eso creo.

Natalia no dijo nada. Se levantó y se dirigió al mueble bar.

—¿Vas a beber tan temprano? —le pregunté extrañada, al ver que se servía un whisky sin hielo.

—Hacía años que no tenía una buena excusa para hacerlo a esta hora. Y se me va a poner malo. Últimamente la gente solo quiere gin-tonics.

—Yo no quiero —advertí nerviosa.

—A ti no pensaba ponerte nada —respondió arqueando una ceja. Y regresó al sofá con un vaso en el que se había servido un dedo del destilado—. Vale, te escucho.

—Es Daniel —confesé.

—¿Y no confiabas en mí?

—Creí que se había acabado, que era mejor pasar página y olvidarlo todo. Me siento fatal.

—Tienes el síndrome del médico de guardia —dictaminó comprensiva—. Te has pasado muchas más horas de lo que sería normal con un hombre que, por lo que sé, no es ningún adefesio, en un barco a la deriva, sin nada que hacer ni que pensar. Eres joven y guapa. Nadie, te aseguro, nadie hubiera logrado prescindir del sexo en semejante situación. Decir lo contrario es una hipocresía.

—No quiero excusarme —masculle frotándome los nudillos nerviosa.

—Sí, sobre todo porque el que estés aquí significa que te has enamorado, encaprichado o lo que sea, y tampoco te interesará aceptar que lo que te ha pasado entra dentro de lo normal.

—¿Cómo que no me interesará?

—Al enamorarnos, creemos que nuestra experiencia es única e irrepetible por otros actores, claro.

—Ya... —Me levanté abrumada—. He intentado evitarle, pero el otro día apareció en mi casa y volvimos a acostarnos.

—¿En tu casa? —me preguntó ahora sí atónita.

—No fue planeado. Él tenía algo que contarme. Verás, parece que en realidad ya nos conocíamos. Solo que yo no me acordaba. —Me estremecí—. ¿Puedo cerrar la ventana? Tengo frío.

Natalia asintió sin dejar de observarme mientras yo la cerraba.

—Él y yo crecimos en el mismo barrio. —Noté la ceja de Natalia poniéndose en guardia. Continué—: Éramos de la misma banda de chavales. Montábamos en bici, jugábamos juntos...; él era un poco mayor. En una ocasión incluso nos besamos. Como te digo, yo no me acordaba de él.

—¿No te acordabas ni siquiera de su nombre?

—Bueno, esa es otra historia.

—Pero él sí sabía a quién contrataba.

—Sí.

—Y te buscaba para seducirte.

—Creo que sí.

—Pues casi le sale muy caro el plan —comentó enfadada—. Qué cabrón. ¿Y ahora qué quiere? ¿Que dejes a tu marido y te vayas con él?

—No sé qué quiere. Y además, yo no pienso dejar a Álex. Pero esto que siento es una maldición que no sé cómo conjurar. Necesito saber quién es Daniel realmente. No es solo la atracción física, Natalia. Ni tampoco la erótica del poder. Hay algo más. Tiene una personalidad intensa y poderosa. Por eso no entiendo, ¿cómo es que no le recuerdo? Sí, me acuerdo de un beso en el cementerio, pero en su momento no significó gran cosa para mí. El beso, sí, lo recuerdo porque era una especie de pecado en aquella época en la que éramos todos tan píos, pero él...; recuerdo que mis amigas tenían todas un enamorado y después del beso, él se presentó en el colegio y me pidió salir. Fue tan inesperado que le dije que me lo pensaría. En cuanto desapareció de mi vista, advertí que había metido la pata, que él podía ser un novio del que presumir con mis amigas. Era alto, bien plantado, vestía siempre con camisetas negras y vaqueros ajustados, tenía fama de malote y una moto. Empecé a fantasear sobre cómo sería ser su novia. Escribí su nombre en la carpeta del colegio en letras adornadas, y confesé a mis compañeras, entre susurros y haciéndome la interesante, que era mi novio. Pero para mi vergüenza, él no volvió a aparecer. Se desvaneció por completo. No volví a verlo. Por supuesto, difundí la historia de que nuestra historia había terminado porque mis padres no lo consideraban adecuado. Meses después, ni su rostro recordaba.

—Bueno, los recuerdos son selectivos, y más los de la infancia.

Asentí atrapada por la melancolía y el dolor de haber perdido sin haber tenido siquiera, por no haber conocido sino a través de mis propios deseos adolescentes. ¿Iba a sucederme ahora lo mismo? ¿Mi historia con Daniel, tan emocionante, tan obsesiva…, desaparecería en la fosa de los recuerdos? Lo haría, sin duda, a menos que conociera realmente a la persona, al margen de mi historia con él.

—Desde que estuve en el barco, me acuerdo con frecuencia de mi niñez. Llevaba años sin hacerlo.

—La cercanía de la muerte suele obligarnos a hacer balance. Dicen que toda tu vida vuelve a aparecerse ante ti como una película.

—Quizá, pero qué casualidad que Daniel me confesara que nosotros ya nos conocíamos. Lo que había tachado de aventura extramatrimonial parece haberse transformado en la continuación de una historia marcada por el destino. Y eso sí es preocupante.

Natalia me miraba sin moverse. El vaso seguía en su mano. Parecía haberse olvidado de él.

—Estoy pensando en regresar al barrio —continué.

—¿Al barrio? —repitió confundida.

—Quizá allí encuentre las respuestas que necesito.

—No comprendo cómo eso va a cambiar lo que sientes por Daniel.

—Necesito saber quién es realmente antes de tomar una decisión. No puedo aceptarlo de amante sin más. El problema es que intuyo que sería capaz de tener una doble vida y no creo que Álex se lo merezca.

Natalia me miró intrigada.

—¿De verdad serías capaz?

—Y creo que, con un poco de entrenamiento, incluso lo disfrutaría —reconocí sin escrúpulos.

Y disfruté también de la impresión que mis palabras causaron en mi amiga. Daniel tenía razón: la falta de escrúpulos te hace sentir poderoso. Me di miedo a mí misma.

36

Regresé a casa caminando. Ya tenía un plan. Cogí el móvil y busqué su número sin detener el paso, como si mis piernas ya me estuvieran conduciendo hacia él. Esta vez no saltó el buzón de voz.

—Virginia —respondió al instante.

—Necesito verte.

—¿Dónde estás?

—Caminando por la Gran Vía hacia Cibeles.

Se hizo un segundo de silencio.

—Te veo en la puerta del Ritz en media hora. Habitación trescientos veinte.

Colgué sin dejar de caminar y me apresuré voraz, anticipando el encuentro. Mis pies volaban aunque la atmósfera, los peatones, los coches, las inevitables paradas ante los semáforos, ofrecían resistencia, intentando robarme unas fracciones exquisitas de tiempo al lado de Daniel. Los minutos se me hicieron eternos y a pesar de ello llegué al Ritz antes de lo esperado.

—¡Virginia!

Me volví aturdida. Álex estaba con un grupo de hombres trajeados en el hall del hotel.

—Hola, cariño —le saludé con naturalidad, acercándome para besarle.

—¿Qué haces aquí?

—He quedado con Natalia. Me quiere presentar a un posible editor. ¿Y tú?

—Acabo de llegar. Nos acaban de citar con Augusto de Castro, el millonario brasileño. Quiere invertir en energías renovables y nos podía atender ahora. He salido del despacho disparado —me explicó.

—Claro. Pues suerte. ¿Nos vemos en casa entonces?

—Si termino pronto, te busco y saludo a Natalia.

Le di otro beso y me alejé hacia uno de los salones. Noté su mirada en mi espalda. Qué casualidad. De todo Madrid, teníamos que acabar allí los dos. Me fijé en el anuncio del servicio de señoras. Al darme la vuelta vi que, como me temía, me observaba con curiosidad. Le sonreí y entré en el baño.

El espejo me devolvió mi imagen sacando una polvera y una barra de labios. Tenía las mejillas sonrosadas por las prisas y las emociones. La culpabilidad me sentaba bien. Terminé de retocarme y salí. Álex y su grupo habían desaparecido del hall. Me hubiera quedado más tranquila teniéndolo localizado. Temía que me descubriera esperando el ascensor. Casi decidí marcharme. Cogí incluso el teléfono para avisar a Daniel, pero en el último momento, en vez de hacerlo, lo desconecté. El ascensor que conducía a las habitaciones se abrió en ese preciso instante y entré.

El pasillo de la tercera planta estaba desierto y la mullida moqueta garantizaba un silencio digno de cinco estrellas. Golpeé la puerta con los nudillos. No tardó en abrirse. Daniel me recibió con el rostro serio. Tiró de mí y, sin mediar palabra, cerró la puerta.

—Espera, espera —le pedí sin demasiada convicción—. Mi marido está abajo…

Me puso el dedo en los labios. No le importaba, como era habitual en él. Y esta vez actuamos los dos como salvajes. Ni siquiera nos quitamos la ropa. Me desgarró las medias y rompió las bragas de un tirón. Todo sucedió apoyados en la puerta de la habitación. Llegué antes que él al orgasmo. Él me siguió al instante.

—Tengo que irme —anuncié mientras me sentaba en la cama para quitarme las medias y las bragas rotas. Me miré en el espejo para atusarme el pelo y con un clínex me retiré los restos de carmín de los labios. Mientras, él abrió las cortinas y una luz brillante inundó la habitación. Se sentó en un sillón a observar cómo me recomponía.

—¿Tienes un plan? —le pregunté incómoda.

—Quedarme con todo.

Lo miré intrigada. Hubiera esperado un «quedarme contigo», pero ¿qué era todo?

—¿Y cómo lo vas a conseguir? No voy a dejar a mi marido, ya te lo he dicho.

—No hace falta —respondió encogiéndose de hombros con prepotencia. Un destello de rencor apareció en sus ojos. Fue apenas un instante, una bajada imprevista del telón que él intentó cubrir levantándose y acercándose al espejo. La imagen de los dos rostros reflejada no la olvidaré jamás. Sus labios se acercaron a mi oreja. Pensé que iba a susurrarme algo pero me besó con suavidad. La piel de todo mi cuerpo volvió a erizarse pero no de placer, sino de miedo. Asomó ese hombre calculador e, intuía, despiadado. Ander, el desconocido.

—Esto pasará —murmuré intentando serenarme—. Se nos pasará.

—A mí no.

Una hora después regresaba a casa convencida de que amaba a aquel hombre, aunque tuviera que darle vueltas a eso que llamamos amor. Nos había nutrido la misma tierra. Compartíamos raíces. Le amaba y también le temía. Yo no era su primera amante. Podía imaginarlo con otras mujeres. La idea no me hacía daño como lo hubiera hecho de tratarse de Álex. Más bien, me intrigaba: ¿cómo sería Daniel con otras? Al recordar a mi marido me embargó una sensación de malestar repentina. No era la conciencia, sino mi sexto sentido advirtiéndome de que algo no iba bien. Llamé a Natalia. Atendió enseguida.

—¡Virginia! Me ha llamado tu marido.

—Me lo imaginaba.

—Decía que no nos encontraba y que tú tenías el teléfono apagado.

—¿Y qué le has dicho?

—Que había cancelado nuestra cita en el último minuto porque estoy con gastroenteritis y que habrías regresado a casa. ¿Dónde se supone que estábamos?

—En el Ritz.

—Ah, claro. —Se quedó en silencio pensativa—. No sé si lo habrá creído. Me ha dado pena, Virginia.

—Siento haberte metido en esto. Gracias. Te llamo pronto —terminé con frialdad. Y colgué sin esperar que respondiera.

Volvió a sonar el teléfono. Pensé que sería Álex pero no conocía el número.

—Dígame.

—Soy yo. —Era Daniel—. Vuelve al hotel.

—No puedo —respondí, pero sus palabras ya habían ralentizado mis pasos, como si me tiraran de una correa.

—Claro que sí. Tu marido ya se ha ido.

—¿Cómo sabes que se ha marchado?

Se calló. Con el ruido del tráfico, pensé que la llamada se había cortado.

—¿Daniel?

—Porque yo también lo he visto.

—¿Y él a ti?

—No, tranquila. ¿Puedes volver y hablamos?

No debía y quizá no quería, pero volví.

37

Volví a llamar a la habitación y la puerta se abrió sin demora. En su mirada había ternura y una pasión tan honda, tan llena de admiración al mismo tiempo, que me dejé llevar a la cama. Fue dulce esta vez, apasionado y tierno. Todo lo que no había sido hacía apenas una hora. Tras el orgasmo, quedamos abrazados. Él se echó a un lado para contemplarme.

—¿Por qué casi no me acuerdo de ti? —le pregunté.

—Será que los chicos pobres no te llamábamos la atención.

—No es verdad. Desapareciste y te busqué. Juana me ayudó a hacerme la encontradiza por lugares por los que se te solía ver. Pregunté a Ismael. Pero él nunca hablaba. Era imposible entender qué le pasaba por la cabeza.

De repente regresó el rostro de Ismael. Regresó su olor del que yo me alejaba cuanto podía aunque el pupitre que compartíamos no me permitía ir muy lejos. Temía que el olor pudiera contagiarse. Hacía cosas terribles a las lagartijas y siempre andaba pegándose con alguien... y sus uñas siempre eran negras. Parecía odiarme. Un día me acorraló en el baño de chicas. No sé por qué. Le di una patada tremenda. Yo era delgada y de apariencia frágil, pero me encendía al instante y entonces una furia poderosa y primitiva me invadía, una cólera que no podía controlar. Y pegaba, mordía y tiraba del pelo sin importarme quién estuviera delante ni medir las consecuencias.

—Supongo que la pobreza da miedo —continué pensativa. Eso lo había aprendido mucho después, recorriendo el planeta con mi cámara. Suspiré profundamente—. Y ahora está muerto, y yo lamento lo mal que me porté con él.

—La pena y el arrepentimiento no sirven de nada. El único consuelo para el que de verdad ha sufrido lo aporta el castigo.

—No crees eso de verdad. La humanidad ha superado por algo el ojo por ojo y diente por diente. El perdón de la víctima es la única cura para cerrar una herida.

—Bálsamo, no cura. Para mí el perdón es la manera que tienen los débiles de consolarse.

—Pero qué dices. Todos necesitamos perdón.

—Yo asumo las consecuencias de mis actos. Lo que sucede es que la mayoría de las personas no están dispuestas a hacerlo y por eso inventaron el perdón, un pacto para que la moral pueda relajarse.

—¿Tú me hablas de moralidad?

—Sí, yo soy consecuente con mi propia moral. En cambio tú no. Lo miré cabreada.

—No, Virginia. Tú no sabes qué debes o no debes hacer. Y de hecho, en pocas semanas has cambiado varias veces tu forma de interpretar el mundo. Eso es algo que hace la mayoría. Todo el tiempo. Yo no.

—Tú matas, engañas, extorsionas…

—Yo sí sé quién soy. Y tú estás ahora conmigo, en la cama.

No le entendía. Intentaba aclarar mis ideas, encontrar un asidero moral al que agarrarme, pero yo misma había ido soltando todos los nudos. Noté su mano recorriendo mi espalda con suavidad.

—No te enfades, Virginia. Soñar está bien, pero despertar es mejor —susurró—. Ya lo verás.

—¿Y eso qué significa? —pregunté volviéndome hacia él, incapaz de controlar mi cabreo.

—Bueno, ya veremos —respondió—. Por ahora, vuelve aquí.

Sonó su móvil. Estaba en mi mesita de noche, bajo una camisa. La luz parpadeante hizo que lo detectara y se lo pasé.

—Sí…, lo que haga falta. No me llames más a este número —ordenó antes de colgar. Y esa voz suya, vacía de emoción, se coló como una corriente fría entre las sábanas. Me incorporé para vestirme.

—Me voy.

—¿No quieres comer antes? Son casi las cuatro.

Entonces recordé a Álex. Habíamos quedado en casa para almorzar.

38

«¿No quieres comer antes? Son casi las cuatro.» Las palabras de Daniel martilleaban en mi cabeza mientras corría hacia mi casa. Subí por las escaleras de dos en dos para no esperar el ascensor. Abrí la puerta casi sin resuello y descubrí el abrigo de Álex apoyado en el sillón de la entrada.

—¿Álex?

Nadie respondió. Caminé hacia el comedor. Al pasar por mi despacho me fijé en que la puerta estaba abierta y Álex frente a mi ordenador.

—¿Qué haces ahí? —le pregunté alarmada. Sus ojos destellaban furiosos—. ¿Qué tal tu reunión?

—¿Dónde estabas?

—Perdona, se me olvidó que venías a comer.

—Vale, pero ¿dónde estabas? —insistió.

—Natalia me dio plantón y me fui de tiendas. Se me fue la cabeza. Pero ¿qué pasa? ¿Estás fisgoneando en mi ordenador?

—No me creo nada, Natalia.

—Pero ¿qué tienes que creer?

—Daniel también estaba en el hotel. Nos encontramos en el hall. ¿No son muchas casualidades? Virginia, por favor, no me engañes.

Hice un gesto de desgana. En realidad estaba confusa, intentaba ganar tiempo para encontrar algo que decir. Así que Daniel había hablado con Álex... Demasiadas piezas no terminaban de encajar y me sentí como un insecto atrapado en una telaraña, solo que no sabía quién terminaría por darse un festín.

—Sí, es verdad. Daniel se está haciendo el encontradizo pero, de verdad, eso no importa. Yo estoy aquí.

—¿Sabes qué me parece muy raro? Que no haya una sola fotografía de él en tus álbumes de las islas.

—Venga, déjalo ya.

Me sostuvo la mirada sentado en mi silla de despacho. Yo estaba de pie. Resoplé:

—Sí, es verdad, Daniel me busca. Pero tú me conoces y él representa lo que yo más aborrezco en el mundo y por eso lo he borrado del álbum. Solo quiero olvidar todo el asunto. Ayúdame, por favor.

—No te creo. No puedo creer que te hayas vuelto tan cínica como para que no te importe el que un tío se haya obsesionado contigo.

—Ahora estás exagerando.

—Tenemos un problema. Tú y yo. Y si no es cinismo es estupidez por tu parte. Él es el único que se divierte con todo esto, metiendo el dedo en nuestro matrimonio. ¿O es que crees que te quiere de verdad?

—No eres tú el que habla ahora. Son los celos.

Soltó una carcajada amarga.

—¿Sabes qué me ha dicho el muy cabrón? Que te quiere, que va a luchar por ti y que te deje espacio para que tú decidas con quién quieres estar. No sé hasta dónde estás involucrada, pero lo que sí veo es que su equipo va ganando. No soy idiota, Virginia.

Se levantó y pasó por delante de mí como si yo no existiera. Me sentía engañada por Daniel. Convertida en un peón. Si Álex, en ese momento, hubiera sido capaz de sobreponerse al dolor de la traición y abrazarme, la historia hubiera sido muy distinta. Pero no lo hizo. Y a partir de ahí, las cosas solo podían empeorar.

—Sabes lo peor: yo ni siquiera tenía que haber estado allí. La reunión al final no tuvo lugar. Pero parece que el destino había decidido que ya era hora de que yo despertara.

—Álex, por favor, no te vayas así. ¿No entiendes que está intentando separarnos? Entre nosotros no hay nada. ¿En qué idioma necesitas que te lo diga? ¿Cómo puedes creer antes a un perfecto desconocido que a mí?

—¿Vas a recoger a las niñas esta tarde o también hoy se te olvidará? —me preguntó gritando.

Meter a las niñas en la conversación me sacó de quicio. Me acerqué a la puerta.

—¿Sabes qué? ¡Eres idiota, sí! —le grité.

Álex, que se alejaba por el pasillo, se detuvo y se abalanzó sobre mí. Pensé que me iba a pegar y me protegí con las manos. Pero se contuvo en el último segundo. Estaba fuera de sus casillas. Sus ojos inyectados en rabia y odio.

—Solo falta que encima me lo digas a la cara, ¿no te parece? —concluyó entre dientes—. ¡Maldita sea!

Golpeó la pared con todas sus fuerzas y salió de mi despacho. Al momento me sobresaltó un portazo. La puerta de la calle. Me senté frente al ordenador temblando y con la respiración entrecortada. Busqué la carpeta donde había escondido las fotos de

Daniel. Las arrastré hasta la papelera y una vez allí estuve a punto de pulsar la tecla de eliminar definitivamente, pero algo dentro de mí lanzó un aviso. Incluso mis latidos desbocados se detuvieron. Una luz parpadeante de color verde apareció ante mí: el móvil encendido de Daniel sobre la mesita de noche del hotel, bajo la camisa. Apenas un minúsculo punto de luz. Busqué frenética la foto con el inexplicable píxel verde y allí apareció: un diminuto punto verde bajo la ropa encima de la mesita. Estudié la foto con detenimiento, y también las anteriores y posteriores. No era un error de la cámara. El móvil de Daniel funcionaba. Es más, si el generador del barco en teoría estaba estropeado, ¿cómo se las había arreglado para cargar las baterías de su móvil? Solo había una explicación: me había engañado. Nunca estuvimos perdidos. Aunque su móvil no hubiera tenido cobertura, la radio sí.

La revelación desató una tormenta de dudas y recuerdos inquietantes. El dragón o la lagartija que me perseguía, los encuentros accidentales, el falso embarazo de la mujer de John y el que Daniel se convirtiera en mi guía por las islas en el último momento. Y el razonamiento me llevó hasta mi pasado más inmediato: el encuentro fugaz en el hotel, ¡incluso Álex había terminado allí tras una llamada imprevista, una cita de última hora! Cita que finalmente no se había producido. No daba crédito, pero las pistas confluían de manera asombrosa. Las piezas encajaban pero no tenía lógica. ¿Un amor de juventud podía desatar semejante conjura? ¿Un amor que había significado tan poco, tan poco para mí al menos? Una persona normal y equilibrada no sería capaz de llegar tan lejos, razoné. Pero estaba claro que Daniel no era normal y que su equilibrio se basaba en un sistema de pesos y medidas distintos al del resto.

Volví a esconder las fotos en la carpeta del colegio de las niñas. Intuía que me faltaba información para poder decidir el camino que debía seguir. Me entristeció la escena recién vivida con mi marido. Había convertido a mi amigo, mi amor, mi vida hasta hace muy poco tiempo, en un desconocido violento que a punto había estado de golpearme. Y de nuevo, tuve que reconocer el poder de las circunstancias para hablar de quiénes somos. Sonó mi móvil. Era un número oculto.

—¿Se ha molestado mucho tu marido? —preguntó la voz de Daniel.

—¿Por qué has hablado con él?

—Álex no es para ti.

—¡Déjanos en paz! Todo este tiempo has estado mintiéndome. Eres un hijo de puta. ¡Lo del barco fue un montaje!

Se hizo un silencio al otro lado del teléfono.

—¿Sigues ahí? —pregunté fuera de mí—. ¿Ahora vas a desaparecer?

—No.

—Tenías un teléfono y el generador del barco funcionaba, maldito seas. ¿Cómo pudiste?

Fui capaz de oír mi respiración acelerada y recé porque me diera una buena explicación, que mis elucubraciones fueran solo eso.

—Virginia, tú y yo venimos del mismo lugar. —De repente, su voz era tan calmada y tan profunda que un escalofrío me trajo sus manos, su sexo dentro de mí—. No dejes volar tu imaginación. Pero, aunque lo que piensas fuera cierto, ¿qué tiene de malo usar los medios a tu disposición para conseguir lo que deseas?

—¿Cómo puedes ser tan cínico? ¡No todo vale! ¿Cómo pudiste?

—¿Cómo pude qué?

—Hacerme creer que estábamos perdidos. ¡Pensé que iba a morir, Daniel!

—No entiendo a qué te refieres.

—¡Deja de negarlo!

—Lo único que importa es que quieres estar conmigo. Y que yo nunca te haría daño.

—Ya lo has hecho —repliqué.

Soltó una carcajada fría que me heló la sangre.

—Vale, Virginia. Pues más daño del que podrías soportar. Venga ya, tú no sabes qué significa sufrir.

—No sé qué es sufrir como tú, quieres decir —terminé yo.

—No me gustan los dramas, y menos por teléfono —dijo con absoluta templanza—. Al final todo se resume a una cosa, Virginia: tú quieres estar conmigo. Y yo te lo voy a facilitar. Eso es todo.

—¿Qué quieres decir?

—Que lo hago lo mejor que puedo —respondió. Su voz de nuevo me acariciaba—. Lo hago lo mejor que puedo, Virginia —repitió—. Tu marido, sin embargo, sí es peligroso.

El corazón me dio un respingo y tuve una intuición. Daniel siempre me llamaba a la hora exacta.

—¿Cómo lo sabes? —le pregunté.

—¿Cómo sé qué?

Paranoica o no, la luz de la cámara de mi ordenador estaba encendida. ¿Sería posible que estuviera espiándome?

—¿Estás espiándome? ¡No puedes hacer eso!

Las dudas se habían convertido en decenas de ojos que me acechaban desde la oscuridad. Colgué el teléfono sin esperar respuesta, sabiendo que sus palabras solo me hubieran confundido más, y apagué el ordenador.

Muy alterada, cogí el teléfono de nuevo. Pero lo pensé mejor y colgué. Mis sospechas no estaban confirmadas. De ser ciertas, debía ser cuidadosa y averiguar más. Estaba en juego mi supervivencia. Por eso, bajé a la calle y entré en el primer bar que encontré abierto. Un camarero secaba vasos con parsimonia mientras que su único cliente, por la edad ya jubilado, leía el periódico. Pedí un café y permiso para utilizar el teléfono fijo. Llamé a Zulena para que recogiera a las niñas del cole. Yo tenía que salir de viaje. Un tío mío se había puesto enfermo. Empezó el bombardeo de preguntas pero la corté sin contemplaciones. En apenas unos minutos, regresaba a casa para preparar una maleta rápida. Puede que no supiera en qué me había metido, pero lo iba a averiguar.

39

A mis cuarenta y cuatro años, yo era una necia. Una necia convencida de no serlo, como todos los necios. Creía que cuanto más conoces a una persona, más segura estás de sus reacciones, de lo que puedes esperar o no. Por eso el comportamiento de Álex me había causado una profunda conmoción. Le llamé desde el tren.

—Álex, tengo que irme un par de días fuera. Vuelvo a mi ciudad y a mi barrio —recuerdo que fue así como lo dije. Así lo sentía. «Vuelvo» a mi barrio. Como si tuviera un sitio al que regresar cuando yo misma había quemado los puentes antes de abandonarlo. Unos meses antes «voy» hubiera sido el verbo elegido.

—¿Te vas con él? —preguntó. Noté su confusión.

—No. No me voy con él —le respondí intentando mantener la calma—. ¿Te acuerdas de Juana? Bueno, en realidad, no sé si te he hablado de ella. Una amiga de la infancia. Me ha llamado hace un rato. Está con un cáncer terminal y voy a verla. Así nos damos tú y yo unos días.

—Vaya…, lo siento, Virginia. No sé qué me ha pasado… Pero ¿hace cuánto que no la ves?

—Casi treinta años. Pero quiero verla. Es importante para mí.

—¿Y cuándo te vas?

—Estoy ya en el tren. Puede ser cuestión de horas.

Álex se quedó callado.

—¿Álex? ¿Sigues ahí?

—Sí. ¿Y las niñas? —preguntó ahora con frialdad.

—Dile que las quiero.

—Querer no basta, Virginia. No son una bufanda que te pones cuando necesitas estar caliente. Son dos personitas con necesidades.

—Estupendo, ¿ahora vas a usar a las niñas?

—Yo no. Pero no voy a mentir por ti. Tú puedes hacer lo que te parezca.

—Ya he hablado con Zulena. Espero volver mañana, pasado a más tardar. En cuanto encuentre un hotel, te aviso para que sepas dónde estoy

—Esto de irte ahora es muy raro. Te das cuenta, ¿verdad?

—No te oigo bien. Igual me quedo sin cobertura. Estamos entrando en un túnel.

—Llámame cuando llegues.

Colgué aliviada. Había trazado un plan. Eran tres horas de tren. Llegaría sobre las siete de la tarde. Tiempo suficiente para buscar un hotel y comenzar las indagaciones. Por primera vez en meses, yo estaba al mando.

Rebusqué en mis recuerdos hasta dibujar un plano del barrio en mi cabeza. La plaza, la iglesia, mi calle, las calles adyacentes, el descampado y la zona pantanosa… Esperaba que nadie me reconociera. Si nadie me veía, sería como si no hubiera estado allí, nada de mí quedaría, ni el comentario de mis antiguos vecinos. Intuía que además cualquier encuentro podría desatar fantasmas que no deseaba volver a invocar.

40

Me alojé en un hotel en el centro de la ciudad. Prefería coger luego un autobús hasta el barrio. Cerca de la casa de mi infancia había un hostal, pero no soportaba la idea de dormir allí. Recordé la sensación que de pequeña me embargaba cuando mi madre apagaba la luz y yo me quedaba en la cama. Me arrebujaba en las mantas para asegurarme de que ninguna parte de mí, brazo o pierna, se saliera del colchón en medio de la noche por miedo a que un monstruo andrajoso emergiera y tirara de mí. Y así me dormía todas las noches, muerta de miedo. Por alguna razón que no puedo explicar dormir en el barrio despertaba en mí los mismos temores infantiles. Descubrí con sorpresa que seguía aterrorizada ante la posibilidad de que el monstruo me atacara. Porque, de alguna manera, el monstruo estaba ahí, agazapado, esperando pacientemente mi regreso. La luz que se apagaba, la oscuridad repentina provocada por el interruptor, y mi respiración acelerándose. Al principio, recuerdo que llamaba a mi madre. Lloraba incluso. Pero dejé de hacerlo porque ella cerraba la puerta, y entonces era aún peor. Le oía decir a mi padre que si no podía hacer que dejara de llorar, al menos, con la puerta cerrada, lloraría más bajito. Era cruel. Sin embargo, sé que mi madre me quería, aunque fuera incapaz de sobreponerse a sus propias necesidades. Estaba atrapada en sí misma y no hubo nada ni nadie, ni siquiera yo, que consiguiera arrastrarla hacia la vida. Para una mente infantil, su manera de estar en el mundo era incomprensible y frustrante. Todavía hoy me duele su falta de cariño, e imagino que mis hijas ahora pensarán lo mismo de mí, o peor aún.

De la estación al hotel del centro se tardaban diez minutos escasos a pie. Era un establecimiento correcto y funcional frecuentado por comerciales en desplazamientos breves. Subí mi escaso equipaje a la habitación y pregunté por el autobús que debía tomar. Pronto estaba en camino.

Hacía frío y, a las siete de la tarde, ya había oscurecido. Desde el autobús llamé a Álex para informarle del lugar donde me alojaba y darle el número de habitación. Le advertí, sin embargo, de que me encontraba en el autobús de camino al barrio. Me pidió que volviera a llamarle por la noche. Sonaba perdido e inquieto.

Antes de las ocho bajé del autobús en la parada que tan bien conocía. La misma explanada desierta, los mismos soportales de los edificios construidos a finales de los sesenta y que albergaban el comercio del barrio: la panadería, el estanco, la mercería, la carnicería y, a su lado, la pescadería. Enfrente, el economato. Ahora pertenecía a una cadena de implantación nacional. Lo demás era una versión decrépita de lo que había sido. Me fijé discretamente en los rostros. Deseé el don de la invisibilidad en aquel momento. No quería que nadie me reconociera, pero al mismo tiempo sentía una curiosidad malsana por reconocer rostros tras el paso de los años. No pude. Todos se me antojaron tristes, grises, mediocres y resignados. Mucho más de lo que los recordaba.

La temperatura bajaba rápidamente y palpaba el deseo de hombres y mujeres por llegar a sus casas. Qué poco tenía que ver la vida de aquellas personas con la mía o la de Daniel. Me fijé en la primera calle, el escaparate bien construido tras el que los dueños de la fábrica habían escondido las viviendas de los obreros. Al morir mi padre, vendí los casi doscientos metros cuadrados de piso a un transportista con seis hijos al que le había tocado la lotería. Cobré por ella ocho millones de pesetas. Fue una buena venta y a mí me dio las alas que necesitaba para recorrer el mundo y hacer las primeras fotos con las que demostrar lo que valía mi trabajo.

Al amparo de la noche, seguí el rastro desganado de las farolas sobre el pavimento desgastado. La oscuridad maquilla el mundo, pero aun así la decadencia del barrio era patente. La fábrica de coches había estado a punto de cerrar en varias ocasiones y, en las sucesivas crisis, el personal había quedado reducido a menos de la mitad. La prosperidad de finales de los setenta y ochenta tampoco trajo nada bueno. Las drogas duras y blandas malograron a gran parte de la juventud. Las mismas drogas que habían sacado a Daniel del barrio a costa de la vida incluso de sus vecinos. Si el barrio seguía en pie era porque se había convertido en el dormitorio barato de los que trabajaban en el centro. Había pintadas reivindicativas y carteles anunciando huelgas y quedadas. Las papeleras estaban rebosando y la basura se arremolinaba en cada esquina. Pasé por delante de mi colegio. Ahora había una verja con puerta de seguridad a la entrada. Un par de adolescentes se metía mano en una esquina. Él me lanzó una mirada dura y desconfiada, y yo apreté el paso con una extraña sensación de que la noche se plegaba sobre el barrio y este se convertía en un agujero negro que engullía personas y cosas.

Según la información que me había dado Daniel y lo que yo recordaba, su familia había vivido en el penúltimo portal de la última calle. Eran ocho calles desde la mía. La suya se llamaba Alameda Baja. Según me acercaba, me fijé en que ya no era la última. Tras ella, las edificaciones continuaban y no alcancé a ver el final. Los nuevos pisos eran más altos. Ninguno de los de Alameda Baja pasaba de las tres alturas, y ahora aquel puñado de casas se había transformado en un islote de pobreza antigua en medio de una nueva enorme isla de pobreza a la que seguía rodeando el páramo. La especulación había acabado con el prado y los escasos árboles.

Una tarde, Juana y yo pasamos por allí en bicicleta y mi amiga me señaló el portal donde vivía mi esmirriado compañero de pupitre con sus tropecientos hermanos. Recuerdo que me quedé mirando las minúsculas ventanas de persianas verdes y pensé que a la fuerza tenían que ser bajitos los miembros de esa familia para caber en aquel espacio tan pequeño. Me contó que un amigo de su hermana Esmeralda le había dicho que dormían hasta seis en unas literas enanas que había fabricado a medida un tío carpintero. Entonces me pareció una caja de cerillas donde solo podían vivir enanitos. Aquella noche se me antojaron, además, miserables e inhumanas. ¿Quién sería el cabrón que había pensado que aquellas eran viviendas dignas? Seguro que alguno de los compañeros de mi padre, esos a los que él tanto despreciaba. Los mismos que le obligaron, nos obligaron a toda la familia, a vivir aislados. Aislados de los otros mandos por filosofía de vida; y del resto de los trabajadores, por pobreza.

Si en la plaza había suciedad, aquello era un estercolero. Restos de albañilería, un par de perros callejeros desgarrando bolsas de basura. Hacía años que no veía animales tan escuálidos como aquellos. Desde luego, no en mi vecindad donde los perros pasan por la peluquería al menos una vez al mes y comen galletas gourmet. Los desconchones recorrían la carretera y era difícil encontrar una baldosa de la acera que no estuviera hecha añicos. Antes había unos pequeños jardines a la entrada de los portales, apenas unas franjas de adorno verde que se cuidaban los domingos. Ahora servían para acumular porquería y trastos viejos. Vi entre el armazón indestructible de una bicicleta infantil, lo que parecía una máquina de coser y un colchón repugnante al que se le salían los muelles.

Al llegar al minúsculo portal, me temblaban las piernas. Pensé incluso en dar media vuelta. Allí estaban los orígenes del hombre que había vuelto mi vida del revés, un hombre que me había otorgado un lugar de privilegio en su memoria a salvo del paso del tiempo, pero del que yo no recordaba apenas nada. Yo, la gran Virginia, la gran esposa, la gran madre, la gran puta. Apenas nada.

41

No había portero automático. Las mismas persianas verdes. Olía a berza y guisos antiguos mezclados en el tiempo. Y a pis de gato. Leí las placas de los buzones buscando el apellido Fuentes. Habían sido muchos hermanos. Mi esperanza es que alguno siguiera allí. Y sí: Familia Romero Fuentes, primer piso puerta B.

Subí los cuatro escalones y al instante me encontré ante nada más y nada menos que cuatro puertas. Cuatro familias distintas por rellano. El techo no podía medir más de dos metros. Llamé al timbre. En el interior se oían voces infantiles y ruidos de cocina. Una voz femenina gritaba intentando poner orden entre el barullo hasta que, finalmente, se abrió la puerta. Frente a mí apareció una mujer con el ceño fruncido que, a pesar de las apariencias, tal vez fuera más joven que yo. El pelo en un moño alto y cardado, los ojos azules muy maquillados y las pestañas postizas. Embutía sus formas rechonchas en ropa negra de licra. Parecía enfadada. Dentro continuaba la pelea de la chiquillería. Parecía haber decenas de niños.

—Sí, dígame.

—Hola, estoy buscando a Ander. —No sabía muy bien cómo empezar. Reparé en lo poco que me había preparado.

—¿Ander?

—¿Eres su hermana?

—Bueno…, sí. ¿Y tú quién eres? —me preguntó con desconfianza.

—Soy una amiga de la infancia. Quizá me puedas ayudar.

Se oyó una voz de hombre en el interior preguntando quién era. Ella hizo un mohín y no se molestó en responderle. Yo aproveché para explicarme.

—Soy Virginia. Vivía en el paseo del Valle.

Sus ojos se abrieron como platos.

—Virginia. Sí que me sonaba tu cara. ¡Yo soy Inma! —exclamó dando por descontado que me acordaría de ella—. Bueno, igual no me recuerdas. Las mayores nunca prestáis atención a las pequeñas. Tú ibas a clase con Ismael.

Asentí aliviada de haber encontrado un punto de encuentro. Su nombre me resultaba familiar, pero ¿cómo decirle que eran tantos hermanos que los confundía? Es verdad que tenían todos los mismos ojos claros y seguro que, por eso, los maquillaba con tanto ahínco, convencida de que su mejor rasgo debía realzarse. La situación empezaba a ser incómoda, de pie en el descansillo.

—Solo quería saber de vosotros, charlar un rato. Será que me estoy haciendo mayor y siento nostalgia. Bueno, a ver cómo te explico…, soy fotógrafa. Estoy preparando un álbum de recuerdos de mi infancia. Ya sabes, otros escriben libros de memorias pero yo no escribo…

—¿Eres fotógrafa? ¿De las de verdad? Quiero decir, ¿de las que trabajan con famosos y modelos?

—A veces, sí.

—Yo quise ser actriz —dijo soñadora, y su mirada se empañó por un instante—. ¿Quieres pasar?

—Igual no es buena hora, pero estaba en el barrio y me he acordado de vosotros…

Entonces apareció el que supuse que sería su marido, un hombre muy moreno de oronda barriga mal disimulada en un chándal pasado de moda. La mujer se volvió hacia él.

—Sergio, esta es Virginia, una amiga de la infancia. Fuimos juntas al mismo colegio.

El marido asintió con suspicacia. Tenía una de esas barbas prietas que hay que afeitar dos veces al día para mantenerlas a raya y el pelo rapado como en el ejército. Su volumen corporal ocupaba al completo el estrecho pasillo. No parecía muy hablador.

—Encantada —dije yo—. Inma, si quieres, quedamos en otro momento…

Ella soltó una carcajada. Me fijé en unas cabezas que asomaban por detrás del padre.

—Este es el único momento en el que estoy en casa. Pasa, anda.

El plafón sobre nosotras teñía el pasillo de una luz pálida y plana, esa que arranca colores y formas y obliga a los ojos a buscar una salida para oxigenarse. En la pared, gotelé amarillento. Hacía varias primaveras que hubiera necesitado una mano de pintura. ¿Cómo podía Daniel haber amasado tanta fortuna y que su propia gente siguiera viviendo así? El estrecho pasillo conducía a una minúscula cocina en la que me encontré a cuatro niños, todos chicos, de entre seis y doce años. Ocho pares de ojos curiosos y ceñudos. La historia se repetía. Otra vez estaba en clase con Ismael. Su olor a sudor y pis de días, sus muñecas y rodillas siempre roñosas, sus uñas sucias, su mirada azul y resentida brillando en el rostro moreno.

El suelo era de granito jaspeado en verde. El mismo suelo del colegio y de tantas otras edificaciones de mi infancia. No el de nuestra casa, que era de moqueta en el pasillo y parquet en las habitaciones y salones, como correspondía a una vivienda de directivos a la moda de la época. En casa de los Fuentes no había calefacción, pero ahora unas contraventanas protegían las ventanas originales mejorando el aislamiento. Era tan pequeña que el ambiente, aunque fresco, era insoportable. Más aún con tantos miembros de familia. No sé si fue el estrecho pasillo de apenas un par de metros por el que había entrado, las huellas de manos y roces negruzcos en las paredes, las miradas desconfiadas de los niños, o la luz amarillenta y brumosa, pero en ese momento sentí que me catapultaba a principio de los años setenta.

—Vosotros terminad de cenar, venga —ordenó Inma a sus hijos y estos desaparecieron en la cocina. Entonces se dirigió a su marido—. Tú si quieres también. Yo me meto con ella en el cuarto.

El marido aceptó a regañadientes. Se notaba que no quería perderse nuestra conversación, pero en aquella casa su mujer era la que hacía y deshacía. Inma me hizo un gesto para que la siguiera. Me fijé en sus curvas. Seguro que el sexo de aquella pareja funcionaba y era un acicate de vital importancia para que el marido aceptara la dirección de la esposa. Ella se giró hacia mí y me guiñó un ojo.

—A los hombres que se dejan llevar les va mucho mejor —me susurró cómplice. Me hizo sonreír. Me gustaba su seguridad y, a pesar de las circunstancias, no parecía una mujer amargada.

Encendió una lámpara de pie con una tulipa amarillenta de rebordes de terciopelo verde oscuro y dorado. Hacía años que no veía una igual. En el minúsculo salón, apenas había espacio para un sofá de dos plazas de escay marrón, con paños de ganchillo en los apoyabrazos, y una pequeñísima mesa camilla con un faldón de terciopelo verde musgo, cubierta también por otro paño de encaje que cubría la parte superior. Sobre el sofá colgaba una desgastada litografía de un cervatillo en un claro del bosque enmarcada en dorado envejecido y, frente a él, una estrechísima librería de pino con un *Quijote*, una Biblia y algún misal, todo heredado, al igual que un par de figuras de porcelana. En el rincón de la ventana, casi agazapada tras unos visillos demasiado largos, una mesita de cristal con una botella de chinchón y unos vasitos.

—Mi madre fue una desgraciada. Todo el día cuidando niños, sin ayuda de ningún tipo. Es cierto que éramos un montón pero es que, además, siempre se sumaba alguno más. Un tío al que su mujer había echado de casa, otro que se quedó sin trabajo, un primo huérfano. Lo peor fue mi abuela Hortensia. Se quedó impedida y también vino a vivir con nosotros. Aquí mismo, en esta habitación, la tuvo que instalar mi madre. La pobre, a ver qué iba a hacer… Era de las que no saben decir no. Yo siempre la recuerdo aquí metida, haciendo ganchillo, con la puerta cerrada y la radio encendida, escondiéndose de todos. Que gritábamos, pues ella subía el volumen, impasible. —Inma suspiró—. Me alegro de que al menos, excepto el tiempo que estuvo aquí mi abuela, fue capaz de salvar esta habitación solo para ella. Bueno, dime, qué quieres saber.

—Igual te parece una tontería, pero la primera vez que me besé con un chico fue con tu primo Ander y me gustaría localizarlo, o al menos saber qué fue de él.

La mirada de Inma se volvió a turbar. Se levantó y se dirigió a la mesita de cristal donde estaba la botella de chinchón y cuatro vasitos. Sin preguntar sirvió dos.

—Algo me suena de aquel beso. Madre mía, ni te imaginas el revuelo. En casa todos le dijimos que se olvidara de ti, pero ya sé que insistió en pedirte salir.

—Sí, se presentó un día a la puerta del colegio pero me tomó por sorpresa y le dije que no, que tenía que pensármelo.

—Lo sé, lo sé todo —dijo extendiéndome el vasito de chinchón. Ella se lo tomó de un trago y se sirvió otro. Yo le di un sorbo y la llamarada me escoció todo el camino hasta el estómago, recordándome que no había comido nada desde la mañana—. Mi madre sonreía beatíficamente cuando salía de aquí. Ya sabes, ese sonreír a todo, oyera lo que oyera. Yo creo que le daba al chinchón y, en realidad, salía borracha como una cuba.

Su madre era un tema sin duda interesante, pero no quería que nos desviáramos del asunto por el que yo había llamado a su puerta, y su mirada se había quedado perdida por un instante de manera dramática. Carraspeé antes de continuar.

—Me resulta extraño que estuvieras informada de lo Ander. En realidad, el beso no fue para tanto.

—¿Ah, no? —me comentó Inma con incredulidad—. Pues aquí se lio una buena. No es que fuéramos una familia feliz pero se mantenía el equilibrio. Cuando llegó mi primo Ander, fue acogido como uno más. Era guapo, amable y servicial. Siempre dispuesto a agradar. Buena persona. De ninguno de nosotros se hubiera podido decir nada de eso, la verdad. Mis hermanos eran todos una panda de vándalos, guarros y maleducados. Pero él nos hizo mejores, no sé. Tenía esa cualidad de sacar lo mejor de cada uno, y pronto todos queríamos agradarle.

—Era especial, sí. Su infancia no debió de ser fácil y seguramente estaba agradecido de haber encontrado una familia.

Inma se encogió de hombros.

—Debió de pasar penas que, en fin... Su madre debió de ser un auténtico desastre. Murió por sobredosis. Mi madre y ella eran hermanas y claro, no le quedó más remedio que aceptar a su sobrino. Pero como te digo, enseguida se integró. Mi hermano Ismael..., ¿te acuerdas de él?

—Claro, fue mi compañero de pupitre hasta que repitió o dejó la escuela.

Inma asintió.

—Ismael le adoraba. Y eso que todos le tomábamos el pelo porque le seguía como un perrillo, le imitaba en la forma de hablar, de peinarse incluso..., pero después de lo del beso, madre mía, se volvió loco. Una noche, Ander se puso muy malo. Mi padre lo llevó al médico. Resulta que lo habían envenenado con matarratas. Vino la policía, nos interrogó a todos. Sospechábamos que había sido Ismael, pero los Fuentes lavamos los trapos sucios en casa. Nadie dijo nada y cuando se recuperó, Ander dijo que había sido culpa suya. Había confundido unos productos en la cocina. La cosa quedó en nada.

—No tenía ni idea.

—Bah, no te preocupes. No fue culpa tuya —dijo haciendo un gesto con la mano como para quitarle importancia—. Ismael debía considerarte algo suyo por el simple hecho de ser su compañera de pupitre, qué sé yo. Como nadie terminó de creerse que lo del matarratas había sido un accidente, mi padre le dio a Ismael una buena tunda con el cinturón y él aguantó como un hombre. Estuvo una semana sin ir a clase.

—Pero ¿por qué lo hizo? No podía ser por celos porque a mí no me tragaba.

Inma se encogió de hombros.

—Mis hermanos siempre estuvieron un poco locos.

La fría naturalidad con la que relataba lo sucedido me dejó perpleja.

—¿Y qué pasó después?

—Nada. Anda que no había líos en esta casa. Ese fue uno más y no de los más feos que recuerdo. Los chicos estaban creciendo y las cosas solo podían ir de mal en peor.

—¿Dónde está Ander ahora?

—Ander murió.

—¿Murió? —repetí—. ¿Cuándo?

—Hace ya un buen puñado de años. Mis hermanos…, bueno, empezaron a frecuentar malas compañías.

En realidad, yo recordaba que en el barrio se decía que las malas compañías eran los Fuentes pero, por supuesto, no la contradije.

—Era la época en la que aquí había dinero. Ya sabes, las horas extras, los encargos de nuevos coches. A los alemanes les interesaba producir coches aquí. A nosotros nos parecía un capitalón, pero para ellos seguíamos siendo mano de obra barata. Ander se fue a estudiar para electricista a una escuela de formación profesional del centro y pronto empezó a llegar con su propio dinero. Demasiado. Mi padre quería saber de dónde salía y ese día sí que tuvieron una discusión fea.

»Al final, Ander se fue de casa. A todos nos fastidió. En especial a Ismael. A partir de ahí, vino el desastre. Un tío mío le dijo a mi padre que había visto a Ismael en el club de los maricas. Ese que hay al coger la autopista. Les hacía mamadas a unos viejales por mil pesetas. Quería conseguir dinero como fuera, yo creo que para ser como Ander. Cuando Ismael volvió a casa esa noche, todos pensamos que mi padre lo mataba. Mi padre era un bestia. —Y su rostro por primera vez se ensombreció—. Por la mañana Ismael no estaba. Se había ido. Pensamos que volvería. Por mucho que hubiera ahorrado, no podría mantenerse. Varios días después apareció Ander. Le dijo a mi padre que Ismael ahora viviría con él y que le pondría a trabajar. No debía preocuparse más de él. En verdad, Ander era un tipo increíble: ¡después de que Ismael casi lo liquida con el matarratas!

»Mi padre refunfuñó mucho. No estaba de acuerdo. Decía que Ander podía hacer lo que le viniera en gana pero que Ismael era hijo suyo y que debía ayudar a la familia. "¡Justo ahora que podía ponerse a trabajar, iba a irse de casa!", eso fue lo que dijo el muy cerdo. Era lo único que le importaba. Y entonces sucedió algo increíble. Ander le dio unos papeles a mi padre, y dijo que con eso quedaban en paz. Estábamos todos en el pasillo, escuchando detrás de la puerta de la cocina. Se hizo un silencio y a través del cristal esmerilado, vimos que mi padre se sentaba en el salón. Ya no oímos nada más. La puerta se abrió y Ander, sin decir adiós, se marchó.

»Nunca más le volvimos a ver. —Se notaba que la escena se había quedado grabada a fuego en su cerebro—. Mi madre salió de la cocina y fue a pedir explicaciones a mi padre, que seguía con los papeles en la mano. La mujer no sabía leer. Mi padre le dijo que el piso era nuestro. Nuestro para siempre. Ander lo había comprado y lo había puesto a su nombre. Mi madre comentó que claro, así compraba su perdón, pero no, fue otra cosa. Ander "compró" a mi hermano Ismael. Pagó el piso para que nunca volviera con nosotros. A mi madre le costó entenderlo, pero luego soltó una carcajada interminable y no se volvió a hablar del tema. Para nosotros fue un alivio. El alquiler era bajo pero, aun así, a mi madre le dio una gran tranquilidad. Fue una noche especial y todos brindamos con un chupito de chinchón después de cenar.

—¿Pero qué pasó con Ander?

—No lo sé exactamente. Un par de años después apareció muerto en los baños de una discoteca. De sobredosis.

—¿Estás segura?

—A ver, nosotros mismos lo enterramos. Yo no creo que fuera sobredosis, sino algún ajuste de cuentas. A Ander no le pegaba estar enganchado, aunque cosas más raras se han visto.

Lo primero que pensé es que Daniel era bien capaz de haberse hecho pasar por muerto para borrar su rastro.

—¿Pero hubo certificación de que el cadáver era el suyo? —insistí ante su rostro extrañado por mi empecinamiento.

—Mi padre fue a la morgue con Ismael. ¿O es que crees que la policía te llama así como así para decirte que un familiar tuyo ha muerto?

Le di la razón.

—Perdona —intenté explicarme—. Es que no me puedo creer… que haya muerto.

—Pues hubo una época en la que estas muertes eran el pan nuestro de cada día —respondió ella encogiéndose de hombros—. No hay dinero fácil. Ander fue el primero. Al resto de mis hermanos varones no les fue mejor. Las drogas acabaron con todos. Uno a uno. Así son las cosas y ellos se lo buscaron. Solo el pobre Paco no se lo merecía, pero ese demonio de Ismael lo lio y acabó enganchado. Por suerte, mi madre murió antes.

—Lo siento.

Inma hizo un gesto de impaciencia.

—Como te digo, ellos se lo buscaron. Así que me temo que solo quedamos mi hermana, que vive en el pueblo del marido, y yo.

—¿Y cómo murió Ismael?

—Fue en Colombia. ¿Recuerdas lo escuchimizado que era? Pues le dio por ir al gimnasio y tomar anabolizantes. No sé dónde vivía pero manejaba dinero. Se volvió un auténtico cabronazo. Con decirte que un día me lo encontré por el centro y ni me saludó. Era una época en la que a mí me hubiera venido bien un poco de ayuda. Quería estudiar peluquería. Bueno, ahora soy esteticista, no sé si te lo he dicho…, pero nada, él pasó de nosotros. Dijo que Ander ya nos había pagado a todos comprando la casa para que le dejáramos en paz. Cuando nos llamaron de la embajada para decir que había muerto y para preguntar si queríamos trasladar los restos, mi padre dijo que ni hablar, que se quedara donde estaba. Nadie le lloró. No fue como con Ander. Aquello sí que fue una tragedia. Ander era un tío especial —concluyó con admiración—. Podía haber sido alguien… Ismael era malo como la quina. Sé que suena feo decirlo porque era mi hermano y está muerto, pero así era.

Miré a mi alrededor y dudé. A esas alturas, ya nada me extrañaba pero había que seguir preguntando.

—¿Puedo ver la casa y hacerte unas fotos?

—Claro, mientras me saques guapa y me mandes alguna copia después.

Saqué la cámara del bolso y comenzamos. Por suerte llevaba las lentes adecuadas porque no había mucho espacio para tomar distancia. Inma posaba sensual y descarada. Su mirada destilaba seguridad, orgullo, reto, y ocultaba, de manera algo patosa pero eficaz, sus inseguridades y sueños rotos. Me provocó ternura. Sus ojos recordaban los de Daniel. Me esforcé por capturar el parecido, fascinada.

—Vamos. Esto es lo que necesitaría si te parece bien: que me enseñes la casa de mi primer amor, contigo, su prima, como guía. Enséñamelo todo. Haremos unas fotos naturales.

—Regreso al pasado, ya te entiendo —dijo ufana—. Vale, pero que quede bien, ¿eh?

—Te garantizo que cuando termine el reportaje, no sabrás si eres tú o una top model —le respondí.

Salimos de nuevo al pasillo. La puerta contigua era la del dormitorio del matrimonio. Estaba entreabierta y sus cuatro hijos veían dibujos animados echados en la cama. Apenas había espacio para esa cama, una mesita de noche y un crucifijo sobre la tele. Los chicos no apartaron la mirada de la televisión. Eran todos ellos una versión en miniatura de su padre.

—Está todo igual. Este cuarto no lo he cambiado. Bueno, la colcha y las cortinas, pero poco más. El que sí ha cambiado es el de los chicos. Ya no voy a tener más hijos y mi padre había montado dos literas de tres camas que era agobiante.

Me enseñó el dormitorio frente al suyo. Ahora había dos literas de pino, cada una con dos camas. Y, bajo la ventana, un tablero de no más de cincuenta centímetros con caballete y una silla.

—Los mayores hacen aquí los deberes por turnos y el pequeño suele ir a la cocina. No había sitio para más. Me parece mentira que antes durmiéramos aquí ocho. Mi hermana y yo juntas en una cama de abajo. Cuando vino Ander, le pusimos en medio de las literas, en un colchón que sacábamos por la noche de debajo de nuestra cama. Lo que nunca pasamos fue frío. Mis padres, eso lo tenían claro: jamás quisieron compartir su cuarto. Y fíjate, a mí eso me parece que estaba bien. Así no pasaban cosas raras. Ya sabes…

Me fijé en las paredes. Quería empaparme bien del espacio, de cada recoveco. Había un minúsculo armario de doble hoja empotrado frente a la ventana. De repente mi pulso se aceleró. En la parte baja de una de las puertas, alguien había arañado la figura de un lagarto.

—¿Y eso?

—No ha habido forma de quitarlo. Mi marido siempre dice que le va a dar masilla para borrarlo, pero cuando pintamos se le olvidó comprarla y ahí se ha quedado. Lo hizo Ismael.

Ismael. Ander. Daniel. De repente, todo cobró sentido. Daniel no era Ander sino Ismael. Era rebuscado y maquiavélico, incluso enfermizo, pero, al mismo tiempo, no podía ser de otra manera. Ismael adoraba y odiaba a Ander. ¿Y a mí? ¿Qué sentía por mí?

—Le obsesionaban las dichosas lagartijas, oye. Ander le regaló un tirachinas y le enseñó a cazarlas y, no veas, todo el día matando bichos. ¿Sabes qué hacía? Las mataba y las guardaba en una caja de zapatos. Dormía abrazado a esa repugnante caja. Nadie sabía qué había en la caja hasta que empezó a oler fatal, cada día peor, y una noche mi hermana la abrió mientras él dormía. Qué asco. Todos esos bichos en descomposición. Mi madre lo tiró todo y le prohibió repetir semejante guarrería. Entonces hizo eso —dijo señalando la puerta del armario—. Y ahí se quedó. Qué tío…

Sentí que el color había abandonado mis mejillas, pero el ambiente era tan oscuro que ella no se percató. Saqué varias fotos de la lagartija y de la habitación de forma automática.

—Creo que ya tengo suficientes.

Ella se volvió hacia mí comprensiva.

—Sabes, yo también me acuerdo de alguno de mis novios de juventud, sobre todo cuando tenemos broncas aquí mi media naranja y yo, pero un día me encontré a uno de ellos. Hecho una pena: calvo, gordo… Y más mal hablado… Recordé perfectamente por qué lo había dejado. Fue una suerte encontrármelo, la verdad. No te hubiera ido bien con Ander. Tú vienes de otro lugar, haces cosas que valen la pena y, él… ya ves cómo acabó. La verdad es que yo pienso a menudo que todos nosotros somos prescindibles. —Su rostro se contrajo de amargura—. Pero bueno, aquí seguimos algunos. La vida es así, ¿verdad?

42

Salí de aquella casa buscando aire. La noche me contaminaba con su negrura. Y como para asegurarse de que yo quedaba atrapada en el laberinto, una niebla densa de ligero color ámbar embalsamó hasta el último rincón del barrio. Yo caminaba ligera pero, a cada paso, me convertía en un insecto atrapado en resina fósil. Estaba aterrada. ¿Podría escapar? Ismael, o Daniel, hacía las cosas a su modo. Eso ya lo sabía. Él mismo se había encargado de que yo lo entendiera.

En todos mis recuerdos persistía la repulsión hacia aquel niño oscuro, cruel y acomplejado. Era él. Todo encajaba. No podía tratarse de Ander. Teníamos la misma edad. O casi. Ismael podía haber repetido un curso antes de coincidir. Las historias que me había contado eran las de su primo: la persona que a él le hubiera gustado ser. En realidad, Ismael no existía. Había estado haciéndose pasar por otro toda su vida. Casi sentí pena por él y ahí fue donde la pasión que sentía empezó a difuminar su contorno. Ismael debía de quererse muy poco, odiarse incluso, para hacer algo así. Había cambiado tantas veces de personaje… Primero quiso ser como Ander, luego fue un traficante falto de escrúpulos y, más adelante, se convirtió en Daniel, el solitario y poderoso hombre de negocios. Es verdad que en la vida todos tenemos derecho a reinventarnos, a no permitir que nos juzguen por lo que fuimos, pero lo de Ismael era otra cosa. La pena se transformó también en admiración ante su extraordinaria capacidad de luchar contra el destino que le había tocado, incluso vendiendo su alma al diablo. Yo había deseado a alguien que no existía, que estaba compuesto de humo y sueños, no ya míos, sino de sí mismo.

Sin embargo, su falta de límites me asustaba: había sido capaz de cortar con el lastre de su propia familia sin que le temblara el pulso. Para ello, no le importó que le dieran por muerto para poder renacer según su nuevo criterio. ¿Y qué habría sido en realidad de Ander? ¿Le había asesinado Ismael? A esas alturas, ya era capaz de creer cualquier barbaridad. Ismael y Ander eran dos nombres que cada vez se entrelazaban más con el mío. ¿Quería ser parte de aquello? ¿Podía escapar?

Llegué a la plaza donde debía tomar el autobús que me llevaría de regreso al hotel. Miré hacia la entrada de mi calle y la curiosidad me pudo. Me encaminé hacia la que fue mi casa, aun a riesgo de perder el último autobús, pues no debía quedar mucho para que saliera. La calle estaba desierta. Los hermosos jardines de antaño se habían convertido en aparcamientos. La mayoría de los vecinos había cerrado los balcones, antes llenos de geranios rojos, con cristaleras. Cada cual lo había hecho como mejor le había parecido y el resultado era patético. Más y más se había añadido, hasta que los huesos y la carne de lo que fueron los edificios apenas se adivinaban. Qué gran verdad que el lujo hoy es el espacio. En aquellos barrios, no ya los metros, sino los centímetros habían desaparecido. ¿Dónde jugarían hoy los niños? Me vi pasar con la bicicleta.

Mis dos coletas golpeándome la espalda, siempre rápido, siempre yendo a algún lugar. Regresando de una aventura. Soñando con más. Yo. Solo yo. Los amigos difuminados hasta confundirse. ¿Qué había allí que ahora me atraía? No era solo Daniel. Si no, no estaría allí plantada, frente a mi antigua casa, dejándome sorprender por el paso del tiempo, descubriendo una Virginia que me sorprendía.

¿Por qué no recordaba a ningún amigo o amiga con cariño? ¿Por qué mi infancia estaba llena de frío, y de días oscuros y de viento helado sobre la piel? Mi bicicleta Orbea azul, regalo de comunión, fue la primera que me dio alas para canalizar la rabia de cachorro encerrado. En eso Daniel y yo nos parecíamos: una niña sola con unos padres a los que apenas conocía, tan atrapados en sus circunstancias o en su propio desconocimiento que fueron incapaces de darme nada. Y así aprendí sin entender, crecí sin conectar con los demás, sobreviviendo sin apoyos. Por eso, cuando ahora intentaba encontrar referencias sentimentales no las encontraba. Nunca las había tenido porque nunca me enseñaron a querer.

Todo eso aprendí mirando la ventana que había sido la de mi dormitorio, regresando a mí, a la misma hora en la que me encontraba esa noche, sobre las diez, la hora en la que yo temblaba en la cama, con un miedo atroz a que los monstruos tiraran de mí, pero aún temiendo más que mi madre cerrara la puerta de mi dormitorio si lloraba. Justamente ahí radicaba esa soledad que me había acompañado siempre, la razón que más me había perjudicado a la hora de hacer amigos.

Recordé el último día de colegio antes de la Navidad de primero de EGB. Llevábamos semanas preparando la representación teatral para los padres. A mí me había tocado hacer de Virgen María, un papel estelar. Yo estaba emocionada, pero resultó que, ese día, mi madre se durmió. Cuando llegamos al colegio, la representación ya había terminado y el Olentzero con caramelos se había ido. Todos los niños tenían sus paquetes de chucherías y regalitos, todos menos yo. Entré en el aula y una de mis compañeras llevaba mi vestido de Virgen María. Estaba radiante. Mis ojos se empañaron por la rabia, pero me senté en mi mesa en silencio. Cuando los demás me ofrecieron compartir sus golosinas, animados por la profesora, yo les dije que no, que mis padres me comprarían cosas mucho más ricas. De mí nadie hubiera pensado que necesitaba un abrazo y eso me había hecho odiosa. Odiosa para mis compañeros de clase, para mis amigos. De nuevo pensé en Ismael. Para él, que carecía de todo, tuvo que ser insufrible compartir pupitre conmigo. Nadie me enseñó a querer y yo no me enseñé a llorar.

No sé cuánto tiempo pasé allí de pie. Mucho, porque cuando reaccioné mis pies y manos estaban congelados. Corrí a la parada de autobús pero, como me temía, ya había pasado el último y tuve que llamar a un taxi para regresar al centro.

43

Pagué al taxista, entré en el hotel y crucé por delante de la recepción hacia los ascensores, como un fantasma. Yo no era nada. Nadie me había amado. De repente, hasta mis hijas y Álex desaparecieron. Mi familia se convirtió en parte de esa ficción que yo había construido simplemente porque necesitaba ser partícipe del teatro del mundo. Pero ya no podía seguir engañándome. Ahora entendía por qué yo no recordaba a Daniel, ni a nadie en realidad, por qué no había sido capaz de establecer vínculos con nadie. Sin embargo, que yo no hubiera visto no significaba que él no me hubiera visto a mí. Al entrar en la habitación, sentí que el móvil vibraba. Recordé que lo había apagado con discreción en casa de Inma. Tenía varios mensajes y, de nuevo, una llamada entrante sin identificar. Supuse de quién se trataba y atendí, cansada incluso de esconderme:

—¿Qué haces allí, Virginia? —preguntó la voz de Daniel con dureza.

—¿Me sigues? —mi voz sonaba fría.

—No deberías haber ido a ver a Inma.

—¿Temes que descubran que no estás muerto? Tampoco te costaría tanto ayudarla un poco.

—Eso a ti no te importa.

—No te entiendo, Ismael. Porque tú eres Ismael, mi compañero de pupitre. ¿Me mentiste también en eso? ¿Por qué?

—No quiero que vuelvas a esa casa.

—¿O qué? ¿Volverás a meterme en un barco y me harás creer que vamos a morir?

—Estás equivocada —carraspeó nervioso—. No puedo explicártelo por teléfono. Ni siquiera debo. ¿Se puede saber qué pretendes?

Mi cansancio se llenó de furia, hacia él, hacia mí misma, hacia mis padres, hacia la miseria del mundo que me rodeaba. Me sentía acosada y a la vez deseaba a mi acosador. Me hubiera gustado morderle hasta arrancarle la piel.

—No entiendo por qué pero todo esto es tu obsesión, no la mía —dije.

—Eres tú la que está allí, hurgando en el pasado de mi familia.

—¿Tu familia? Es patético que utilices esa palabra para llamar a los que abandonaste a su suerte.

—No sé si puedes presumir tú de algo distinto justo ahora, pero basta. Esto no lleva a ningún lado. A mí solo me interesa el presente. Ya te he dicho que te quiero, ¿qué más necesitas? No hay nada más.

—Solo me contaste mentiras.

—Porque sabía que no podrías superar tus prejuicios. Si descubrías quién era, nunca te hubieras fijado en mí. —Su voz amarga y decepcionada terminó por decidirme. Le odié con todo mi ser por haber jugado conmigo de aquella manera tan rastrera, por haber entrado en mi vida y haber destruido mi orden, mi armonía.

—Quiero que me dejes respirar —le exigí.

—Virginia, respira a través de mí… Nadie te dará más. —Y en su voz se abrió una grieta por la que se coló el niño de uñas negras y mal olor que yo no aguantaba. Yo, la señorita Virginia. Mis padres y yo éramos lobos disfrazados de corderos, y quizá por eso mi madre no pudo soportarlo y terminó debajo de un autobús; por eso mi padre no pudo retenerme. La falta de coherencia les quitó su poder natural sobre mí. Querían educarme como a los demás, pero sin que olvidara que yo era una princesa. Y lo consiguieron. A mí las monjas no me castigaban, a mí no me ponían deberes, ni castigos demasiado severos. A mí nunca me humillaron y yo siempre me creí mejor.

—No. Esto se ha acabado —le anuncié con dureza—. No quiero volver a verte en mi vida. No vuelvas a llamarme. Si lo haces, pondré una denuncia por acoso. Ahora que te conozco puedo asegurarte que no te quiero, nunca te he querido y jamás te querré.

Colgué el teléfono como si quemara. Solo podía huir. Estaba sufriendo un nuevo ataque de pánico. Fui al baño, cogí la bolsita que cubría uno de los vasos de cristal y la utilicé para controlar la respiración. Sentada en el váter decidí que jamás volvería a llamarle.

Volvió a sonar el teléfono. Era Álex. No lo cogí. No podía enfrentarme a él. Apagué el móvil y llamé a recepción avisando que no me pasaran llamadas. Fui directa al minibar dispuesta a beberme todo el alcohol disponible: un whisky, un vodka y una ginebra. Desperté a las cinco y cuarto de la mañana, tiritando, empapada en recuerdos de la niñez borrascosos y densos. Miradas desconfiadas, llenas de rencor. Me invadía una intensa sensación de amargura, de sentimiento de culpa y vergüenza. Me repugnaba sentirme víctima, tanto que me había caído desmayada sobre la cama, vestida y sin arroparme, había algo consolador en el acto de lamerse las heridas.

Por entre las cortinas medio echadas se colaba el resplandor quieto y amarillento de la ciudad. Me metí bajó la manta y me tapé incluso la cabeza. Sentía la boca pastosa y una sed atroz, pero no quise ir al baño para beber agua. Me quedé acurrucada, con los ojos muy abiertos. Y no pensé en nada. Solo tragué toda la negrura que me rodeaba, hasta que los ojos volvieron a cerrarse y me dormí de nuevo.

TERCERA PARTE

44

Tomé el tren del mediodía escoltada por un terrible dolor de cabeza. No solo no había sido capaz de encontrar una salida, sino que ahora, además, debía arrastrar el peso de una existencia incomprensible, convertida en una especie de maleta vieja y desvencijada, cargada de memorias inútiles de las que sería incapaz de desprenderme. Intenté dormir en el tren. No lo conseguí y me acerqué a la cafetería a por whisky. Compré dos botellitas que me bebí en el baño antes de regresar a mi asiento. Volví a cerrar los ojos, de nuevo ebria, y sin quererlo, me descubrí convirtiendo el traqueteo en el arrullo del mar…, pero ya no me servían los sucedáneos.

¿Qué iba a hacer? ¿Qué decisión tomar? Sentía cierto alivio en haber roto con Daniel y confiaba en que me dejara en paz. Sabía que tenía orgullo y no me lo imaginaba suplicando. Yo había sido clara. De repente, nuestros encuentros parecían muy lejanos y yo empezaba a verme como una extraña al recordarlos. Viajando en aquella ampolla veloz y aislada del mundo que corría a través de campos y montañas, volví a sentirme dueña de mí misma. Triste, pero a los mandos. Volvería a casa, a mi familia. Mis hijas y Álex eran reales, semillas que yo había plantado y hecho crecer. Daniel solo había sido un accidente, tan irreal como los sueños y las pesadillas de mi infancia.

Por mucho poder y dinero que tuviera, la naturaleza de ese hombre era primitiva y brutal. Quizá por eso había triunfado. Mi padre me dijo en cierta ocasión que la gente de los barrios no progresaba porque tenían hijos demasiado jóvenes, no les daba tiempo a educarse, a mejorar. Por eso se dejaban guiar por la violencia de sus instintos. Y también, por esa razón, no progresaban en la vida. En aquel entonces, me pareció un comentario carca y facha. Reflexionando en el tren, encontré argumentos reales para contradecirle. Lo que mueve el mundo es el hambre, física y metafórica. E Ismael tenía de las dos.

Estaba llegando a la estación de Atocha. Final del viaje. Cogí el móvil y lo encendí. Tenía catorce llamadas de Álex. ¡Catorce! Me embargó la mala conciencia. Seguro que había pasado una noche terrible. Era hora de contarle la verdad. Si yo no era capaz de encontrar una salida, lo dejaría en sus manos. Me perdonara o no, al menos volveríamos a poner orden. Y yo tenía esperanza… O por lo menos estaba dispuesta a asumir las consecuencias. El pensamiento me alivió.

Intuí que algo iba mal en cuanto abrí la puerta de casa. La chaqueta y la cartera de Álex estaban tiradas de cualquier manera en la butaca de la entrada. Oí su voz nerviosa hablando con alguien en el salón. Me dirigí hacia allí preocupada. Había dos desconocidos con el rostro serio. Mi marido estaba desencajado. Se notaba que no había dormido aquella noche y al verme me lanzó una mirada llena de rencor que jamás olvidaré. Lo que sea que estuviera sucediendo, él había decidido que era culpa mía. El salón estaba desordenado, con restos de tazas y comida sobre las mesas y papeles. Las mochilas de tela de las niñas estaban abiertas sobre el sofá.

—Maldita sea, Virginia. ¡Te he llamado mil veces!

—Me quedé sin batería... —intenté explicar aturdida—. ¿Qué pasa?

—Mariana ha desaparecido.

—¿Cómo?

—Ayer. ¡Ayer! —repitió desesperado.

—No puede ser. No les dejan salir si no es con un permiso. El colegio no hace eso —balbuceé aterrada.

—¡Maldita sea! Desapareció ayer por la tarde durante una excursión.

—¿Qué excursión?

El odio en su mirada me impresionó. ¿Estaba defendiendo a sus cachorros de mí, de su madre?

—La del Museo de Ciencias. Tú misma firmaste la autorización la semana pasada —me dijo extendiendo el papel que lo demostraba.

Lo cogí nerviosa. Una autorización enviada por mail pero con mi firma y DNI. Recordaba vagamente, sí. Una nube espesa cubría todo lo sucedido en las últimas semanas que no tuviera que ver con Daniel.

—Señora, soy el inspector Catalán —interrumpió entonces el hombre de traje—. Y él es el oficial Rodríguez. Hemos activado el dispositivo de búsqueda. Aunque usted no respondía, su marido insistía en que la niña no podía estar con usted. ¿Puede decirnos de dónde viene?

—Del tren. He estado en mi ciudad. Ya se lo dije a mi marido.

Los policías intercambiaron una mirada de complicidad que no me agradó. Los ojos de mi marido me evitaban.

—Me da igual dónde hayas estado, Virginia, pero si tienes alguna idea de quién se ha podido llevar a la niña, es el momento de hablar.

—No lo sé, ¿cómo iba a saberlo? —respondí confundida y me senté en el sofá intentando aclarar rápidamente mis pensamientos. Por supuesto, pensé en Daniel. Pero ¿para qué iba a hacer algo así?—. ¿Y Sofía?

—La he mandado a casa de mi madre.

—La responsabilidad es del colegio —balbuceé sintiéndome terriblemente culpable.

—¿Y eso qué más da ahora? ¡Joder!

—La clase de Mariana estuvo en el museo y luego fueron al Retiro. Creen que fue entonces cuando desapareció —dijo el tal Rodríguez.

Intenté pensar rápido, pero me quedé atascada.

—¿Qué?

—Nadie está muy seguro de nada.

Aquellos hombres no me inspiraban confianza y una madre no puede sentarse a esperar. La espera solo dejaba espacio a la agonía para que se acomodara.

—¿Qué podemos hacer? —pregunté.

—Yo ya he llamado a sus amigas. Han interrogado a todo el mundo y nadie ha aportado pista alguna. Es como si se hubiese desvanecido —respondió Álex llevándose la mano a la cabeza desesperado.

Los contornos empezaron a emborronarse. Mi hija había desaparecido. El suelo bajo mis pies se volvió barro. Perdí la estabilidad. Fue cuando entendí que un dolor muy grande puede hacer que una persona pierda la cabeza. Pensé por un instante que quizá mi hija nunca había existido. Yo no era la que era. Nunca lo había sido. Y del aire que vive dentro de una máscara prestada no puede nacer un ser. No uno de carne y hueso. Quizá nunca había existido, intenté convencerme. Ni ella, ni yo, ni nada de lo que me rodeaba. En mi cerebro empezó a resonar un viejo tema de Bowie una y otra vez. «Ground control to Major Tom... no answer.» Pero allá arriba no había luna. Noté la mirada preocupada de mi marido mientras me descomponía por dentro.

—Estamos comprobando ahora las cámaras de seguridad de la zona pero eso llevará tiempo —explicó el inspector.

Entró Zulena con una bandeja y té para todos. Su saludo se limitó a un golpe de cabeza acusatorio, como si yo fuera la culpable de la desaparición de mi propia hija. El ambiente se podía cortar. Y sí, claro que me sentía culpable. Por no estar pendiente, por no haber estado disponible, porque mi familia me necesitaba y yo había estado librando batallas oscuras e inconfesables muy lejos de allí. Miré a Álex y le vi llorando como un niño, incapaz de resolver la situación. Y si Álex no era fuerte, yo no le quería. Aquella era la verdad pura y dura, aliñada con mucha vergüenza, pero me daba igual. Todo me daba igual excepto encontrar a mi hija, y estaba dispuesta a pactar con el diablo si era necesario. «Take the protein pills and put your helmet on.» La letra de David Bowie martilleaba en mi cerebro como si tuviera unos bafles en mis oídos. Me levanté sin decir palabra y ante la mirada de todos me dirigí a la puerta.

—¿Adónde vas? —me preguntó Álex.

Silencio.

Cuando le llamé, Daniel contestó al instante.

—Pensé que jamás volverías a llamarme —dijo con ironía.

—Mi hija ha desaparecido. Fue ayer tarde, durante una excursión del colegio. ¿Puedes ayudarme?

—Puedo intentarlo —respondió muy serio finalmente—. ¿Qué ha pasado?

Le conté los detalles, que escuchó sin interrumpir.

—Déjame ver qué puedo hacer.

Colgó el teléfono y me sentí aliviada. Si alguien podía encontrar a Mariana era Daniel. Daniel tenía recursos, hombres a sus órdenes, podía saltarse las reglas, jugar tan sucio como fuera necesario.

Durante las horas siguientes, tuve el impulso de ir a ver a Sofía, pero temí no ser capaz de controlarme y alarmarla. Álex terminó por quitarme la idea de la cabeza. Si la tarde se me hizo larga, la noche fue eterna. Álex se quedó en el salón, pendiente del teléfono y del móvil, conectado a internet. Desde el dormitorio, en varias ocasiones le oí hablar con la policía y colgar el teléfono de malos modos. Por lo visto, el mundo no se apiadaba de los débiles.

45

A las seis de la mañana decidí levantarme. El cuerpo, helado y entumecido como si hubiera pasado las últimas horas de puntillas y con las manos en alto, sosteniendo el pesado cielo de cristal que estaba a punto de caer sobre nuestras cabezas. Entré en el salón en silencio. Álex estaba en el sofá despierto, con la mirada fija en la pantalla del portátil.

—No hay ninguna entrada en hospitales ni en comisarías que corresponda con la niña —me comunicó sin mirarme.

—Voy a preparar café.

—¿Vas a seguir con las mentiras?

Me detuve junto a la puerta. Le odié. Me pareció pequeño y miserable.

—He tenido una aventura con Daniel. Empezó en el barco y ha continuado aquí en Madrid —confesé con crueldad.

Levantó la mirada como si no entendiera lo que acababa de oír. Se la sostuve, inmisericorde.

—¿Y ahora qué quieres? —preguntó. A diferencia de mí, él sí era capaz de meditar mis palabras.

—Encontrar a Mariana.

Y me fui a la cocina a preparar el café.

No fui consciente de lo que me había afectado mi revelación hasta que descubrí una estela negra sobre la encimera blanca. Arrancaba del paquete de café molido y terminaba en una cucharilla temblona y sostenida por mi mano. Había un silencioso e inusual vacío en la casa. Como si incluso el mundo exterior se hubiera detenido. Ni siquiera un crujir de la tarima en el piso de arriba. Nada. Agucé el oído. Tampoco en el salón se oía nada. Mi marido podía realmente haberse quedado petrificado para siempre, o quizá era solo el atleta preparado en la línea de salida esperando el pistoletazo. Miré a mi alrededor con extrañeza. Las formas se aplastaban unas contra las otras formando un *collage*, un pastiche, barro informe... Sentí un dolor insoportable en las sienes. Yo misma iba a explotar en mil pedazos. Trozos de mí quedarían adheridos al *collage*, los que tuvieran suficiente entidad. La mayor parte se volatizaría y Zulena los barrería en unos días.

El timbre del teléfono en el salón me sobresaltó. Álex atendió mientras yo corría buscando noticias.

—Sí, entiendo —su rostro era el retrato de la decepción—. Gracias.

Colgó el teléfono y ante mi expectación soltó lo que sonó a ataque.

—Nada. No hay nadie pidiendo rescate, así que el secuestro por dinero empieza a quedar descartado.

Álex hundió la cabeza entre las manos desesperado y rompió otra vez a llorar. Me acerqué para tranquilizarle. Al ir a rodearle con mis brazos, él me rechazó con brusquedad.

—La encontraremos —susurré.

—¿Palabras de consuelo? ¿Por quién me tomas?

—Tenemos que estar juntos en esto —le pedí.

—¿En qué me va a ayudar eso si a mi hija la han violado, o estrangulado, o qué sé yo qué barbaridad?

—¿Y en qué la ayuda a ella que pienses lo peor?

—Lleva casi cuarenta horas desaparecida. El tiempo no juega a favor.

Se levantó limpiándose las lágrimas con los puños y caminó hasta la puerta de la terraza pero no salió. Fuera, como no podía ser de otra manera, llovía.

—Lo teníamos todo, Virginia. ¿Qué te faltaba?

Se volvió hacia mí, intentando descifrar un enigma sin demasiadas esperanzas. Yo sostuve la mirada, porque se lo debía. Sus ojos enrojecidos, el rostro sin afeitar…, y sin embargo, a pesar del dolor y de la humillación, todavía era capaz de hacer un esfuerzo por mantener la cordura y reflexionar.

—Yo ya no sé si te quiero —anunció finalmente.

—Lo entiendo —murmuré.

Él asintió como si se hubiera quitado un peso de encima. Supe que mi cuerpo no podría soportar más dolor sin perder a cambio la cordura. El equilibrio mental y físico estaba a punto de romperse. La posibilidad real de perderle, no la pura elucubración de repente real, fue un mazazo tal que tuve que sentarme para que el pánico no me desbordase.

—Vamos a encontrarla, sí —masculló.

En ese momento, sonó el teléfono fijo. Álex se abalanzó sobre él.

—Dígame… —Su rostro se tornó lívido—. Sí, está aquí.

Y me pasó el teléfono.

—Virginia, soy Daniel. Aún no te lo puedo garantizar pero he preferido decírtelo cuanto antes. Creo que la hemos encontrado.

Solo eran las seis y veinte de la mañana. Un suspiro profundo y corto me devolvió al mundo de los vivos.

—¿Dónde está? ¿Está viva?

—Sí. Está viva. Yo estoy saliendo ahora para unirme a mis hombres. ¿Quieres acompañarme?

—Por supuesto, y mi marido también.

—Vale. En cinco minutos, un coche pasará a buscaros.

—¿No puedes decirme más?

—No, pero tranquilízate. La niña está bien. Y nada de policía por ahora.

Colgó antes de que yo pudiera pedir más información y yo me volví para enfrentarme al rostro contraído y expectante de Álex.

—Cree que la han encontrado.

—¿Le llamaste a él?

—Llamé a quien podía ayudarme —respondí, y mi tono sonó frío cuando en realidad estaba aterrorizada. La humillación que percibí en Álex me angustió pero no había tiempo que perder. Corrimos a coger las chaquetas y calzarnos para bajar.

Como había anunciado, un coche oscuro y elegante, con los cristales tintados llegó poco después de que saliéramos por el portal. Era noche cerrada y no había un alma en la calle. Hacía fresco. Yo hubiera dado lo que fuera porque mi marido, en aquel momento, me hubiera puesto el brazo en los hombros, por sentir que éramos dos, pero él evitaba cualquier contacto físico conmigo. El chófer, de mediana edad, rostro acartonado e inexpresivo, se detuvo frente a nosotros y subimos al coche.

—¿Adónde vamos?

—No muy lejos —respondió cortante.

—Por favor, ¿no puede decirnos nada más? ¿Quién tiene a nuestra hija?

—Lo siento, señora, no puedo decirle más.

Álex puso cara de resignación y se giró hacia la ventanilla. Estábamos en aquella aventura bajo mi responsabilidad. Si él no estuviera desesperado, jamás se hubiera prestado a seguir el juego de Daniel, pero había tiempo para mimar el orgullo.

46

El coche tomó dirección a la Castellana y rumbo al norte. Entró en el barrio de El Viso y empezó a serpentear a derecha e izquierda por entre chalets y edificios bajos. No era un lugar que conociera bien. Tampoco Álex. El automóvil se detuvo finalmente frente a una hilera de chalets y salimos del coche. Las farolas iluminaban suavemente el pavimento. Al final de la calle, vislumbré la silueta de Daniel entre otros cuatro hombres con ropa oscura. Hablaban en susurros entre ellos.

—No queremos llamar la atención, por eso aparco aquí el coche —nos explicó el chófer—. Ustedes continúen. Yo les esperaré.

Álex y yo caminamos hacia Daniel y su grupo enmudeció. Daniel nos recibió con un saludo de cabeza.

—La niña está dentro. Investigamos al personal del museo. Fue un celador.

—¿Todavía no han entrado? —preguntó mi marido ansioso—. Cada segundo es vital…

—Ya sabemos lo que hay dentro. La niña está dormida y debería ser su madre quien la despertara.

—Oh, Dios mío, entonces, ¿está bien?

—Sí —respondió Daniel. Agarré la mano de mi marido. Estaba helada, igual que su mirada.

—¿Y el secuestrador?

Daniel se volvió hacia él con el gesto adusto.

—No volverá a molestar a nadie. ¿Entramos?

Era un chalet de ladrillo marrón, cubierto por trepadoras polvorientas y rejas negras en todas las ventanas. La pesada puerta de la entrada estaba entreabierta. Daniel lideraba el grupo, yo le seguía, y a continuación, Álex y el resto de los hombres. En silencio. Estaba ansiosa por encontrar a Mariana. Nadie encendió luces. No hacía falta. La luz de la calle era suficiente. Me llamó la atención un enorme taquillón de ébano en la entrada, lleno de portarretratos de plata con fotografías de familia, padres, abuelos, niños… Las paredes estaban cubiertas con un papel de formas geométricas entrelazadas de color indefinido. Olía a polvo y a viejo. La moqueta granate, mullida y desgastada, amortiguaba nuestros pasos.

Daniel se dirigió por las escaleras al primer piso. De nuevo, más fotografías antiguas en las paredes. En el último escalón, desde el hall distribuidor, lo vi. Al final del pasillo había una puerta abierta y, recortado contra la ventana, colgaba el cuerpo de un hombre inmóvil. Su rostro quedaba oculto desde aquel ángulo. Ahogué un grito. Álex se asomó para ver qué lo había provocado y enseguida descubrió el cadáver.

—¿Es el secuestrador? —preguntó.

—Sí. La niña está en esta habitación —dijo Daniel, señalando una puerta entreabierta también a mano derecha. Yo me adelanté y entré. Allí, entre viejos muñecos de peluches, Mariana dormía ajena a todo. Lágrimas de alivio y gratitud corrieron por mi rostro y la tensión me hizo caer de rodillas a sus pies. Escuché tras de mí el sollozo de mi marido.

—Solo está dormida, Virginia. No la asustéis —ordenó Daniel.

Con suavidad, temiendo que mi roce pudiera romperla, retiré unos mechones de su rostro.

—¿Qué le ha hecho ese cabrón? —oí que mascullaba Álex.

—Habrá que llevarla al médico para un reconocimiento —respondió una voz masculina también a mis espaldas. Me estremecí horrorizada, pero me dije que lo importante era que estaba viva. Lo demás, fuera lo que fuera, lo arreglaríamos. Estaba dispuesta a poner mi vida en ello. El cansancio, la tensión acumulada y la alegría retumbaban en mis oídos. Me sentía aturdida y lenta. Las voces de todos aquellos hombres que planeaban, elucubraban, y discutían entre sí, se alejaron. A mí solo me importaba mi hija.

—Cariño, es mamá, despierta —susurré sin dejar de acariciarla como tanto le gustaba. Observaba su cráneo todavía pequeño y frágil y recordaba con exactitud su misma expresión dormida de bebé en mis brazos, cuando yo era su única conexión con el mundo, cuando la vida era todo cuidados y cariños, y yo tenía el control de su bienestar. Sentí silencio a mi alrededor mientras ella reaccionaba. Por fin, abrió los ojos.

—Mamá —susurró. Y a continuación un suspiro perezoso y relajado que me alivió como la luz del amanecer al primer ser humano.

—¿Cómo estás?

—Tengo mucho sueño. Y sed.

Uno de los hombres que acompañaban a Daniel me pasó una

botella de cola. Se la acerqué a los labios. Ella la rechazó con gesto de asco.

—Ay, mamá, que no me gusta la cola.

Y cerró los ojos somnolienta. Me volví hacia mi marido desorientada.

—No, a quien le gusta la cola es a Sofía —me aclaró con un gesto de fastidio.

Mariana tenía mucho sueño porque, según nos confirmaron en el hospital unas horas después, había sido drogada. Por suerte, el reconocimiento físico posterior demostró que eso había sido todo. La niña apenas pudo aportar datos. Un celador del museo le había dicho que su profesora la esperaba en una sala del segundo piso. Le indicó la escalera por la que debía subir. A partir de ahí, recordaba un forcejeo: alguien le había puesto un pañuelo que olía muy fuerte en la cara. Cuando despertó, se encontraba ya en aquella casa, en aquella habitación. La luz estaba encendida. La persiana bajada y la cinta cortada. Fue incapaz de levantarla. Tampoco pudo abrir la puerta que golpeó hasta cansarse. En la mesilla había un bocadillo y un vaso de leche. Tenía hambre y se lo tomó. Le volvió a entrar sueño y se durmió. Probablemente en el vaso de leche había una nueva dosis de somnífero.

El secuestrador se llamaba Luis Álvarez de Castro, tenía cuarenta y siete años, hijo único e último descendiente de una familia conocida en ambientes de la alta burguesía, pero venida a menos con la democracia. Su padre se había suicidado el mismo día que murió Franco. Su madre había fallecido de cáncer a mediados de los ochenta, justo cuando Luis iba a empezar la universidad. Cambió el plan de estudiar Derecho por Bellas Artes, pero no pasó del primer curso. Llevaba más de diez años trabajando como celador en el museo. En su ordenador se encontró material pedófilo. También había una cámara y fotografías sin descargar en las que aparecía Mariana, dormida y desnuda.

Daniel había llamado a la policía en cuanto Mariana despertó y fueron ellos los que nos informaron de todo. Llevaban meses tras la pista de un pedófilo en la zona. Su desequilibrio mental le había conducido al suicidio aunque yo sospechaba que en eso Daniel podía tener algo que ver. Nadie lo cuestionó. Y nosotros menos que nadie. Las pruebas tenían la consistencia suficiente.

A media tarde, Mariana, Álex y yo regresamos a casa. De Daniel no supe más de momento. Desapareció del chalet antes de que llegara la policía y no reparé en ello hasta mucho después. Fueron sus hombres los encargados de ofrecer las explicaciones oportunas a los oficiales. A mí solo me importaba Mariana. Mi hija seguía cansada. Los médicos nos aseguraron que, en veinticuatro horas, volvería a ser la de siempre y nos ofrecieron ayuda psicológica, en caso de necesitarla. Ella parecía estar bien. Todavía un poco atontada, pero tranquila.

Álex y yo éramos otra historia. Esa misma noche, la madre de Álex trajo a Sofía a casa y cenamos temprano en el comedor del salón. Zulena llamó y se ofreció para preparar lo que hiciera falta, pero esta vez fue Álex quien le aseguró que no era necesario. Para mí fue un alivio. Aquel era un día para la familia. Fue emocionante estar todos reunidos a la mesa, incluida la abuela, a la que parecía haberle caído una década en dos días. Mariana empezó a ser la de siempre e incluso fue capaz de bromear sobre lo sucedido:

—Ya veréis cuando cuente la aventura mañana en el cole.

Nos quedamos mirándonos unos a otros sin saber muy bien cómo reaccionar. Fue Sofía la que rompió el hielo:

—¿Y yo? ¿Puedo contarlo yo? ¿Saldremos en la tele?

—No, cariño —respondió Álex haciendo un esfuerzo por desdramatizar—. Esto no tenía que haber pasado.

—¿Y por qué ha pasado? —preguntó Mariana—. ¿Por qué a mí?

—Porque estabas allí. Podía haberle pasado a cualquiera.

Las niñas se quedaron calladas. La pobre abuela estaba muy nerviosa y se puso a reñirlas:

—Nunca más, ¿me oís? Nunca más se hace caso a extraños. Siempre tenéis que quedaros con el grupo.

—Bueno, mamá, no las asustes —pidió Álex—. Esto no tiene por qué volver a pasar.

—No van a vivir con miedo a los demás —reforcé yo, de acuerdo con mi marido. E intercambiamos una mirada de complicidad, la primera en meses.

—Vosotros sabréis, pero estas cosas han pasado siempre y siempre pasarán. Hay que saber protegerse.

Se hizo un silencio que yo rompí dando la velada por terminada.

—Bueno, niñas, creo que es hora de ir a la cama. Entonces, Mariana, ¿estás segura de que mañana quieres ir al colegio?

—¿Ni un día se va a quedar en casa? —preguntó la abuela atónita.

—No está enferma y los psicólogos han dicho que regrese cuanto antes a su vida normal —respondió Álex con seguridad.

Y así había sido. Mariana había sufrido muy poco. Estaba un poco confusa pero, con la ayuda de los médicos, su cabeza había asimilado lo sucedido de una manera extraordinariamente madura. No era bueno para ella ahondar en el drama. Y aunque yo sabía que al dejarla en el colegio al día siguiente, Álex y yo sentiríamos miedo, también sabíamos que era lo mejor para ella y que el secuestrador nunca más volvería a hacerle daño. Ni a ella ni a nadie.

—Además, yo quiero ir, abuela —le aseguró Mariana.

Me sorprendió y conmovió su semblante serio. Y me sentí orgullosa de mi hija.

—¿Y qué te pondrás? Si quieres te presto la diadema verde de piedrecitas. Igual te hacen fotos —elucubró Sofía entusiasmada—. ¿Te imaginas?

Por primera vez, me fijé en lo distintas que eran. Sofía, soñadora y egocéntrica. Mariana, a pesar de ser la pequeña, prudente y responsable. Mi hija pequeña se volvió hacia mí preocupada. Me acordé de mi madre, de lo poco que me conocía, y mi conciencia se revolvió.

—Nadie va a hacerte ninguna foto, cariño —la tranquilicé—. Será un día normal.

47

Álex necesitaba la verdad, pero en realidad no quería saber. Lo que ahora sabíamos los dos es que el amor también se agota. A veces se rasga de repente o muere por el mero desgaste. Exactamente igual que una prenda, porque a menudo eso que llamamos amor no es más que un abrigo con el que decidimos protegernos dos. Y allí nos quedamos, perdiendo más o menos movilidad dependiendo de lo holgada que nos quede la prenda, a salvo del mundo, del tiempo, de la soledad. Dos cuerpos se procuran calor mutuo aunque paguen por ello un precio prohibitivo. Y lo hacen porque fuera hace frío y tienen miedo.

Mi matrimonio no era distinto. Como la mayoría, había nacido de la necesidad. Pero ahí estaba. Y ya no éramos solo dos. Ahora había dos niñas que nos necesitaban unidos. O eso me decía yo para excusar mi cobardía y hacer lo único que creía posible: intentar seguir adelante como si nada hubiera pasado. Y para mi sorpresa, Álex pareció tomar la misma decisión. Aquella primera noche, tras acostar a las niñas y que la abuela regresara a su casa, Álex se tumbó a mi lado y apagó la luz.

En los siguientes días, todo pareció regresar a la normalidad poco a poco. Daniel no dio señales de vida. Yo quería asegurarme de que no reaparecía y le envié un mensaje de texto: Gracias. Él no respondió y su silencio me tranquilizó.

El secuestro de Mariana había puesto todo en perspectiva. Mis importantísimos sentimientos, esos que tanto habían dirigido mi vida en los últimos meses, tenían ahora el valor de un puñado de arena en el desierto. Me concentré en mis hijas, en ser una buena madre, atenta y protectora. Y en Álex. Mi marido volvió a sus horarios habituales de trabajo. Regresaba a casa tarde, igual que antes de mi viaje a las Seychelles, pero parecía tranquilo. Yo no quería profundizar. Él tampoco. Nos comunicábamos menos, sí. Meros intercambios de información relacionada con las niñas, temas domésticos o de trabajo. Los sentimientos mutuos quedaron fuera del pacto. Entendimos que lo importante era evitar arenas movedizas, y sobre todo, cuando nos encontrábamos a solas, evitar mirarnos a los ojos. En apariencia, nuestro mundo volvió a ordenarse. Incluso Zulena volvió a tratarme casi como antes del viaje.

Pero esa era la superficie. En las honduras, habíamos perdido la complicidad que reclama la piel. No nos tocábamos siquiera. Yo estaba muy cansada porque dormía poco. Me acostaba de lado, de espaldas a él, y de cara a las cortinas, pasaba horas con los ojos abiertos, viendo pasar ante mí el mar, Daniel, Mariana en aquella siniestra casa, el cuerpo de un hombre ahorcado. Nunca me dormía antes que Álex. Como si de alguna manera, tuviera que estar atenta a alguna demanda.

Natalia me consiguió un nuevo encargo para una revista de jardinería, esta vez en Madrid. Acepté con exagerado entusiasmo. Quiso quedar en varias ocasiones pero enseguida entendió que yo blindaba mi espacio. O que temía un interrogatorio para el que no estaba preparada. Necesitaba tiempo y energías para recomponer el abrigo.

Pasaron varias semanas y llegó la primavera. Tuvimos un mes muy caluroso. Dormíamos con las ventanas abiertas. Una noche de esas calurosas, despierta o dormida, advertí que el mundo estaba gris. Ya no olía las flores que una vez al mes me traía mi marido, ni saboreaba las especias que tanto me gustaban en las comidas, ni disfrutaba del vino. Ya no me molestaba en poner música cuando estaba sola, ni me interesaba la lectura como antes. A mi alrededor, solo había silencio: el silencio de los sentidos. Con cabezonería, postergaba desear, sentir, preguntarme. No creía tener derecho después del daño que había causado con mi infidelidad. Una ráfaga de brisa de tacto suave entró por la ventana de madrugada. Y la sentí en la piel. Me despertó del duermevela. Y comprobé que seguía viva. Me volví hacia mi marido. Dormía relajado y boca arriba. Sí, ya era hora de regresar. Deslicé el camisón de tirantes por encima de mis hombros con cuidado y enrosqué mi cuerpo desnudo al suyo. Le besé suavemente en el rostro. La barba incipiente me acarició con aspereza y me gustó. Él se dejó llevar en el sueño y yo introduje la mano para recorrer su pecho, su vientre y continué bajando, pero de repente su mano detuvo la mía.

—Virginia, ¿qué estás haciendo? —me preguntó sorprendido.

—Te echo de menos.

—Yo no podría soportar otra infidelidad. ¿Lo entiendes?

—Sí.

Y él me creyó.

48

El día siguiente fue grandioso. Recuerdo que dejé a las niñas en el colegio, y regresé caminando a casa por la acera del sol. Así de feliz y relajada me sentía tras meses de angustias. Sí, Daniel parecía haber desaparecido. Incluso pensaba que gracias al providencial aviso que había significado el secuestro de Mariana, el destino se había puesto de mi lado. Del lado de mi familia. Por fin, las piezas del rompecabezas volvían a encajar en casa. Lo había conseguido. Era el día perfecto para dar un paseo.

Caminé hasta el parque del Retiro y me senté frente al estanque a contemplar los patos. Nunca había hecho algo así. No había tenido tiempo. No se me había ocurrido. No sé, de repente había tantas cosas que yo no había contemplado hasta entonces… Hacía mucho calor. Un grupo de niños y niñas uniformados pasaron por delante de mí guiados por dos profesores y se sentaron un poco más allá con sus cuadernos de dibujo, dispuestos a retratar alguna de las esculturas. Debían de tener siete u ocho años. Una niña se había quedado retrasada atándose los cordones de sus zapatos ingleses. Tenía media melena pelirroja. Me fijé en sus rodillas sucias. Y pensé en Ismael, otra vez. En la historia de la felación para poder comer un plato de mejillones con arroz. Una historia que debió de pertenecer a Ander. Me embargó la pena. Quizá él no me odiaba sino que yo era odiosa. No podía dejar de mirar a la niña. Quería ver su rostro pero ella no terminaba de acertar con las lazadas de los zapatos. Por fin lo consiguió, levantó la mirada hacia sus compañeros preocupada por quedarse atrás y corrió hacia ellos. El grupo. La seguridad. La pertenencia. Pero ¿qué pasa cuando te crees mejor? ¿Cuando te engañas pensando que no los necesitas? Entonces te conviertes en Daniel. Miré el reloj ansiosa. Y me alegré al comprobar que en media hora estaría recogiendo a las niñas del colegio. El calor se estaba poniendo insoportable. Envidié a los patos que disfrutaban en el agua. ¿Por qué no hacer nosotras lo mismo?

Pasé por casa para coger el coche y los bañadores y toallas antes de encontrarme con las niñas en el colegio. La piscina de verano no estaba abierta, pero la cubierta me pareció una buena alternativa. De camino al colegio tuve la extraña sensación de que algo estaba a punto de pasar. La imagen de Daniel volvía implacable. El conductor tras de mí tocó el claxon impaciente. El semáforo ya estaba en verde. Arranqué aturdida. Tendría que aprender a convivir con ello.

A las cuatro en punto estaba en la puerta del colegio y las niñas recibieron la idea con entusiasmo. El encuentro con ellas, su alegría, me calmó. Mientras merendaban en el coche, de camino a la piscina, charlaron sobre su día: una pelea en el patio por unos cromos, la nota de matemáticas de Sofía, y se quejaron porque nunca conseguía recordar cuál era el color favorito de cada una de ellas… y entonces pasó.

—Mamá, ¡mamá! —gritó Mariana.

—¿Qué pasa? —pregunté asustada por su grito angustiado.

—¡Para! ¡Para, mamá!

Frené en doble fila lo más rápido que pude, acompañada por innumerables pitadas e insultos que llegaron amortiguados porque Mariana temblaba y lloraba ante la mirada confusa de su hermana.

—Yo no le he hecho nada, mamá —se defendió Sofía alarmada.

Los ojos de Mariana estaban clavados en una tienda de animales domésticos.

—Era así. Así era.

Sofía miró sin ver. Yo me volví hacia el lugar donde Mariana tenía la mirada fija y supe a qué se refería. En la tienda había dibujada una salamanquesa sobre la puerta. A un lado del escaparate, acuarios, al otro, reptiles.

—¿Qué? —preguntó Sofía mirando sin entender.

—Lo que tenía el señor en el brazo.

Las dos sabíamos de qué señor hablaba. Mariana necesitaba respuestas.

—Bueno, mucha gente lleva animales tatuados —respondí sin saber muy bien qué debía decir, aunque en mi interior se desató una furia desconocida—. Pero eso ya pasó, cariño.

—Sí, sí —repitió ella para sí.

—Claro, como cuando te ponen calcomanías —razonó su hermana quitándole importancia—. ¿Te van a dar miedo las calcomanías?

—Eso es. Las calcomanías siempre te han gustado —asentí, dándole la razón—. Olvídalo, cariño.

Me bajé del coche para abrir su puerta y abrazarla. Nos quedamos en esa posición incómoda hasta que se tranquilizó.

—Entonces, ¿qué? ¿Nos vamos ya a la piscina? —preguntó Sofía cuando vio que su hermana ya se había tranquilizado. Al bajar yo del asiento del conductor con las llaves en la mano, se había detenido el aire acondicionado y al sol hacía mucho calor—. Me estoy asando.

Pero yo solo sentía el calor de un instinto asesino. Y, a pesar de ello, besé de nuevo a Mariana, volví al asiento delantero y arranqué dispuesta a llegar cuanto antes a la piscina, conjurándome para olvidar…, solo que no fui capaz. La lagartija arañada sobre la puerta de madera apareció ante mí. E Ismael, que «estaba obsesionado con las lagartijas». La imagen de la caja en la que guardaba los cadáveres, esos que yo nunca había visto pero que se reprodujo en mi cabeza como si la hubiera tenido entre las manos. Y John. Y el barco. Y esos símbolos que rodeaban a Daniel y que le servían de recordatorio de sus orígenes. Elegimos a nuestra imagen y semejanza. Los lagartos, una vez saurios, eran parientes de las serpientes. Y eran capaces incluso de desprenderse de parte de su anatomía para sobrevivir. Me volví loca. Al volante del coche, con mis hijas en la parte de atrás, perdí la cordura. No estaba lejos de la oficina de Daniel. En pocos minutos, me planté en un aparcamiento exterior frente a su edificio, agradeciendo que fuera viernes y que estuviera vacío.

—Ahora vuelvo.

Ellas respondieron algo. No sé qué. No puedo recordar. La sangre hervía en mis venas, bombeaba en mis oídos impidiéndome oír nada. Entré en la recepción. No sé cómo pero enseguida me dieron un pase para subir a su despacho.

49

No recuerdo los detalles de cómo llegué hasta allí. Solo que entré en un magnífico despacho de enormes dimensiones, llamativamente vacío. Un lugar del que podías huir en cualquier instante sin dejar rastro. Blanco e impersonal. Suelo de mármol y muebles de diseño. Frente a mí se desplegaba una gran cristalera panorámica que daba a una terraza desde la cual, de espaldas a la puerta, Daniel observaba la ciudad con la mano apoyada sobre la baranda que rodeaba la mitad de la planta del rascacielos. Como un dios poderoso. O un villano. Daba la impresión de que el despacho era un trampolín del que lanzarse sobre la ciudad. Salí a la terraza.

—¿Secuestraste a mi hija?

—¿Por qué haría algo así?

—¡No lo sé! ¿Porque estás enfermo?

—Si hubiera querido hacerte daño, lo habría hecho, Virginia.

—¡Ya lo has hecho! ¡Metiéndome en ese barco y convenciéndome de que íbamos a morir, arruinando mi matrimonio, mintiendo sobre ti!

Su mandíbula se puso tensa pero no se defendió. Me quedé esperando, con la respiración agitada. Entonces se acercó a mí y me cogió del cuello. Fue un movimiento suave, casi una caricia…, al principio, porque pronto su mano se fue volviendo de hierro. Todavía recuerdo su olor personal mezclado con un ligero aroma a madera. Su mirada feroz.

—¿Qué quieres de mí? —le pregunté.

—Quiero que sufras como tú me hiciste sufrir a mí.

Sé que mis pupilas se dilataron y que él sintió mi miedo porque una mueca de satisfacción apareció en la comisura de sus labios.

—¿Pero qué dices? Yo nunca te hice nada —balbuceé.

Su rostro se acercó aún más al mío y vi la verdadera cara del odio reflejada en la suya. Rencor amasado durante años, dolor, afán de venganza.

—Claro. No lo recuerdas porque eres así de olvidadiza. No podrías vivir contigo misma de otra manera.

—Por favor, Daniel, me haces daño. —La presión me molestaba y él parecía haber perdido el control de la fuerza que estaba aplicando sobre mi cuello.

—Yo, en cambio, me acuerdo perfectamente del día que nos conocimos. Fue en el jardín de infancia. Yo era un año mayor que tú. Debía de ser una buena prenda, pero tú no te dejabas amilanar. A pesar de la diferencia de edad, eras casi de mi estatura. La historia que recuerdas en la panadería, cuando te estrellé contra la pared, fue tal cual. Yo te odiaba entonces pero, durante los años siguientes, no tuvimos apenas contacto. Digamos que nos evitamos como dos enemigos que se tienen mutuo respeto. Podía haber quedado en un episodio sin importancia porque, en realidad, nuestra historia empezó años después, un martes, 10 de septiembre de 1973. El primer día de clase de octavo de educación básica. Tú tenías trece. Yo catorce y repetía curso. Cuando te vi entrar en el aula, sentí una profunda humillación. Pero lo peor fue que nos sentaran juntos. Yo llevaba libros heredados y un estuche con un lápiz y una goma. Todo viejo y sucio. No te imaginas que es saberse menos y no poder hacer nada para evitarlo. Me miraste de reojo y me saludaste como si no nos conociéramos. Parecía que me habías olvidado. Me sorprendió pero también sentí alivio. Incluso te ofreciste a compartir tus relucientes rotuladores conmigo. Los días siguientes fueron bien. Mejor de lo que hubiera esperado. Tú habías cambiado. Ya no eras prepotente. Y sí, todo había quedado olvidado. Pensé que por fin tenía suerte en la vida: mi compañera de mesa era un ángel. Tan guapa, con tu melena siempre bien peinada, ropa limpia y bonita, la piel luminosa...; por la noche, planeaba estrategias para acercarme lo suficiente y oler tu pelo.

Te habían puesto a mi lado para intentar que ejercieras una buena influencia, así que yo seguí portándome tan mal como siempre confiando que así nunca nos separarían. Durante meses, y por primera vez en mi vida, fui al colegio contento. Y me convertí en tu protector en la sombra. En el patio me encargaba de que siempre fueras la primera en saltar al burro para que nadie te cayera encima, e incluso amenacé a dos niñas que un día te insultaron llamándote pija de mierda. ¿No te acuerdas?

No me acordaba...

—Creí que te gustaba. O eso me hiciste creer. Nos hicimos amigos.

Algo resonó en mi interior. Es verdad, me gustaba relacionarme con los peligrosos, con ese otro mundo que desde el mío tanto se temía. Sobre todo para fastidiar a mis padres.

—Yo presumía en casa de tu amistad como un idiota. Mis hermanos sabían todo de ti y me tomaban el pelo. A mí me gustaba. Era como si así fueras un poco más mía. A final de curso, decidí que debía mover ficha si no quería perderte de vista durante el verano. Así que te escribí una carta.

La carta. De repente algo recordé. Yo estaba sentada en el retrete, leyendo una carta en voz alta en el cuarto de baño del vestuario de las chicas. Todas se reían por las cursiladas y las faltas de ortografía. ¡Su carta!

—¿Tampoco te acuerdas de la carta?

Asentí y me puse pálida.

—En clase de gimnasia os espiábamos, ¿sabes? Había un agujero detrás de una cisterna. Era la época de las tetas, los culos. Os mirábamos siempre que había ocasión, alguno incluso se corría y lo contaba. Sobre todo escuchábamos vuestras conversaciones. Aquella mañana, Luis nos avisó de que Marisa, una pelirroja muy desarrollada, se había puesto por fin en el estrecho campo de visión, y todos corrimos hacia allí. Oímos risas. Tú leías mi carta poniendo voces, riéndote de mi propuesta, del anillo del que te hablaba, de mis sueños de pasar tiempo juntos y convertirme en alguien importante para ti. Ponías voces. Me imitaste y ridiculizaste. ¿Así que yo esperaba una respuesta? Pues me la darías, claro que sí. Terminaste llamándome retrasado y maloliente.

—Fui cruel —murmuré avergonzada. Recordaba haberme reído con la carta y haber sentido vergüenza ante mis amigas que insinuaron que quizá yo pudiera corresponderle. ¿Cómo podía haber olvidado que la carta era de Ismael?

—Cuando una de ellas sugirió que quizá te lo tomabas a cachondeo porque en realidad te gustaba, dijiste que ni aunque fuera el último hombre del mundo… —dijo sarcástico.

—Eran cosas de niños…

—Ya no éramos tan niños. Me habías convertido en el hazmerreír del colegio. No tienes idea de lo que significa eso para un adolescente de origen humilde que no tiene nada más que su orgullo. Pero claro, al día siguiente debía volver al colegio. Yo ya contaba con las bromas de los compañeros y esperaba tu indiferencia. Subí las escaleras del colegio deseando el don de la invisibilidad. Hubiera huido pero no me atreví. Iluso de mí, albergaba la esperanza de que todo se olvidara. Entonces sentí un picotazo en el cuello. Alguien me había lanzado un avión de papel. Alcé la vista y allí estabas tú, como una Rapunzel sin trenzas, rodeada de tus amigas. Todas muertas de risa. Sonó el timbre y corristeis a clase. Yo me quedé con el avión a mis pies. Estaba hecho con mi carta. Así que esa era tu respuesta. La cogí y me la metí en el bolsillo.

»Me volví hacia la puerta para salir, pero el director del colegio obstaculizaba mi plan. No me quedó más remedio que dirigirme a nuestra aula. Entré el último, rodeado por cuchicheos y risitas. Y me senté en mi sitio, es decir, a tu lado. Tú ni me miraste en toda la hora. Cuando terminó la clase, hiciste como que se te caía un bolígrafo y me susurraste: «Te vas a quedar sin amigos». Y así fue. Esa misma tarde organizaste una quedada de la que me excluiste y, a partir de ese día, me quedé solo en el patio. Sin juegos y sin planes. Hiciste un gran trabajo, tú, la princesa de la clase. La chica de la que todos querían ser amigos.

—Lo siento, Daniel. Casi no lo recuerdo…

—Quizá porque para ti fue una más de las tuyas. Eras decidida y cruel. Solo que hasta entonces yo había preferido no verlo.

—Yo ya no soy esa persona.

—Ya. Por suerte, yo tampoco.

A partir de ahí, Ismael hizo novillos. No se presentó a los exámenes. Repetir dos veces no estaba permitido. Su padre le zurró con el cinturón hasta que se dio cuenta de que no conseguiría aprobar aunque le sacara la piel a tiras.

—Lo siento.

—Sí, eso ya lo has dicho. —Hizo una pausa y un pensamiento distinto cruzó su mente, volvió para recuperar el yo—. El único que no se reía de mí era Ander. Y por eso le adoraba. Sin embargo, también eso me ibas a quitar. Una tarde me convenció para salir con las bicis. Subimos hasta el cementerio y allí estabas tú. Ni siquiera me miraste. Como si no existiera. ¡Habíamos pasado un curso entero sentados el uno al lado del otro! Pero ahora te interesaba Ander. Más alto, más guapo, más seguro. Terminasteis dándoos aquel beso delante de todos. Ander sabía lo que yo sentía por ti. Y tú también. A ninguno de los dos os importó.

—Y nos lanzaste la piedra.

Sonrió como si lo que contaba hubiera adquirido un tono divertido:

—Suerte que no tenía nada más contundente a mano. A ti ni te rocé. Y te fuiste a tu casa tan contenta. Yo, en cambio, pasé la peor noche de mi vida. Los días siguientes no fueron mejores. Ander estaba pletórico y debió de confiarse con mi madre. Una madrugada oí a mis padres en la cocina. Mi padre se iba a trabajar a las seis y tenían la costumbre de desayunar juntos. Yo no había pegado ojo en toda la noche. Pensamientos sombríos me despertaban una y otra vez y la rabia me carcomía. Mi madre le contó a mi padre que le gustabas a Ander. ¿Y sabes qué respondió mi padre? «Joder, ¿otra vez la misma? ¿No hay más chicas en el barrio?» Me quedé esperando que dijera que eso no podía ser. Que Virginia era la chica que le gustaba a Ismael. Pero no. Mi padre concluyó que si alguien podía conseguir a la hija del jefe, ese era Ander. Yo era un bala perdida que nunca llegaría a nada. Y terminó diciendo: «Prepárate, Antonia, porque ese hijo tuyo solo puede acabar en la cárcel o en una cuneta». Y mi madre le dio la razón.

—Seguro que no lo creían realmente...

—Por supuesto que sí. Yo no era bueno. Lo supe desde siempre, solo que a partir de entonces descubrí que los demás también lo sabían. Y por eso no dudé en poner matarratas en la comida de Ander.

—Inma me lo contó.

—Yo mismo lo encontré vomitando con la cabeza metida en el váter, retorciéndose de dolor hasta que parecía que no quedaba una gota más de bilis en su cuerpo y perdió el conocimiento. Solo entonces llamé a mi madre y porque pensé que había muerto. Lo llevamos al hospital y se salvó. Ander fue el único que parecía no creer que había sido yo. ¿Quién coño había sido entonces? —se preguntó a sí mismo como si no terminara de entender la reacción de su primo.

—Igual es que te quería de verdad y prefirió dejarlo correr.

Daniel se encogió de hombros.

—Yo también le quería a él. De hecho, cuando las cosas se pusieron muy feas en casa, me fui a vivir a su apartamento. Sé que yo también era importante para Ander. Hice por él cosas que jamás hubiera hecho por nadie. Era un gran tipo, pero no precisamente una monjita de la caridad como todos querían creer. Años después entendí por qué no me denunció. De esa manera, creyó que conseguía un esclavo. Y le pagué con creces, créeme. Sin embargo, le estoy agradecido porque con él pude elegir entre hacer mamadas a viejos repugnantes o trabajar a sus órdenes de camello, y alguna cosa más.

—¿Y cómo murió?

—¿Tú qué crees? No tienes idea del daño que has causado. —Su mirada me atravesó para llegar hasta la niña que fui—. Lo que he hecho por ti, Virginia. Yo quería a Ander. Lo quería de verdad, como a un hermano auténtico. Era la única relación buena que conocía. Pero después del beso, nada fue igual.

—Fue tan poca cosa…

—Tus recuerdos y los míos no son los mismos.

—Por favor, suéltame.

—¿Sabes que podrías caerte ahora mismo desde aquí y se acabarían todos mis desvelos?

—No lo hagas —supliqué.

Su frente brillaba por el sudor.

—¿Por qué no? Si ya me he convertido en el hombre que tú querías.

—Has perdido la cabeza.

Me soltó el cuello de repente. Y me besó. Yo no pude responder, ni tampoco rechazarle. Estaba paralizada, pero a él no le importó porque sabía que su deseo llegaría a introducirse otra vez bajo mi piel hasta que fuéramos uno de nuevo. Como antes. Como siempre había él sentido que éramos. Uno. Y tengo que reconocer que la adrenalina, el miedo y la excitación se confundieron dentro de mí de tal manera que terminé sin saber si eran sus manos o las mías las que rozaban mi piel. Su piel. Y, de repente, algo que también había en mí actuó como un resorte: le empujé con todas mis fuerzas y su cuerpo se precipitó al vacío. Más de cuarenta pisos. Me asomé y le vi caer. Lo hacía muy lentamente, más bien flotaba. ¿O fui yo la que cayó? No lo sé. Los recuerdos se van emborronando y, de esa parte, apenas han quedado fragmentos sueltos, sensaciones agudas pero aisladas e inconexas de lo que sucedió en aquella terraza, una tarde calurosa del mes de junio.

Mis pies parecían no ser capaces de encontrar la estabilidad del suelo, como si este fuera una especie de colchoneta hinchable. Hacía mucho calor, casi cuarenta grados según he sabido después, y yo quería volver a casa. De forma automática, llegué al aparcamiento. Había mucha gente, policía, y una ambulancia alrededor de mi coche. Me acerqué sin comprender. En aquel momento sacaban a las niñas, a mis hijas muertas y en sendas camillas. No entendía. Alguien se acercó a mí. Un policía, o un enfermero. La sirena empezó a sonar y las puertas de la ambulancia se cerraron con mis hijas dentro. Y entonces yo fui la que cayó. Más de cuarenta pisos. Desaparecí en un agujero oscuro. Primero caí a plomo y deseé con todo mi ser impactar contra el suelo y deshacerme en mil pedazos. Pero no. No hubiera sido justo. Así que poco a poco, el ritmo de caída se detuvo y me quedé flotando, con ellas a mis pies, viendo cómo se deshidrataban desde la altura, incapaz de llegar a su lado y salvarlas.

50

Hui. Perdí la cabeza. El ruido que llegaba sin cesar, los gritos de los enfermeros, los policías, los transeúntes... Corrí en dirección contraria, tomé el primer taxi que pude detener y, poco después, el primer tren para el que me vendieron billete. Permanecí en ese tren hasta que llegó a la última estación y me quedé sola dentro del vagón. Alguien me obligó a bajar. Deambulé sin saber dónde me encontraba ni por qué. Más tarde deduje que se trataba de la estación de Zaragoza. Cerca de allí subí a un autobús que me llevó a un pueblecito de la montaña de Huesca. Allí localicé una casa rural en la que me dieron una habitación. Recuerdo que me tiré en la cama y dormí profundamente. El teléfono móvil me despertó unas horas después. Tenía decenas de llamadas perdidas de Álex que yo no había oído. Atendí la llamada. Álex gritó furioso. No entendí nada de lo que decía. Estaba muy alterado. Le colgué. El teléfono volvió a sonar. Volví a atender de manera automática, aturdida por el sueño. Era Álex de nuevo. Entendí que estabais vivas y que él no quería que volviera jamás a casa. Le di la razón y volví a colgar.

Pasé dos días enteros en aquella cama. Al tercer día, me despertaron unos golpes en la puerta. Era la dueña de la casa, preguntando si me encontraba bien. No, claro que no, hubiera deseado morir, pero no tenía ánimo ni fuerzas para planear un suicidio con éxito. Además, tampoco creía merecerlo. Debía tener un aspecto terrible porque la señora llamó al médico. Pasé varias semanas en esa casa. La dueña se llamaba María, era de mi edad y estaba divorciada, como descubrí días después. Ella fue mi primer apoyo, mi primera amiga en esa nueva vida.

Poco a poco fui recuperando el sentido de la realidad. Daniel no murió. Yo no lo lancé desde lo alto del rascacielos. Una vez más, los hechos y mis actos habían quedado distorsionados por el poder de mis deseos. La verdad era tan dolorosa, tan insoportable, que me costó meses abrir los ojos para enfrentarme a ella cara a cara. Sin embargo, yo os la debo porque, sin la verdad, nunca entenderéis por qué estuvisteis a punto de morir una tarde de junio asfixiadas de calor y abandonadas por vuestra madre.

La verdad es que Daniel y yo tuvimos sexo en la terraza de su despacho y que yo me olvidé de vosotras por completo. La verdad es que os dejé en un coche cerrado, con el seguro echado, bajo un sol asfixiante, y que os encontró un guardia de seguridad cuando ya habíais perdido la conciencia. La verdad es que yo hui y que, cuando vuestro padre entendió lo que había pasado, decidió que yo no podía volver a casa. Ni volver a ser su esposa, ni cuidar de vosotras. Acepté las duras condiciones del divorcio porque Álex tenía todo el derecho a imponerlas. Si hubiera justicia en el mundo, yo habría terminado en la cárcel pero a él le bastó con que desapareciera, al menos hasta que vosotras fuerais mayores de edad.

Mi mundo se desvaneció de golpe. Y sí, Daniel también desapareció.

Epílogo

Quedan cuatro días para el 1 de junio de 2016, día en el que Mariana cumplirá la mayoría de edad y vuestro padre os contará todo, porque eso fue lo que acordamos. El mundo ha cambiado mucho en doce años. Y yo con él. Me quedé a vivir en aquel pueblo del Pirineo aragonés. Para ganarme la vida, monté un pequeño estudio fotográfico. Retrato los momentos felices de familias como la que yo tuve. Bodas, bautizos y comuniones son mi especialidad. Decidí dedicarme a eso como quien cumple una condena. Hay días que se me desgarra el alma, en especial con los niños. Sus miradas, los roces, la felicidad, la satisfacción de los padres, las peleas incluso…, y ahí estoy yo, siempre en primera línea, recogiendo o fabricando emociones que yo jamás volveré a disfrutar.

El pueblo apenas alcanza los mil habitantes y no tengo mucho trabajo, pero la vida es barata y gano lo suficiente para mantenerme. Sobre todo dispongo de mucho tiempo libre. Al principio lo pasaba en la cama, en una cabaña apartada del centro urbano que alquilé a un antiguo pastor con la ayuda de María y que, poco a poco, convertí en mi hogar y mi negocio. Más adelante, empecé a salir. A pasear por el bosque y por el río Ara. Respirar el aire frío, escuchar la soledad. El silencio me resultaba insoportable. Mi cabeza estaba llena de imágenes que me acechaban sin tregua.

Durante los primeros meses, tanta mortificación me convirtió en un cadáver andante. Casi un año después de mudarme, me enteré de que mis nuevos vecinos pensaban que yo padecía una enfermedad incurable, especulaban que un cáncer terminal, y que me había retirado allí para morir en paz. La pena hizo entrar en el estudio a los primeros clientes. Por suerte, aquel no era un pueblo aficionado en exceso a los chismes. Nadie me pidió explicaciones, respetaron mi silencio y pronto se acostumbraron al deambular de mi sombra hasta que me fundí con el paisaje. Después de lo que había sucedido, encontrar fuerzas para continuar fue un acto titánico, pero lo hice por vosotras, porque sabía que este día llegaría y no podía desaparecer sin daros una explicación. Os la debo porque yo os traje al mundo y porque no supe hacerlo mejor. Lo siento.

Tengo la sensación de que he pasado toda mi vida esperando este 1 de junio y, en cierto modo, así es. Sé que Álex cumplirá su palabra y entonces será decisión vuestra verme o ignorarme. Por eso era importante que todo quedara por escrito. Entenderé que no me perdonéis, aunque sí deseo que mi experiencia os sirva de algo. Fui por la vida oyendo y viendo solo lo que quería; he tenido años para intentar ser otra, pero la huella del pasado ahí queda, como la arena después de la marea. Vosotras quizá queráis enseñarme a dibujar nuevas marcas.

Aquí estoy, y os espero.

Gracias a Rosario, que me ayudó a entender la mujer que soy y la que quiero ser. Y a Silvia, por pedirme siempre más.